KB038177

# 꽃의 노래

하늘가리기 장편소설

fioret

# 꽃의 노래 5

초판 1쇄 인쇄 2017년 5월 16일
초판 1쇄 발행 2017년 5월 23일

지은이 하늘가리기
발행인 오영배
기획 박성인
책임편집 심지은
표지 · 본문 디자인 권지연
제작 조하늬

펴낸곳 (주)삼양출판사 · 피오렛
주소 서울시 강북구 도봉로 173
대표 전화 02-980-2112 팩스 / 02-983-0660
편집부 전화 02-980-2116 팩스 / 02-983-8201
블로그 blog.naver.com/dan_gul
출판등록 1999년 3월 11일 제9-00046호

ISBN 979-11-283-9172-9 (04810) / 979-11-283-9167-5 (세트)

fi ret 은 (주)삼양출판사의 로맨스 판타지 문학 브랜드입니다.

하늘가리기 장편소설

꽃의
노래
5

fio
ret

| Contents |

# 1장

## 세레니티

미란다는 아델을 홀에서 멀리 떨어진 휴게실로 데려갔다. 홀에서 가까우면 드나드는 사람이 많아 번잡하기 때문이다. 멀리 간 보람이 있었다. 휴게실은 비어 있었다.

"조용한 게 좋군요."

"네."

아델은 고개를 끄덕였다. 갑자기 조용한 곳으로 들어오니 시끌벅적한 바깥이 다른 세상처럼 느껴졌다.

소파에 앉으며 작은 한숨을 내쉬었다. 발바닥은 불이 난 듯 후끈거리고 발목은 시큰거렸다. 모양이 예쁜 구두가 마음에 들어서 높이를 고려하지 않았다. 시간이 지날수록 고통스러웠다.

"차가운 물을 한 잔 드릴까요?"

"네. 고마워요."

미란다가 휴게실 내부를 두리번거렸다. 테이블에 놓인 얼음통이 텅 비어 있었다.

"홀에서 멀리 떨어져 있으니 이런 안 좋은 점도 있군요. 여기까지 신경 쓰지 않는가 봐요."

"얼음이 없어도 괜찮아요."

미란다는 물병을 들었다가 난처한 표정을 지었다. 물병도 비었다.

"나가서 가져올게요."

"아니에요. 그러실 필요까지는 없어요."

"근처에 지나가는 시녀가 있을 거예요. 불러서 가져오라고 하면 금방이죠. 여기 계세요."

미란다가 휴게실을 나갔다. 아델은 눈동자를 굴려 아무도 없다는 걸 다시 확인한 후 구두를 벗었다. 두 손으로 발을 잡고 주물렀더니 좀 살 것 같았다.

끼이이. 아주 희미하게 경첩이 맞물리는 소리가 들렸다. 아델은 서둘러 구두를 다시 신고 반듯한 자세로 앉았다. 스르르 열리는 문을 보며 미소 지었다. 하지만 아무도 들어오지 않았다.

'바람인가?'

미란다가 좀 전에 나가며 문을 꽉 닫지 않았나 보다.

다시 구두를 벗을까 말까 고민하는 사이에 문 사이로 뭔가가 움직였다. 그리고 연한 푸른색의 치맛자락이 슬쩍 모습을 드러냈다.

"누구……?"

휴게실에 쉬러 온 사람인가?

문에 반쯤 몸을 가린 채 여자가 고개만 살짝 기울여 얼굴을 드러냈다. 금발 머리에 초록색 눈동자를 가진 여자는 낯이 익었다. 아델은 휘둥그레진 눈으로 여자를 보자마자 떠오른 이름을 불렀다.

"르웨나?"

여자는 아델을 보고 생긋 웃었다. 안으로 들어오지 않고 문에 쏙 몸을 숨겼다.

"잠깐!"

아델은 벌떡 일어나 문으로 달려갔다. 문을 다급히 열었으나 아무도 없었다. 아델은 즉시 휴게실 밖으로 나가 주변을 두리번거렸다. 텅 빈 복도는 조용했다.

'아, 저건!'

꺾어지는 복도 너머로 사라지는 푸른색의 치맛자락이 보였다.

"저기요! 잠깐만요!"

아델은 여자를 쫓아갔다. 마음이 급해 달려가고 싶은데 구두 때문에 발이 아파서 속도가 나지 않았다. 구두를 벗어 두 손에 쥐었다. 이유는 모르겠지만, 저 여자를 이대로 보내면 안 될 것 같았다.

복도를 돌아갔다. 어두컴컴한 복도가 쭉 뻗어 끝이 보이지 않았다. 저 앞쪽에 흐릿하게 빛나는 사람의 형태가 보였다. 아델은 처음에는 걷다가 나중에는 뛰었다. 하지만 여자와의 거리는 도통 좁혀지지 않았다.

'날 유인하고 있어.'

아델은 걸음을 늦추었다. 멈추어 서서 고개를 뒤로 돌려 지금껏 온 길을 되돌아보았다. 돌아가는 길은 단순하니 이대로 뒤돌아 쭉 걸어가면 된다.

망설이다가 다시 고개를 돌렸다. 흠칫 놀라며 주춤했다. 불과 몇 걸음이 떨어진 거리를 두고 여자가 서 있었다. 여자는 어둠 속에서 은은하게 빛났다.

연한 푸른색의 드레스는 오늘 홀에서 본 갖가지 화려한 드레스에 비하면 수수했다. 두 손을 앞으로 모으고 서서 여자는 아델을 바라보았다. 미소가 어딘지 모르게 슬퍼 보였다.

"당신은…… 르웨나가 아니군요."

가까이에서 보니까 다른 사람이었다. 하지만 르웨나로 착각할 만큼 무척 닮았다.

여자는 돌아서더니 고개만 뒤로 돌려 아델을 보았다.

"따라오라는 건가요?"

아델의 말에 여자는 생긋 웃고 걷기 시작했다.

"날 어디로 데려가는 거예요?"

대답은 들려오지 않았다. 조금씩 멀어지는 여자를 보다가 아델은 걸음을 내디뎠다. 자신의 직감이 저 여자는 위험하지 않다고 말했다. 해를 입히려는 나쁜 의도는 아닐 것이다. 여자는 무언가를 아델에게 알려 주려 했다. 르웨나를 닮은 여자를 도저히 외면할 수 없었다.

복도를 걷다가 계단을 내려갔다. 어떤 방으로 들어가 안쪽의 문을 열고 다른 복도로 나가기도 하고 한 사람이 겨우 걸을 수 있는 좁은 통로를 걷기도 했다. 처음에는 길을 기억하려 했지만, 어느 순간부터 포기했다. 여자는 일부러 복잡한 길을 골라 가는 것처럼 이동했다.

의아하게 생각될 정도로 가는 동안 누구와도 마주치지 않았다. 정말 왕궁 안에 다니는 사람이 거의 없거나 사람이 없는 길만 골라 갈 수 있을 정도로 궁 안의 구조를 꿰고 있거나, 둘 중 하나일 것이다.

아델은 어느새 궁 밖으로 나갔다. 단단한 대리석 바닥이 아니라 부드러운 흙이 밟혔다. 들고 있던 구두를 다시 신었다.

이미 해가 져서 사방이 어두웠다. 하지만 여자를 쫓아가는 데 아무 문제가 없었다. 저만치 앞서 걷는 여자의 주변으로 또렷하게 빛이 흘러나왔다.

꽤 한참 걸었다. 직진으로 걸으면 얼마 되지 않는 거리일지도 모른다. 여자를 따라 걷는 내내 빙 둘러서 가는 느낌을 받았다.

'정체가 뭘까.'

사람은 스스로 몸에서 빛을 낼 수 없다. 그리고 여자는 걷는 게 아니었다. 걸으면 사람의 몸은 작은 반동으로 흔들리게 되어 있다. 그런데 여자는 날아가는 것처럼 스르르 움직였다.

전혀 무섭지 않았다. 여자가 유령이라고 해도 상관없었다. 아델의 몸 안에는 강력한 힘을 지닌 정령이 깃들어 있다. 고작 유령 따위가 아델을 위협할 수 없었다.

높은 담장을 따라 쭉 걸으니 거대한 철문이 나왔다. 여자는 철문 앞에서 아델이 가까이 오기를 기다렸다. 그리고 굳게 닫힌 철문을 그대로 통과해서 들어갔다.

역시 사람이 아니다.

"……너무하네. 문은 안 열어 줘요?"

다행히 철문에 자물쇠는 없었다. 하지만 거대한 문은 무게가 상당해서 온몸을 기대 밀어도 열리지 않았다. 아델은 끙끙대며 시도하다가 한숨을 내쉬었다.

'어쩌지. 돌아가는 길도 모르는데.'

방법에 골몰하며 철문을 손으로 더듬었다. 철문 위에 듬성듬성 붙은 것들이 있었다. 길고 가느다란 줄기와 나뭇잎이었다.

'넝쿨인가?'

허리를 숙여 바닥을 더듬었다. 땅에 잡초가 소복이 가득했다. 아델은 미소 지었다. 대체 뭘 고민한 걸까. 조력자들이 잔뜩 있었다.

'도와줄래?'

문을 타고 오른 담쟁이넝쿨에서 변화가 시작되었다. 줄기 사이에 새로운 줄기가 뻗어 나오고 그 줄기는 또 다른 새 줄기를 만들었다. 순식간에 쑥쑥 자란 넝쿨이 거대한 철문을 촘촘하게 뒤덮었다. 이파리가 철문을 스쳐 지나갈 때마다 마치 뱀이 움직이는 것처럼 스윽 스윽 소리가 났다.

수백 가닥의 넝쿨이 마치 손을 뻗듯 담에 들러붙었다. 끼이이이 소리와 함께 꼼짝하지 않던 문이 서서히 틈을 벌렸다.

"고마워."

아델은 인사를 남기고 안으로 들어갔다.

"와아……."

그녀는 눈앞에 펼쳐진 광경에 감탄했다. 넓게 탁 트인 정원이 나왔다. 등을 잔뜩 밝혀 두어서 대낮처럼 환했다.

저 멀리 크게 그림자가 진 건물의 형태가 보였다. 대강 전체적인 구조를 추측해 보았다. 작은 궁과 넓은 정원이다.

'누가 살고 있겠지?'

사람이 없는 곳에 이렇게 많은 등을 켜 두었을 리가 없을 테니까.

'지금쯤이면 론이 날 찾을 텐데.'

시간이 너무 많이 지나갔다. 걱정할 사람들을 생각하니까 마음이 불편했다.

건물 안에 누군가 있을 것이다. 여자를 찾기 위해 시간을 오래 지체할 수 없었다. 돌아가는 길을 알려 줄 사람을 찾아야 했다.

아델은 소궁을 향해 정원을 가로질러 걸었다. 그녀는 기이한 느낌이 들어 한복판에서 걸음을 멈추었다.

'왜 아무것도 없지?'

지금은 여름이다. 식물의 푸르름이 만개하는 계절이었다. 하지만 야트막한 울타리를 세워 구획별로 나눈 꽃밭에는 한 송이의 꽃도 보이지 않았다.

'……어?'

언제 나타났는지 저만치 앞에 여자가 서 있었다. 여자는 손을 뻗어 한 방향을 가리켰다. 여자의 손끝이 향하는 곳을 보다가 다시 고개를 돌렸더니 이미 사라졌다. 여자가 가리키는 방향은 소궁으로 가는 방향과 완전히 달랐다.

여자가 가리키는 곳으로 가야 할까, 아니면 무시할까. 고민하는 아델의 얼굴에 갑자기 강한 바람이 불었다. 눈을 질끈 감았다가 뜨니 주변이 환했다. 어둠을 등으로 밝혀서 환해진 것이 아니라 태양 빛이 내리쬐는 한낮이었다.

아무것도 없던 정원에 색색의 꽃이 가득했다. 화려한 융단을 깔아 놓은 듯 넓은 정원에 가득한 꽃밭은 장관이었다. 마치 현실이 아닌 것 같은 위화감. 아델은 꿈속에서 비슷한 경험을 했다. 정령이 그녀를 옛 기억 속으로 데려갈 때마다 마치 진짜를 흉내 내 베껴 낸 그림 같다고 생각했다.

저 앞에서 여자가 걸어왔다. 부드러운 햇살을 받으며 그녀는 웃고 있었다. 금발에 초록 눈동자. 그녀는 아델을 이곳까지 데려온 여자와 동일인이었다.

그녀는 어린아이의 손을 잡고 있었다. 막 걸음을 뗐는지 아이는 불안하게 뒤뚱거렸다. 아이의 푸른색 머리카락을 보며 아델의 눈동자가 흔들렸다.

서툰 아이의 걸음걸이에 느릿하게 보조를 맞추며 그녀는 행복해 보였다. 아이의 걸음이 꼬여 넘어지려는 순간에 여자는 얼른 아이를 안아 들었다. 아이를 꼭 끌어안고 이마와 볼에 몇 번이고 입맞춤했다.

그녀는 아이를 안고 넓은 꽃밭을 바라보는 방향으로 몸을 틀었다. 노란 빛덩어리가 떠올라 주변을 가득 채웠다.

멍하게 그들을 바라보다가 그들에게 다가가려 했다. 그 순간 모든 게 사라졌다. 여자도, 아이도, 주변에 가득한 꽃과 작은 빛덩어리들도.

우두커니 서 있던 아델은 방향을 바꿨다. 여자가 가리킨 곳으로 걸어갔다.

정원의 끄트머리에서 소로를 따라갔더니 연못이 나왔다. 연못은 꽤 넓었고 수면 위에는 연잎이 가득 떠 있었다. 아델은 연못의 맞은편 기슭에 서 있는 여자를 발견했다. 여자는 연못을 물끄러미 내려다보고 있었다.

"당신은…… 론을 알아요?"

여자는 반응 없이 한참 동안 연못만 바라보았다. 다가가면 사라질까 봐 아델은 차마 가까이 가지 못하고 숨죽여 그녀를 지켜보았다.

여자가 고개를 들었다. 그리고 아델의 뒤쪽을 가리켰다. 아델은 뒤를 돌아보았다. 아무것도 없었다. 다시 고개를 돌렸더니 기슭에 서 있던 여자가 보이지 않았다.

"저기요. 어디 있어요?"

아델은 두리번거리며 그녀를 찾았다. 연못의 주변을 한 바퀴 도는 동안 여자는 나타나지 않았다. 아까 여자가 가리키던 방향을 떠올리며 아델은 서둘러 걸어갔다.

누가 온다. 아델은 멈추어 섰다. 멀리서 다급히 달려오는 사람이 있었다. 누구인지 알아볼 수 있을 만큼 가까워진 남자의 얼굴을 확인하고 아델은 놀라 눈을 깜빡거렸다. 그의 눈동자 가득히 안도감과 환희가 뚜렷했다. 왠지 가슴이 뭉클했다.

"아델!"

론이 와락 아델을 끌어안았다. 그가 얼마나 힘주어 안는지 가슴이 꽉 눌려 숨쉬기가 불편했다. 한편으로 그가 얼마나 걱정했는지 느껴졌다. 미안한 마음이 들어 그녀는 가만히 있었다.

론은 한참 만에 아델을 놓아주며 그녀를 아래위로 살폈다.

"무슨 일이 있었던 건 아니지? 다친 데는 없어?"

"난 괜찮아요."

론은 크게 한숨을 쉬었다. 그는 한쪽 팔로 아델의 어깨를 감싸 안으며 몸을 돌렸다.

"가자."

그가 크게 화를 내거나 긴 잔소리를 늘어놓을 줄 알았다. 아무 말도 하지 않으니 오히려 불안했다.

"걱정시켜서 미안해요. 화났죠?"

"너만 무사하면 괜찮아. 하지만 다시는 이러지 마. 어디를 가면 간다고 말을 해. 그래야 무슨 일이 있어도 내가 대처할 수 있으니까."

아델은 시선을 들어 그의 옆얼굴을 올려다보았다. 가슴이 두근두근 뛰었다. 이 남자가 좋다. 어떤 말로도 표현할 수 없을 정도로 좋다.

"내가 여기 있는지 어떻게 알았어요?"

"……모르겠다. 그냥 네가 있는 방향이 느껴졌어. 설명은 못 하겠지만."

별궁 앞에서 론은 망설였다. 어머니와의 추억이 있는 만큼 아픈 기억도 남은 곳이었다. 아델이 있을 것 같은 확신 같은 예감만 아니었어도 절대 들어가지 않았을 것이다.

"혼자 온 거예요?"

"기사들이 함부로 왕궁 안을 뒤지고 다닐 수 없으니 펠릭스 후가 폐하께 수색 허락을 받으러 갔어. 그걸 기다리지 못하고 내가 독단으로 움직인 거지."

"내가 사고를 쳤군요. 골칫거리가 되었네요."

아델이 한숨을 폭 내쉬었다.

"근데요. 론. 어릴 때 여기서 자랐지요?"

그의 걸음이 우뚝 멈추었다. 마치 들어서는 안 될 것을 들은 사람처럼 그의 표정이 기이했다.

"혹시 론의 어머니께서 금발 머리에 초록색 눈동자인가요?"

"······."

그의 침묵은 대답이나 마찬가지였다.

"어디서 무슨 말을 들었지?"

"초상화의 방에서 레바스 가문의 초대 가주님의 초상화를 본적 있어요?"

"······아니."

"안 봤어요? 왜요?"

"굳이 봐야 할 이유는 없으니까."

그가 초상화를 봤다면 초대 가주님이 자신의 어머니와 얼마나 닮았는지 알아차렸을 것이다. 남이라고 믿기지 않을 정도로 닮았다. 쌍둥이 자매처럼.

'자매라고······?'

어떤 깨달음이 아델의 뇌리를 스쳐 지나갔다.

"지금 초상화가 중요한 게 아니라······."

그는 말을 끊고 한숨을 쉬었다.

"나중에 얘기하자."

"응. 나도 물어볼 거 있어요."

그는 불편한 표정으로 입을 꾹 다물고 다시 아델의 어깨를 감싸 안으며 걸음을 옮겼다.

아델은 아까 자신이 들어온 철문으로 다시 나갈 줄 알았다.

하지만 그가 가는 방향은 소궁 쪽이었다.

"다른 곳으로 나가는 문은 없어요?"

"정원 뒤편에 있기는 한데 그쪽으로는 못 가."

"왜요?"

"문을 열 수 없으니까. 장정 너덧 명은 달라붙어 밀어야 열리거든."

아델은 속으로 '큰일 났다.'라고 생각했다. 그 문을 열어 둔 게 나중에 문제가 되지 않으려나 모르겠다.

소궁 안으로 들어가는 계단을 올라가지 않고 옆으로 꺾어지는 길에 들어섰다. 멀찍이 작은 문이 보였다. 곳곳에 등을 밝혀 둔 정원과 다르게 소궁은 새어 나오는 불빛 한 점이 없어 완벽한 어둠에 싸여 있었다.

"다행이다. 주인이 지금은 궁에 없나 봐요."

"원래 없어. 이곳은 비어 있는 궁이야."

"아무도 살지 않는다고요? 정원에 등을 저렇게 많이 밝혀 두었는데요?"

"……예전부터 그랬어."

무심코 대답했다가 흠칫했다. 무의식중에 이곳을 매우 잘 안다는 사실을 드러내고 말았다. 슬쩍 본 그녀의 표정은 딱히 변화가 없었다.

아무럼 어떤가. 그는 속으로 중얼거렸다. 어차피 언젠가는 말하려 했다. 그녀에게 모든 진실을 털어놓아도 왠지 자연스럽게 받아들이고 이해해 줄 것 같다.

'이곳은 여전하군. 시간이 멈춘 것처럼.'

그가 마지막으로 기억했던 모습 그대로였다.

세레니티가 사라진 후 왕은 별궁에 집착했다. 세레니티가 지냈을 때의 모습 그대로 손대지 못하게 하고 비워 두었다. 날이 저물면 정원에 대낮처럼 환하게 불을 켜 두었다.

누군가는 왕의 변함없는 마음이 참 대단하다고 했지만, 론의 생각은 달랐다. 어머니를 향한 아버지의 집요한 애정이 결코 좋아 보이지 않았다. 어머니는 아버지를 피해 도망간 것일지도 모른다고 생각한 적이 있었다.

"근데 저기 누가 있어요."

"뭐?"

론은 아델이 보는 방향으로 고개를 돌렸다. 누군가가 원형의 기둥 뒤에 몸을 숨기고 고개만 빼꼼히 내밀고 있었다. 론은 아델을 자신의 뒤로 감추었다.

"거기, 누군가. 나오지 않으면 병사를 부르겠다."

"……부르지 마세요."

가느다란 목소리였다. 기둥 뒤에서 작은 그림자가 쭈뼛거리며 앞으로 나왔다.

"어머. 아이잖아."

아델이 중얼거렸다.

정원에 켜 둔 등이 이곳까지 밝혀 주기에는 모자란 감이 있지만, 얼추 상대의 모습을 파악할 정도는 되었다. 예닐곱 살 정도의 사내아이였다.

론은 가늘게 눈을 뜨고 아이의 모습을 빠르게 살폈다. 옷차림이 고급스럽다. 시종의 차림새가 아니었다.

*　　　*　　　*

아델이 사라진 일은 아이작이 잘 수습해서 해프닝으로 마무리되었다. 아주 가끔 만취한 참석객이 왕궁 안에서 길을 잃는 일이 발생하곤 했다. 아예 없던 일도 아니라 웃어넘기면 그만이었다.

하지만 이번 일은 꽤 여러 사람의 입을 통해 오르내렸다. 사건을 해결하는 방식이 남달랐기 때문이다. 론과 아델이 돌아간 후에도 연회장에 남은 사람들은 계속 그들에 관해 이야기했다.

"펠릭스 후께서 폐하께 직접 수색 요청을 하셨다는군요."

"더스틴 왕자님께서도 적극적으로 도우셨대요."

론의 신분은 더스틴을 비롯한 몇 명만 알았다. 론이 자신을 소개하면서 알시온에서 조용히 머물다가 돌아가기를 바란다고 했더니 다들 알아서 입을 다물었다.

그래서 사람들은 상상력을 발휘했다. 타국의 왕족이라더라, 여러 나라에 작위를 가진 부유한 귀족이라더라, 출처가 어딘지 알 수 없는 말이 나돌았다. 어느새 론은 어마어마한 재산을 가진 외국의 귀족으로 탈바꿈했다.

"본국을 떠나 정착할 곳을 찾는 중이라나 봐요. 그래서 알시온도 둘러보러 온 거죠."

"그런데 왜 왕자님께서 과한 호의를 보이시는 거죠?"

"생각해 봐요. 엄청난 재산을 알시온에 가져오는 거잖아요. 돈으로 못 할 일이 뭐가 있어요. 더스틴 왕자님이 두둑한 후원을 받으면 해리 왕자님보다 우위에 설 수 있지 않겠어요?"

사람들의 눈빛이 번뜩였다. 머릿속으로 열심히 계산했다. 더스틴 왕자에게 줄을 대야 하는 건가.

"재산이 얼마나 되기에 그런대요?"

누군가의 질문에 누군가가 속삭였다.

"……라고 하더라고요."

"세상에!"

들은 사람들이 모두 화들짝 놀랐다. 근거를 알 수 없는 소문이 진실처럼 돌아다녔다.

론이 자신을 둘러싼 소문을 들었다면 딱히 뭐라고 반박하기는 어려웠을 것이다. 정확히 일치하지는 않아도 얼추 맞았다.

그가 외국의 귀한 신분인 것도 엄청난 부를 소유한 것도 사실이니까. 필요하다면 더스틴을 이용할 생각도 했다. 아마 생각에 그치지 않고 실행에 옮기면 남의 눈에는 왕권 다툼에 한 발 걸치려는 후원자로 보일 것이다.

소문 중 단 한 가지만은 완벽한 거짓이었다. 론은 절대 알시온에 돌아올 생각이 없었다.

＊　　＊　　＊

저택으로 돌아오자마자 론은 아이작과 긴한 이야기를 나눌
자리를 마련했다.

"아까 궁에서 아이를 봤는데 자신을 매튜 왕자라고 소개하더
군."

론은 별궁에서 봤던 소년을 떠올렸다.

"왕실에 매튜라는 이름을 쓰는 왕자가 둘인가?"

"무슨 말씀이신지……."

"매튜 왕자가 나도 알고 있는 그 매튜가 맞아?"

"제가 알기로 매튜 왕자님은 한 분뿐입니다. 아마 저하께서
열 살이 되시던 해에 태어나셨지요."

"……맞군."

론은 잔뜩 군은 표정으로 턱을 쓸며 생각에 잠겼다.

"무슨 문제라도 있습니까?"

"매튜의 나이가 올해 열다섯, 그쯤 되었지?"

"예."

"그런데 아까 내가 만난 매튜는 기껏해야 일곱이나 여덟 살 정
도로밖에 보이지 않았어."

"아, 예. 저도 들은 말입니다만, 그분의 성장이 더디다고 합니

다. 어릴 때부터 잔병치레를 자주 하시고 몸이 많이 약하시다고 하더군요."

론은 지그시 이를 악물었다가 헛웃음을 터뜨렸다. 참 공교롭다. 어쩌면 이토록 비슷한 증상이란 말인가. 그는 차갑게 웃으며 아이작에게 말했다.

"나와 비슷하게 말이지."

아이작은 흠칫 놀랐다. 그런 비교는 전혀 생각해 보지 않았다.

"내가 없는 사이에 태어난 동생이 더 있나?"

"공주님만 몇 분 계십니다."

알시온의 왕실에 왕자는 총 넷이었다. 세레니티의 소생인 로건, 클라라가 낳은 두 왕자, 궁비의 몸에서 태어난 매튜.

왕은 세레니티에게 푹 빠져 지내는 동안에 다른 여자는 쳐다보지도 않았다. 그런데 세레니티와 관계가 어긋나기 시작하면서 품은 여자가 클라라였고, 클라라는 세레니티가 왕비의 자리에 있는 동안 유일하게 왕과 동침한 여자였으며 유일한 궁비였다.

그런데 세레니티가 사라진 이후 왕은 난잡해졌다. 총애하는 여자가 몇 개월 간격으로 바뀌었다. 왕의 정부가 되어 침대만 덥히다가 관계가 끝난 여자는 셀 수 없고 아이를 낳은 몇 명만 궁비로 삼았다. 론은 배다른 동생들이 줄줄이 태어나는 것을 지켜보았다.

남들은 왕이 일편단심이라는데 론은 그 말이 우스웠다. 만약 왕이 어머니를 못 잊어 평생 독신을 고집했다면 어머니를 사랑했다는 마음에 진정성이 있다고 믿었을 것이다.

텅 빈 별궁에 밤새 등을 켜 두는 청승을 떨면서 매일 다른 여자의 침대에서 일어나는 부친을 절대 이해할 수 없었다.

"매튜와 같은 증상을 보이는 공주가 있나?"

"들은 바가 없습니다."

"매튜의 모친은?"

"몇 년 전에 세상을 떠났습니다."

"죽었다고? 왜?"

"식중독이 기승을 부리는 시기였습니다. 상한 음식을 잘못 드셨다고 합니다. 패혈증이 악화하여 끝내 일어나지 못하셨습니다."

궁비의 죽음은 타고난 숙명인가, 인위적인 개입인가. 클라라가 궁비의 죽음에 관여했다 해도 전혀 놀랍지 않았다.

"조사할 게 있다."

"예. 저하."

"은밀하게 왕궁으로 독이 반입된 적이 있을 거야. 치료 약제로 쓰기 위해 공식적인 검증을 받아 들어간 것은 모두 제외해. 흔적을 찾기 어려울 거다. 기록을 절대 남기지 않았을 테니까. 독초로 들어갔는지 가공된 상태로 들어갔는지는 모르겠군."

"독……이라고 하셨습니까?"

"그 독초는 효과가 천천히 나타난다. 어릴 때부터 장기 복용하면 성장이 더디고 잔병이 많고 허약한 몸이 되지."

아이작이 경악하여 눈을 부릅떴다.

"그리고 끝내 죽음에 이르게 하는데 주변에서는 중독으로 의심하지 못하고 오랜 지병으로 죽었다고 여기게 하는, 희귀한 독이야. 어지간한 약초꾼들은 존재도 모른다고 해."

"저하……."

아이작의 목에서 억눌린 음성이 흘러나왔다. 무릎에 올려 둔 손이 부들부들 떨렸다. 침착한 론의 목소리가 아이작의 감정도 진정시켰다. 아니었다면 제 머리를 쥐어뜯으며 소리를 질렀을 것이다.

아아. 왜 의심하지 못했을까. 어리석은 자신을 마구 두드려 패고 싶었다.

일이 벌어지기 전에는 반드시 징조가 있다. 잔악한 연쇄살인범이 처음부터 사람을 죽이는 게 아니다.

로건 왕자의 죽음에 왕비가 개입했다고 확신했으면서 왜 왕비가 이전부터 다른 수작을 부렸을 정황을 짚어 보지 않았을까.

"괜찮…… 괜찮으십니까?"

"괜찮으니 네 앞에 나타났지."

론이 가볍게 웃었다.

아이작은 크게 뜬 눈으로 론을 샅샅이 뜯어보았다. 허약한 로건의 흔적은 전혀 남아 있지 않았다. 말씀대로, 눈앞에 앉아 계시다는 사실 자체가 극복의 증거일 것이다. 안도의 한숨을 길게 내쉬었다. 그리고 주먹을 불끈 쥐었다.

"반드시 알아내겠습니다."

배 속에서 치밀어 오르는 뜨거운 기운이 머리끝까지 치솟았다. 화가 나서 참을 수 없다. 아이작의 눈에서 불꽃이 튀었다.

"공급한 자를 찾는 편이 쉬울 수도 있어."

"예. 꾸준한 복용이라고 하셨으니 매튜 왕자님 쪽을 조사해 보면 뭔가가 나오겠군요."

"……그래. 그런 방법도 있겠군."

자신과 같은 방식으로 중독된 배다른 아우를 생각하자 마음이 착잡했다. 그 여자의 잔인함에 이가 갈렸다. 자신은 장차 왕권 다툼에 방해가 될 테니 그렇다 쳐도 그 어린아이가 대체 무슨 위협이 된다고.

"밝혀낸다면 왕비에게 치명적입니다. 절대 회생이 불가능할 겁니다."

왕비의 몰락이 예상보다 빠를지도 모르겠다고, 아이작은 생각했다.

"아, 그리고 아까 폐하를 뵈었을 때 유감의 말을 전해 달라고 하셨습니다. 초대한 주인이 정작 불참한 건 고의가 아니라고 하셨습니다."

"좀…… 어떠시던가?"

"안색도 괜찮으시고 말씀도 잘하셨습니다. 시종장 말로는 내일부터 정무를 보실 거라고 합니다. 크게 우려할 만한 병환은 아니신 것 같습니다."

아이작은 론의 눈치를 살피다가 말했다.

"원하시면 폐하를 뵙는 자리를 마련해 보겠습니다."

론은 고개를 저었다. 만나서 할 말도 없었다.

"붉은 호수의 숲에 출입은 허락하셨습니다. 언제 가시겠습니까?"

"내일은 쉬고 모레가 좋겠어."

"예. 준비하겠습니다."

"그런데 대외적으로는 나만 가는 것으로 했으면 해."

말콤이 무슨 이유로 아델을 노리는지 알 수 없으니 지금 할 수 있는 일은 아델의 노출을 최소한으로 하는 것이다.

"레이디 스톤은 저택에 남아 있는 것처럼 보이게 하라는 말씀이군요."

"그렇지. 저택의 고용인들도 다 그렇게 알아야 한다."

"분부대로 하겠습니다."

아이작은 왜 그래야 하는지 묻지 않았다. 오늘 연회장에서 있었던 일로 충분히 깨달았다. 저 아름다운 숙녀분은 주군께 굉장히 소중한 사람이었다. 레이디 스톤에 관한 모든 일은 충분히 숙고해서 결정하시는 것이리라.

생각보다 아이작과 대화가 길어졌다. 아델이 할 말도, 물어볼 말도 있다며 기다린다고 했는데.

부름을 받아 들어온 멜이 꾸벅 고개를 숙인 후 말했다.

"아가씨는 조금 아까 잠드셨습니다. 성주님."

"그래…… 피곤할 만하지."

론은 도로 나가려는 멜을 불러 세웠다.

"따라오너라."

그는 멜을 뒤에 달고 아델의 침실로 들어갔다. 침대 옆의 협탁에 놓인 등의 불을 아주 약하게 밝혔다. 침대 위에 누워 색색 잠든 아델의 모습이 보였다.

그는 침대로 다가가 이불을 잘 덮어 주고 그녀의 이마를 쓸어 주며 손가락에 부드럽게 감기는 머리카락의 감촉을 즐겼다. 아델이 눈을 깜빡이며 '으응.' 하는 의미 없는 소리를 중얼거렸다. 살짝 뜬 눈으로 그를 보는가 싶더니 다시 눈을 감았다.

'잠꼬대인가.'

자는 사람을 깨우지 않아서 다행이라는 마음이 반, 아쉬움이 반이었다.

그는 알시온에 온 이후 미처 깨닫지 못했던 달라진 자신을 되돌아보게 되었다.

예전에는 왕에게 꼭 묻고 싶은 말이 있었다. 왜 그렇게 잔인하셨는지, 정말 자신이 미워서 그랬는지 궁금했다.

그런데 얼마 전부터 아버지의 입장에 자신을 대입해 보니까 조금은 알 것 같았다. 아버지의 사랑 방식은 문제점이 많았다. 하지만 어머니를 향한 진심은 분명히 존재했다.

작별 인사도, 이유도 말해 주지 않고 어느 날 갑자기 아델이 사라져 어디에 있는지조차 알 수 없게 된다면.

상상만 해도 가슴이 철렁했다.

그분은 자신의 감정을 추스르지 못해 허덕였다. 주변을 전혀 돌아보지 못했다. 아버지를 완벽하게 이해하지는 못하지만, 그럴 수도 있겠다고 생각하게 되었다.

'네가 날 변화시키는 걸까. 널 위해 내가 변하고 싶어 하는 걸까.'

어느 쪽이든 아델이 중심에 있었다.

그녀의 몸이 흔들리지 않도록 한 손으로 조심히 침대를 누르고 몸을 숙였다. 입술에만 살짝 닿았다가 떨어지는 인사의 키스를 했다.

여기까지만.

자제할 자신이 없어서 일부러 하녀를 데리고 들어왔다.

원하시면 침실을 바꿔 드릴까요? 하던 아이작의 질문을 떠올리며 그는 피식 웃었다. 혹하지 않았다면 거짓말이다. 그는 갈등하고 또 갈등했다. 현재 진행형이었다.

조금 떨어진 거리에 서 있던 멜이 시선을 돌리며 마주 잡은 손을 꼼지락거렸다. 별다른 광경을 본 것도 아닌데 마른침이 넘어가고 얼굴이 화끈거렸다.

'두 분이 같이 계시면 가끔 이상하게 야한 느낌이 든단 말이야.'

그리고 보면 볼수록 두 분은 완벽하게 잘 어울렸다.

　　　　　*　　　*　　　*

　느지막이 일어난 해리에게 시종이 전했다.

　"왕비님께서 의식을 찾으셨다고 합니다. 왕비궁에서 시녀가 다녀갔습니다."

　해리는 왕비궁으로 향했다. 어제 클라라가 연회장에서 혼절했다는 말을 듣고 방문했을 때는 의식이 없는 어머니의 얼굴만 보고 돌아섰다.

　왕비궁에 다다르니 시녀장이 맞이하러 나왔다.

　"어머니께서는 좀 괜찮으시냐?"

　"그게……."

　시녀장이 선뜻 대답하지 못하고 머뭇거렸다.

　"무슨 일 있나?"

　시녀장이 불안한 표정으로 안절부절못했다. 곁에 있는 다른 시녀들의 표정도 어두웠다. 해리는 미간을 찡그렸다. 왠지 짐작가는 구석이 있었다.

　"지금 뵐 수 없느냐?"

　"저하. 왕비님께서 고정하시도록 도와주십시오."

　해리는 쯧, 짧게 혀를 찼다. 표정에 언뜻 짜증이 스쳤다.

　"어디 가 보자."

　"예. 저하."

시녀들은 구원자를 만난 듯 한층 밝아진 안색으로 앞장서는 해리의 뒤를 졸졸 따라갔다. 침실에 가까워질수록 요란한 소리가 커졌다. 침실 문 앞에 시녀들이 모여서 불안하게 서성거렸다. 다가오는 해리를 보며 고개를 숙였다.

해리는 침실 문 앞에 섰다. 잠시 조용하다가 와장창 깨지는 소리가 났다.

"한동안 잠잠하시더니."

해리는 입 안으로 중얼거렸다.

어머니의 저런 모습을 어릴 때부터 봐 왔다. 평소에는 우아하게 미소 짓고 고상한 말투만 쓰는 어머니는 가끔 자기 자신을 주체하지 못하고 발작했다.

발작.

그보다 타당한 표현은 없었다. 해리는 마음속으로만 어머니의 상태를 정의했다.

꾹 눌러둔 것을 터뜨리는 것처럼 어머니는 반쯤 미친 사람이 되었다. 눈에 보이는 모든 것을 다 던지고 부수고 깨뜨렸다. 그 자리에 사람이 있으면 과녁이 되었다.

처음에 시녀들은 클라라의 곁에서 어쩔 줄 몰라 하며 얻어맞았다. 단단하거나 날카로운 물건에 다치는 부상자들이 속출했다. 이제 시녀들은 알아서 자리를 피하는 요령을 익혔다.

다 때려 부수면 다시 새로 사면 그만이다. 그런데 그렇게 간단하지 않았다. 클라라가 제 몸을 살펴가며 난리를 치는 것이 아니라서 바닥에 깨진 유리를 밟아 상처가 나면 그 뒷감당을 시녀들이 해야 했다.

지난번에 클라라가 발작했을 때는 발톱이 깨졌는데 시녀 하나가 거의 반죽음이 되도록 채찍질 당하고 퇴궁했다.

해리가 말리면 좀 나아졌다. 온종일 난리 칠 것이 반나절 정도로 줄었다. 그래서 클라라가 발작하기 시작하면 시녀장이 해리에게 달려왔다.

해리는 문의 손잡이를 잡고 서 있었다.

'지긋지긋하군.'

언제까지 이런 뒤치다꺼리를 해야 하는가. 일곱 살이었던가, 여덟 살이었던가. 그때 어머니의 또 다른 얼굴을 처음 보았다. 충격이 대단했다. 눈에 광기가 가득한 어머니는 이야기책에 등장하는 사악한 마녀 같았다.

'언제까지 어머니의 치마폭 안에 있을 수는 없지 않나.'

어머니가 자신에게 많은 관심을 쏟은 것을 모르지는 않았다. 하지만 어머니의 무조건적 지원은 가끔 부담스러웠다. 시간이 지날수록 간섭이 심해지는 것도 못마땅하다. 혼자 잘해 나가는 더스틴을 보니 상대적으로 자신이 바보같이 느껴진다.

그는 손을 떼고 돌아섰다.

"어머니께서 지금 내가 뵐 만한 기분이 아니신 것 같구나. 진정되시거든 알려다오."

"예? 저하."

시녀들의 안색이 꺼멓게 죽는 것을 외면하고 해리는 돌아섰다.

침실을 완전히 쑥대밭으로 만들어 놓고 늦은 오후 즈음에 클라라는 겨우 진정했다. 어디에 긁혔는지 그녀의 발등이 피투성이였다. 시녀들은 왕비의 부상을 확인하고 사색이 되었지만, 다행스럽게도 클라라의 정신은 딴 데 가 있었다.

그녀는 참혹한 방 한가운데에 비교적 멀쩡한 소파에 앉아 생각에 잠겼다. 시녀들이 살금살금 움직이며 어질러진 방을 치웠다.

"얼쩡거리지 말고 다들 나가라!"

시녀들이 도망치듯 후다닥 물러갔다. 잠시 후 부름을 받은 시녀장이 들어갔다. 클라라는 한 통의 서신을 건넸다.

"너는 이것을 공작가의 집사에게 전해 주어라. 반드시 집사 본인에게 직접 주어야 한다. 또한, 아버지께서 내가 너를 통해 집사와 연락한 사실을 아서서도 안 된다."

시녀장이 심부름 다녀온 그날 밤, 클라라는 잠들지 않고 소파에 앉아 기다렸다. 언제 어디를 통해 들어왔는지 모르게 한 남자가 그녀의 앞에 나타났다. 아래위로 체형에 붙는 까만 옷을 입고 머리에는 복면을 뒤집어썼다.

"혼자 왔느냐?"

"우리가 전부 다 올 필요는 없소."

목소리로 추측하면 남자의 나이는 중년에 가까웠다.

"그건 그렇지. 일만 잘해 주면 되느니."

"우리에 관해 어떻게 알았소?"

"아버지의 금고 속에 든 비밀문서를 보았다. 오해하지 마라. 아버지께서는 입이 무거우시다. 내가 멋대로 본 것이라 아버지는 모르신다. 너희는 정말 죽이고자 마음만 먹으면 누구라도 죽일 수 있느냐?"

"실패한 적이 없소."

"좋다. 내가 맡기는 일을 하면 내 아버지와 맺은 계약을 이행한 것으로 치겠다."

"그게 공작 각하의 뜻이오?"

"내 뜻이 곧 아버지의 뜻이다. 나는 이 나라의 왕비다. 내 아들은 장차 왕이 될 것이다. 내게 그만한 권한이 없을 것 같으냐?"

남자는 아무 말이 없었다. 나름의 계산을 마쳤는지 잠시 후 입을 열었다.

"무슨 일을 하면 되오?"

"죽이는 일을 업으로 삼은 자를 불렀으면 뻔한 것이지."

"그도 그렇군. 누구를 죽여 드리리까?"

클라라의 입꼬리가 사악 위로 올라갔다.


복면의 남자는 나타난 것처럼 언제 가는지도 모르게 사라졌다. 마치 그림자 속에 녹아드는 것 같았다.

클라라는 침대에 누워 눈을 감고 잠을 청하다가 벌떡 일어나 앉았다. 속이 부글부글 끓었다. 그녀는 연회장에서 푸른 머리의 남자와 눈이 마주친 장면을 셀 수 없이 되새김했다.

'틀림없어.'

세레니티의 아들이다. 그녀는 자신의 직감을 믿었다. 그 사내가 어떤 배경으로 자신의 눈앞에 나타났는지 중간 과정 따위는 전혀 중요하지 않았다. 세레니티의 아들이 살아 돌아왔고 그대로 놔둘 수 없었다.

어차피 한 번 치우려 했다. 두 번 못할 것도 없다.

권세 높은 공작가의 외동딸로 태어나 부족한 것을 모르고 자랐다. 그녀는 영리했고 외모도 매력적이었다. 내로라하는 가문의 자제들이 앞다투어 그녀에게 구혼했다.

세레니티는 클라라가 겪은 최초의 좌절이었다. 클라라의 완벽한 인생에 더러운 오점을 남겼다. 가진 것뿐이라고는 반반한 외모뿐인 여자가 자신의 위에 서 있는 현실을 인정할 수 없었다.

그녀는 세레니티를 질시했다. 그리고 동시에 자신이 세레니티가 되고 싶었다. 그녀의 모순된 욕망은 뿌리 깊은 증오로 변질했다.

아들의 앞날을 위해서라는 이유만으로 로건을 죽인 게 아니다. 세레니티의 흔적을 모두 없애고 싶었다.

'왜…… 살아 있지?'

그날 살아남은 자는 아무도 없었다. 로건의 시체를 보지 못했지만, 오히려 온전한 시체를 남긴 사람이 몇 안 되었다. 현장은 참혹했고 검붉은 핏자국들만이 당시의 상황을 말해 주었다.

사절단을 공격한 것의 정체가 무엇인지 클라라는 알지 못했다. 그게 뭐였냐고 카발에게 묻지도 않았다. 아예 그 일 자체를 입에 담지 않았다.

클라라가 한 일은 로건이 궁 밖으로 나가야만 하는 명분을 만든 것과 사절단이 움직이는 정확한 날짜와 위치의 정보를 카발에게 건네준 것, 그뿐이었다.

'내가 먼저 제안한 것도 아니었어.'

로건을 왕궁 밖으로 내보내면 알아서 처리해 주겠다고 꾄 쪽은 카발이었다.

'일을 이렇게 엉망으로 처리하다니.'

그녀는 사납게 먼 곳을 응시했다. 그녀의 시선 끝은 벽을 뚫고 지나가 말콤의 저택, 빛 한 점이 들지 않는 골방에 앉아 있는 괴물에게 향했다.

'시작한 자가 마무리도 짓는 것이 마땅하지 않은가.'

클라라는 시녀를 불렀다. 곤히 자다가 달려온 시녀의 얼굴에는 잠기운이 남아 있었다.

"마차를 준비해라."

"예. ……예? 지금 말씀이옵니까?"

"지금 당장. 지체하고 싶지 않으니 서둘러라."

"왕비님. 준비가 되어 있지 않습니다. 은밀하게 움직이려면 사전에……."

"시끄럽다! 당장 나갈 것이니 마차를 대령해라."

이슥한 시간, 왕궁에서 한 대의 마차가 빠져나왔다. 마차가
향하는 목적지는 말콤 그랜트의 저택이었다.

*　　*　　*

평소보다 일찍 일어났다. 오랜만에 꿈을 꾸지 않고 푹 잤더니
몸이 가뿐했다. 아델은 두 팔을 위로 뻗어 있는 힘껏 기지개를
켰다.

멜이 들어오려면 시간이 남았다. 뭘 할까 고민하면서 침대 위
를 뒹굴뒹굴하다가 벌떡 일어났다.

'얀을 보러 갈까?'

문을 조용히 열었더니 이미 그녀의 기척을 눈치챈 얀이 고개
를 들어 문을 바라보고 있었다.

"어머? 얀."

눈을 마주친 얀이 머리를 갸우뚱 옆으로 기울였다. 아델은 빠
른 걸음으로 다가가 두 팔로 늑대의 목을 꽉 안았다.

"안녕. 잘 잤어? 밤새 네가 여길 지킨 거야?"

커다란 꼬리가 한 번 좌우로 흔들렸다. 바닥을 치며 풀썩풀썩
소리가 났다.

어제 얀은 외출했다가 돌아온 두 사람의 곁에서 떨어지지 않

으려 했다. 침실 문 앞까지 따라가 제 자리인 것처럼 복도에 엎드렸다. 그걸 론이 단호히 쫓아냈다.

그런데 자정이 넘어갈 무렵에 론은 소란스러운 소리를 듣고 침실을 나왔다. 저택 안으로 난입한 늑대가 복도에 누워 있고 사람들이 곤란해하고 있었다. 이번에는 론이 아무리 말해도 꿈쩍하지 않았다.

거대한 짐승이 엎드려 버티면 방법이 없었다. 결국, 복도는 얀의 차지가 되었다.

파수꾼이 생기자 론은 기사들에게 휴식을 주었다.

알시온까지의 오랜 여정과 도착한 이후에도 계속 기사들은 최소한의 휴식만 취하며 호위 임무를 수행했다. 숲으로 가는 일정까지 있으니 기회가 있을 때 푹 쉬는 시간을 갖는 게 좋다고 판단했다.

아무리 사람이 뛰어나도 짐승의 타고난 예민함을 따라잡을 수는 없다. 고지식한 앨런도 늑대의 능력을 인정했다. 늑대의 영민함을 충분히 봤던 터라 기사들을 대체할 수 있다는 사실을 받아들였다.

그래서 지금 복도에는 아무도 없었다. 저택의 사람들은 무서워하며 얼씬하지 않았다.

"얀. 다들 일어날 때까지 나랑 놀자."

얀이 대답처럼 아델의 손등을 핥았다.

"안으로 정말 못 들어오니?"

아델은 침실 안으로 들어가서 바깥에 있는 얀에게 손짓했다. 얀이 몸을 일으켜 문 안으로 쑤욱 고개를 들이밀었다. 그런데 거기까지가 한계였다. 아델의 침실은 양쪽 문이 아니라서 얀이 비집고 들어갈 충분한 공간을 만들지 못했다.

"아! 얀. 바깥에서 들어오는 건 어때? 발코니 창은 크니까 가능할 거야. 근데 여기가 이 층이라서……. 꽤 높은데 뛰어오를 수 있겠어?"

얀이 크르릉 낮은 울음소리를 냈다. 내가 그것도 못하겠냐고, 뻐기는 것 같았다.

"좋아. 그럼 해 보자."

아델은 침실로 들어가 문을 닫았다. 그리고 발코니의 창문을 활짝 열었다. 위에 달린 잠금쇠를 여느라 시간이 조금 걸렸다. 발코니로 나가 아래를 내려다보니 어느새 얀이 밑에서 어슬렁거렸다.

"뛰어, 얀!"

아델이 뒤로 빠르게 물러나는 것과 동시에 거대한 짐승이 위로 뛰어올라 발코니에 착지했다. 그리고 열린 창을 통해 안으로 들어왔다. 덩치의 무게가 느껴지지 않는 몸놀림이었다.

"우와! 정말 너 대단하구나."

아델이 까르르 웃으며 얀의 목에 매달렸다. 목을 두 팔로 안고 두 다리를 깡충 위로 올렸더니 공중에 대롱대롱 매달리게 되었다. 얀이 그녀를 매달고 걸어 다니자 그녀는 깔깔거렸다.

한참 장난치며 놀다가 아델은 얀의 허리를 베개 삼아 바닥에 누웠다. 살아 있는 베개의 느낌은 묘했다. 단단하면서도 털 덕분에 푹신했다. 짐승에게서는 누린내가 난다는데 얀은 거슬리는 체취가 전혀 없었다.

"얀. 하란으로 돌아갈 때 같이 가자. 설마 론이 널 두고 가진 않겠지. 혹시 그런다고 해도 네가 따라와. 내가 책임질 테니까. 네가 아무리 많이 먹어도 내가 그쯤은 감당할 수 있거든. 레바스 성은 여기보다 훨씬 넓어. 네가 지내기에도 좋을 거야."

아델은 옆으로 고개를 돌렸다. 유연하게 고개를 꺾은 얀의 은회색 눈동자와 마주쳤다. 짐승의 맑은 눈이 그녀를 물끄러미 바라보았다.

"네가 말을 할 수 있으면 좋았을 텐데."

그녀는 아쉬움을 담아 중얼거렸다.

'정령에게 물어보면 방법이 있지 않을까?'

숲에 가서 정령을 만나면 꼭 얀의 이야기를 해야겠다.

얀은 공중으로 코를 살짝 들어 올려 벌름거렸다. 누군가 오고 있다. 자신을 몹시 질색하는 인간의 냄새였다. 눈동자를 옆으로 돌려 아델을 보았다.

알려 줄까. 그러면 여기서 나가야 할 테지.

얀은 지금 누워 있는 자세가 편했다. 배를 누르고 있는 적당한 무게도 좋았다. 일어나기 싫다. 딱히 아무것도 하지 않았는데 자신만 보면 경기를 일으키는 그 인간이 못마땅했다. 얀은 콧바람을 내쉬며 눈을 감았다.

얼마 지나지 않아 침실 문이 열렸다. 복도에 늑대가 보이지 않아서 가슴을 쓸어내리며 문을 열고 들어온 멜은 거대한 짐승을 보고 경악했다.

"으아아아악!"

이른 아침부터 울려 퍼지는 여자의 비명은 저택의 모든 사람을 깨우기에 충분했다.

순식간에 사람들이 달려왔다. 론이 잠옷 차림으로 가장 먼저 도착했다. 뒤이어 기사들, 그리고 저택의 사람들도 속속 아델의 침실에 모였다.

그들은 엎드려 누워 있는 늑대와 눈을 까뒤집고 기절한 하녀, 그리고 하녀를 부축하면서 다급히 그녀의 이름을 부르는 아델을 볼 수 있었다.


얀은 침실 밖으로 쫓겨났다. 그뿐만 아니라 우리에 갇혔다.

우리에 들어가면서 애절한 눈으로 론을 보며 끙끙거렸지만, 론은 흔들리지 않았다.

"아델의 하녀가 널 많이 무서워하니까 조심하라고 했지."

예민한 짐승이니 하녀가 오는 기척을 알아차렸을 것이다. 안에 있다고 소리를 내거나 자리를 비키지 않고 놀라게 한 것은 고의적이었다.

기절했다가 깨어난 멜은 놀란 가슴을 진정하지 못하고 훌쩍

홀쩍 울었다.

"전 개가 싫어요. 아가씨."

얀은 개가 아닌데.

아델은 속으로 중얼거리며 겉으로는 다정히 위로했다.

"그럼 알지. 미안해. 내가 신경을 못 썼어."

"전 진짜 주먹만 한 강아지가 옆에 와도 기절할 것 같다고요. 저도 이러고 싶지 않아요. 제 힘으로 극복할 수 없다고요!"

"알아, 알아. 무서운데 어쩌겠어."

영리하고 사람을 해치지 않고. 그런 이유는 멜의 두려움을 줄이는 데 전혀 도움이 되지 않았다. 어릴 때 동네 떠돌이 개에게 물린 이후 멜은 개를 귀신보다 무서워하게 되었다.

아델의 위로를 받고 멜은 겨우 울음을 그쳤다. 그즈음에 얀을 데리고 나갔던 론이 돌아왔다.

"소란을 일으켜 송구합니다. 성주님."

멜이 꾸벅 고개를 숙였다.

"많이 놀란 모양이구나. 오늘은 아무 일도 하지 말고 쉬어라."

"그래. 멜. 오늘은 푹 쉬어."

멜은 우물쭈물하다가 휴가를 받아들였다. 멜이 나가고 나서 아델은 바로 그에게 물었다.

"얀은요?"

"우리에 가뒀어."

"가여워! 얼마나 답답하겠어요."

"그 녀석은 반성해야 돼."

"그냥 운이 나빴던 거예요. 얀이 얼마나 착한데요."

"그렇게 순박한 녀석이 아니야. 예전부터 그랬지. 내 눈앞에서는 얌전한 척 시치미 떼고 나 모르게 다른 사람들을 놀리더라. 자기를 보며 벌벌 떠는 사람들을 보며 즐거워한다고."

아델은 쿡쿡 웃었다. 늑대의 심술이 교활하게 느껴지지 않고 오히려 귀여웠다.

"애초에 저택 안으로 들이는 게 아니었어."

"그래도 얀이 있어서 든든하잖아요. 얀이 내 침실을 지켜 주니까 안심이죠?"

론은 말없이 한숨만 내쉬었다.

"아침 먹고 정원으로 나가요. 얀도 풀어 주고요."

"반성해야 한다니까."

"이번 일은 얀의 잘못이라고만 할 수 없어요. 얀이 무슨 짓을 한 건 아닌걸요."

아델은 그의 앞으로 바짝 다가섰다. 두 팔로 그의 허리를 안고 고개를 위로 들었다. 턱을 그의 가슴에 댄 채 사르르 웃었다.

"용서해 줘요. 응?"

"……이래서 그 녀석이 약았다는 거야."

그 녀석은 본능적으로 론이 가장 약한 상대를 파악하고 공략했다. 아델을 완전히 제 편으로 만들어 놨으니 당해낼 수가 없다.

"아! 시…… 실례했습니다."

안으로 들어온 여자가 끌어안고 있는 두 사람을 보더니 화들짝 놀라 돌아섰다. 다급히 도로 나가는 여자의 뒤통수에 대고 론이 말했다.

"무슨 일인가?"

"후작님께서 아가씨의 시중을 들라고 하셨습니다. 그리고 아침 식사 준비가 다 되었다고 전해 드리려고……."

하녀는 여전히 뒤돌아선 채 말했다. 론이 '곧 가겠다.'라고 답을 주자 하녀는 다시 서둘러 사라졌다.

아델은 후끈거리는 얼굴을 그의 가슴에 감추었다. 그리고 고개를 떼며 그의 가슴을 밀어내려는데 오히려 그가 그녀의 등 뒤를 감싸며 품으로 당겼다.

"아침 먹으러 오래잖아요."

"좀 느릿하게 가는 게 미덕이야."

아델은 바로 어제 아침에 경험한 일을 떠올렸다. 밥 먹으러 오래서 바로 갔더니 식당은 한창 준비 중이었다. 바삐 움직이던 후작가의 사람들은 아델을 보고 몹시 당황했다.

"귀족의 시간관념은 도무지 모르겠어요."

아델은 다시 그의 품에 고개를 묻었다. 그의 팔이 그녀의 등을 받쳐 눌렀다. 살짝 압박되어 그의 품에 밀착하는 느낌이 좋았다. 그녀는 '누가 또 들어오면 어쩌지?'라고 생각했다가 '아무렴 어때.' 중얼거리며 배시시 웃었다.

＊　　＊　　＊

　하란의 마법사들은 항상 로브를 입고 다닌다. 로브는 그들의 신분을 상징하면서 동시에 그들을 보호했다. 대륙의 치안이 아무리 엉망이어도 로브를 입은 마법사를 감히 해코지하는 자는 없기 때문이다.

　줄리오는 오랜만에 로브를 벗었다. 용병의 차림새를 한 그를 눈여겨보는 사람은 아무도 없었다. 그뿐만 아니라 밤거리를 지나가다가 애먼 시비에 휘말리기도 했다.

　그래서 비로소 알았다. 자신이 어느새 용병의 일상을 잊고 있었으며 로브를 입은 동안에 혜택을 누렸다는 사실을.

　'그래도 뭔가 홀가분한 건 좋은데?'

　로브를 입은 동안에는 괜히 말과 행동을 조심하게 되었다. 용병의 차림새를 하니까 말투도 행동도 거침이 없었다. 어느 정도의 해방감을 느꼈다.

　옛날이 그립다는 건 아니다. 그는 마법사의 생활에 만족했다. 모든 게 풍족한 새 삶이 싫을 리가 없다.

　하지만 가끔 일탈이 하고 싶거나 머릿속을 비우고 싶으면 마법사가 아닌 용병 줄리오가 되어 돌아다니는 것도 나쁘지 않을 것 같다.

　"어디 보자."

줄리오는 분수대가 있는 광장의 한복판에 서서 주변을 한 바퀴 둘러보았다. 이 광장을 기준으로 크게 네 개의 거리가 갈라졌다. 그리고 거리마다 다니는 사람들의 신분이 달랐다.

"딱 봐도 저기군."

다른 셋과 비교해 하나의 거리는 한눈에 봐도 달랐다. 거리의 너비가 훨씬 넓고 바닥이 흙길이 아니라 돌을 깔았다. 귀족의 저택이 모여 있는 로열 로드다. 이 길의 끝이 왕궁으로 연결되어 있었다.

줄리오는 널찍한 길로 걸어 들어갔다. 자신 있게 들어간 지 얼마 안 되어 난감하게 주변을 두리번거렸다.

'어디가 어딘지…….'

높은 담에 둘러싸인 귀족의 저택은 다 그 집이 그 집 같았다. 높은 담, 담을 따라 심은 나무들, 담 안쪽으로 한참 들어가 있는 저택. 구별할 수가 없었다.

"거기. 뭔데 여기서 어슬렁거리지?"

귀족의 거리답게 대낮에도 순찰하는 병사들이 있었다. 그들은 계속 줄리오를 주시했다. 귀족의 거리에 평민의 출입을 금지하는 법은 없었지만, 병사들에게 괜한 트집이 잡힐까 봐 대부분 평민은 이쪽으로 오지 않았다.

줄리오는 다가오는 병사들을 보며 차라리 잘 되었다고 생각했다.

"수고가 많으십니다."

줄리오는 넉살 좋게 웃으며 살갑게 말을 붙였다.

"길을 찾고 있습니다. 펠릭스 후작님의 저택으로 가려면 어디로 가야 합니까?"

병사 둘이 서로의 얼굴을 마주 보았다. 그리고 줄리오를 아래위로 훑었다.

"후작가에는 무슨 용무인가?"

눈빛은 한층 경계가 짙어지면서 동시에 말투는 좀 더 점잖아졌다. 줄리오는 경험으로 이런 태도 변화가 무엇을 뜻하는지 알았다. 펠릭스 후작은 이 나라에서 권세 있고 유명한 귀족인 모양이다.

"그 댁에 전해 드릴 것이 있습니다."

일개 용병이 그 댁에 볼일이 있다고 해 봤자 믿지 않을 테니 자신을 심부름꾼으로 위장했다.

"신분이 확실하지 않은 자를 후작가로 바로 데려갈 수는 없지. 따라오게."

줄리오는 한숨을 내쉬었다. 귀찮아지겠구나.

"무슨 일인가?"

목소리가 들려오는 방향으로 세 사람의 고개가 동시에 돌아갔다. 병사들은 갑자기 다가온 사내를 경계했고 줄리오의 눈은 동그랗게 커졌다.

장신의 사내는 품에서 은색의 배지를 꺼내 병사들에게 보였다. 기사임을 증명하는, 그것도 높은 지위를 뜻하는 배지를 확인한 병사들이 당혹스러워했다.

배지를 본 것만으로 병사들의 태도는 바로 바뀌지 않았다. 사내의 차림새가 너무 허름했다.

"모종의 일로 오래 나가 있다가 귀국하는 길이다. 수도 방위는 여전히 렌프루 경이 담당하나? 아니면 그 아들이?"

사내는 병사들과 몇 마디 대화를 주고받았다. 사내가 내부 사정을 비교적 잘 알자 병사들은 사내를 윗사람으로 받아들였다. 그러자 표정과 자세가 바뀌었다.

"이자가 길을 찾는 중이라기에 이야기 중이었습니다."

"내가 아는 사람이다. 내가 안내할 테니 자네들은 하던 임무로 복귀하라."

"예."

병사들이 돌아섰다. 줄리오는 사내를 보며 반갑게 웃었다.

"기사라고 듣긴 했지만, 높으신 분을 몰라 뵈었네요. 하워드 경."

"그런 말을 들을 정도까지는 아닙니다. 그런데 여기서 또 만나는군요."

"그러게요."

줄리오는 론을 만나러 알시온으로 오는 도중에 지크 하워드라는 남자와 동행했다. 중간에 줄리오가 다른 길로 빠지면서 헤어졌지만, 마차를 타고 하루를 꼬박 나란히 앉아 가면서 두 사람은 이런저런 이야기를 나누며 친해졌다.

"길을 찾는 중이라면 제가 도와드릴 수 있습니다."

"펠릭스 후작가의 저택을 찾고 있습니다."

지크의 눈동자가 살짝 흔들렸다.

"마침 잘 아는 곳이군요. 따라오십시오."

"앗, 감사합니다."

줄리오는 히죽 웃으며 앞서 걷는 지크의 곁에 따라붙었다. 길 자체는 복잡하지 않았다. 빈민가의 집을 찾듯 골목골목을 헤맬 필요 없이 쭉 뻗은 길만 따라가면 되었다. 다만, 한 채의 저택을 지나가는 것만도 한참이라 꽤 걸어야 했다.

"저기 보이는, 문 옆에 대리석 기둥이 있는 저택입니다."

"감사합니다. 하워드 경 덕분에 금방 찾았습니다."

"도움이 되었다니 다행입니다."

"도움이 되었고말고요. 거기서 아는 척해 주시고 이렇게 안내 도 해 주셔서……. 그러니까 제 말은 절 잘 알지도 못하는데 믿 어 주신 게, 제가 못 믿을 사람이란 건 아니고요."

줄리오는 횡설수설하다가 겸연쩍게 뒷머리를 긁적였다. 단지 길을 알려 줘서 고마운 게 아니라 상대는 기사였다. 그리고 그는 자신을 일개 용병으로만 알고 있었다. 기사는 대개 용병을 잠재 적 범죄자 정도로 취급했다.

자신을 편견 없이 봐 준 기사는 솔직히 눈앞의 남자가 처음이 었다. 이 남자 같은 기사를 만난 적이 있었다면 기사에 대한 생 각이 많이 바뀌었을 것이다.

줄리오가 하고 싶은 말을 이해했다는 듯 지크가 웃었다.

"제가 먼저 도움을 받았습니다. 제가 기사라는 걸 알고 도와 주신 게 아니지요."

줄리오는 여객 마차를 찾다가 마부와 실랑이하고 있는 남자를 보았다. 남자는 목적지에 도착하면 꼭 삯을 지불하겠다고 말했다. 하지만 선불이 아니면 태워 줄 수 없다는 마부의 태도는 완강했다.

차비 문제로 다투는 광경을 한두 번 본 것도 아닌데 왜 관심이 갔는지 모르겠다. 몹시 다급해 보이는 남자의 표정, 거듭되는 마부의 거절에 낙담해 축 늘어지는 어깨가 몹시 안 되어 보였다.

마부보다 압도적으로 큰 키와 체격을 가졌음에도 힘으로 윽박지르지 않고 예의를 지키는 태도가 인상적이었다.

마부가 '비렁뱅이가 아침부터 달라붙어 재수 없게 한다.' 하고 거칠게 내지르자 왠지 화가 났다.

「그분 삯은 내가 내겠소. 그러니 태워 주시오.」

살면서 이런 오지랖을 부려 본 건 처음이었다.

「어디까지 가십니까? 전 알시온으로 갑니다.」

간단히 통성명한 후 목적지를 말하니 지크는 반색했다.

「저도 그쪽으로 갑니다. 오랫동안 고향을 떠나 있다가 돌아가는 길입니다.」

차비를 내주고 목적지도 같아서 그런지 가는 내내 지크는 줄리오의 말동무가 되었다. 도움을 받은 차비는 꼭 갚겠다며 자신이 기사라고 말했다. 어쩌다 돈이 한 푼도 없는 처지가 되었는지 사정도 들었다.

「아침에 일어나 보니 돈주머니가 사라졌더군요. 전에는 안 그랬는데…… 근래에는 지나치게 깊이 잠들어 기척을 모릅니다. 감각이 무디어졌나 싶어서 반성 중입니다.」

최종 목적지는 알시온이었지만, 줄리오는 중간에 잠시 들를 곳이 있었다. 마차에서 내리면서 지크가 알시온으로 가는 비용까지 내주었다.

"호의는 제가 먼저 받았고 보답이라고 하기에는 약소합니다. 혹시 제가 도움을 드릴 일이 있으면 부담 없이 찾아오십시오. 차비도 꼭 갚겠습니다."

지크는 잠시 생각하다가 말했다.

"지금 찾아가시는 펠릭스 후작가의 주인께 제 이름을 대면 됩니다. 그럼 제가 연락받을 수 있을 겁니다."

"뭐 대단한 일을 했다고요. 한데 저택의 주인과 잘 아시는가 봅니다."

"예. 정확히 주인은 아니고 주인의 아들 쪽이지만요. 안까지 함께 갔으면 좋겠지만, 들어갔다가는 오래 붙잡힐 것 같군요. 급히 갈 곳이 있어서요."

"아이고, 아닙니다. 괜찮습니다."

줄리오는 두 손을 내저었다.

"말씀하신 주군을 뵈러 가시나 봅니다."

"예."

지크가 활짝 웃었다. 그는 주군에 관한 이야기를 할 때마다 소년처럼 웃었다. 몹시 고대하던 선물을 기다리는 아이처럼 들떠 보였다.

줄리오는 보지도 못한 지크의 주인이라는 사람이 괜히 좋아졌다. 이런 기사가 기쁘게 충성을 바치는 사람이라면 과연 얼마나 훌륭한 인물일까. 차비는 됐으니 경의 주군을 소개해 달라고 말하고 싶었다.

"하워드 경의 주군은 참 좋은 분일 것 같습니다. 연세가 지긋한 분이겠지요?"

"아닙니다. 그분은……."

지크는 말을 멈추었다. 얼굴에서 웃음기가 사라져 표정이 딱딱하게 변했다. 미간을 찡그리는 그의 두 눈이 불안하게 흔들렸다.

'또.'

줄리오는 고개를 갸웃했다. 주군에 관해 물으면 항상 보이는 반응이었다. 기억을 쥐어짜 내는 것처럼 보이기도 하고 취한 사람처럼 약간 멍해 보이기도 했다.

"하워드 경. 바쁘시다니 더 붙잡을 수 없겠습니다."

"예? 아, 예."

잠시 어리둥절한 표정이었다가 지크는 고개를 끄덕였다. 화제를 바꿀 때 보이는 반응도 같았다. 잠깐 잠이 들었다가 깨어나는 사람 같았다.

작별 인사 후 멀어지는 지크의 등을 바라보다가 줄리오는 후작가의 저택으로 다가갔다.

'누구나 나름의 속사정이 있기 마련이지.'

그는 지크가 주군에 관해 떠들고 싶지 않아서 곤란해한다고 생각했다. 원래 기사의 중요한 덕목은 무거운 입이니까.

줄리오와 헤어져 길을 걷던 지크는 멈추어 섰다. 뒤를 돌아보니 이미 줄리오는 저택 안으로 들어갔는지 모습이 보이지 않았다. 조금 전에 줄리오가 던진 말이 머릿속에 맴돌았다.

「연세가 지긋한 분이겠지요?」

왜 대답하지 못했을까.

가슴이 답답하다. 그는 가슴께의 옷자락을 움켜잡았다.

'그분은⋯⋯.'

기억을 더듬어 가던 그의 눈동자가 몽롱하게 풀렸다. 잠시 멍하게 서 있던 그가 흠칫 놀라 고개를 들었다. 그의 귓가에 속삭임이 이명처럼 울렸다.

**―오너라. 나의 기사. 지크 하워드.**

가야 한다. 그는 부름을 받아 가는 중이었다. 그가 가려는 목적지에 그의 주인이 있었다.

다시 걷기 시작하는 그의 발걸음은 거침이 없었다. 그는 단 한 번도 머뭇거리지 않고 자신을 부르는 소리가 나는 방향으로 걸었다.

그가 마침내 걸음을 멈춘 곳은 그랜트 상단주의 저택이었다. 그는 눈앞에 나타난 쇠창살 문을 응시했다. 문 너머에서 강력한 기운이 그를 잡아끌었다.

잠시 후, 문이 열렸다. 지크는 무언가에 홀린 것처럼 멍하게 풀린 눈으로 들어갔다.

*　　*　　*

아침 식사 후 언제나처럼 정원으로 소풍을 나갔다. 차양을 치고 그늘에 테이블을 폈다.

오늘은 두 사람을 지키는 기사들의 수를 최소한으로 했다. 거대한 늑대가 두 사람의 곁에 함께 있었다.

아델은 얀의 귀를 잡고 속삭였다.

"내가 널 풀어 주자고 했어. 고맙지?"

말을 알아들은 것처럼 늑대는 콧잔등을 쓸어내리는 아델의 손에 머리를 비볐다.

하녀가 차를 내오자 늑대를 쓰다듬던 아델이 일어나 테이블에 앉았다. 은은한 차향이 바람을 따라 주변에 머물렀다가 날아갔다. 새벽녘에 비가 내려 그런지 공기가 맑았다.

알시온은 기후가 좋은 나라였다. 한겨울에는 한파를 모르고 한여름에는 무더위를 몰랐다. 습도가 높지 않은데 비는 자주 내려 농사짓기에 좋았다.

풍부한 식량은 알시온의 큰 자산이었다. 타국과의 교류에 힘쓰지 않아도 자급자족할 수 있었다. 하지만 그게 오히려 나라의 발전을 막고 있다고, 론은 생각했다.

'한가롭구나.'

이렇게 느긋해도 되는 건가. 될 대로 되라, 하는 포기가 아니라 마음의 여유였다. 그는 쫓기듯 살았다. 해야 할 일을 찾아 헤맸다. 그런데 항상 느꼈던 강박증이 어느새 사라졌다.

"론의 어릴 적 이야기 듣고 싶은데."

론은 아델과 눈을 마주쳤다. 그녀가 진지하게 그를 바라보았다.

"해 줄 수 있어요?"

그의 침묵이 길어지자 아델은 조심스레 말했다.

"내키지 않으면 나중에 해도 돼요."

"해 줄게."

말하기 싫어서 망설인 게 아니었다. 어디서부터 말해야 할까, 생각했다.

"그런데 막상 하려니까 할 말이 별로 없다."

어린 시절의 추억이라고 할 만한 것은 얀, 그리고 아이작과 나눈 것이 전부였다.

론은 기사는 앨런만 곁에 남기고 모두 멀리 물렸다. 그리고 그는 자신이 태어나면서 받은 이름을 밝히는 것을 시작으로 묻어 둔 옛 기억을 꺼냈다.

"론…… 왕자님이었어요?"

두 손으로 모으고 그를 바라보는 아델의 눈이 반짝거렸다. 이야기책 속에서나 등장할 것 같은 신분이 아닌가. 우와, 우와 감탄하는 그녀를 보며 론은 웃었다.

"그럼 할머니의 손자가 아니네요."

엄청난 사실을 아델은 아무렇지도 않게 말했다.

"네 말대로 난 레바스 가문의 사람이 아니야."

"하지만 승계 절차를 치렀잖아요."

"그랬지."

"가문의 방에도 들어가고요."

"그러게 말이야. 나도 이유를 모르겠어."

'아예 레바스와 관련이 없다고 할 수는 없지.'

아델은 곰곰이 생각했다.

'그의 어머니가 르웨나의 자매라는 내 짐작이 맞다면 론은 모계 쪽으로 레바스 가문과 연결되어 있어.'

레바스 가문의 혈통을 증명하는 수단으로 오직 정령의 기운만 매개로 삼았을까. 승계 조건은 초대 가주가 결정한다. 르웨나가 과연 무엇을 조건으로 삼았는지 전기에는 적혀 있지 않았다.

'근데 정령의 기운이 조건이었다면 왜 나는 가문의 방을 열지 못했지?'

"그건 중요한 게 아니니 됐고요. 어머니는 어떤 분이었어요?"

중요하지 않다니.

긴장하며 그들의 대화를 듣고 있던 앨런의 표정이 무너졌다가 재빠르게 다시 돌아갔다.

그는 지나치게 평온한 아델의 반응을 이해할 수 없었다. 돌아가신 전대 성주님과 무척 가까운 관계였던 아델에게 '할머니의 손자'가 갖는 의미는 매우 특별하다고 생각했다.

그런 의문은 론도 마찬가지였는지 론이 말했다.

"난 그분의 손자가 아니야. 그게 중요하지 않아?"

"우리가 처음 만났을 때는 그게 중요했겠지요. 하지만 이제 나는 할머니의 손자가 아닌 론을 알아요. 할머니의 손자이건 아니건 론은 론이에요. 그런 단순한 조건만으로 한 사람의 정체성을 결정할 수는 없잖아요."

아델은 꿈을 통해 아득히 오랜 세월을 경험한 정령의 기억을 보았다. 좁은 시야로 집착하는 인간의 규칙은 세상을 지배하는 거대한 질서와 비교하면 부질없었다.

론은 아델을 쳐다보다가 나직이 말했다.

"성주의 자리에서 맨몸으로 쫓겨날지도 몰라."

"괜찮아요. 내가 부자니까요."

앨런의 눈이 휘둥그레졌다. 앨런이 고개를 옆으로 돌리며 웃음을 참는 것과 동시에 론이 웃음을 터뜨렸다.

아델이 미간을 찡그리며 팔짱을 끼었다.

"난 진지해요. 농담 아니라고요."

앨런은 복잡한 머릿속이 개운해지는 기분이었다. 그는 지난 며칠 계속 밤잠을 이루지 못하며 고민했다. 엄청난 비밀을 알았다는 부담감, 믿었다가 배신당했다는 실망감이 그를 계속 괴롭혔다.

그런데도 성주가 도무지 싫어지지 않았다. 자신의 마음을 스스로 알 수 없어 방황했다.

'이분이 내 주인이다.'

사소한 명분에 사로잡혀 쓸데없이 끙끙댔다. 그는 진심으로 성주를 주인으로 모시고 싶었다. 레바스 가문의 혈통 때문에 그를 선택한 게 아니다.

앨런은 굳건하게 흔들리지 않는 자신의 마음을 비로소 읽었다.

우직한 기사의 짧은 방황이 끝났다.


론은 담담하게 자신의 어린 시절을 이야기했다. 그가 겪었던 고통스러웠던 경험은 말하지 않았다. 굳이 들어서 유쾌하지 않은 진실을 알려 줄 생각이 없었다. 그저 배다른 아우들에게 치여 궁에서 잘 적응하지 못했다는 뉘앙스만 전달했다.

론이 두 마리의 새끼 늑대를 선물 받았을 때의 기쁨, 하루가 다르게 무럭무럭 크는 늑대 때문에 일어난 소소한 사건들, 아이작과의 만남 등 아델은 그의 이야기에 푹 빠졌다.

무엇보다도 아델이 궁금한 것은 론의 어머니였다. 하지만 아델의 호기심을 충분히 해결해 줄 만큼 론은 자신의 어머니에 관해 잘 알지 못했다.

그가 기억할 무렵부터 부모의 사이가 좋지 않았다. 어머니는 왕비궁보다 별궁에서 더 많은 시간을 보냈다. 그걸 귀족들은 트집 잡았다. 왕비가 본분을 지키지 않는다며 비난했다.

세레니티는 아들을 별궁으로 데려와 함께 지내기를 원했지만, 왕이 허락하지 않았다. 그 문제로 두 사람은 여러 번 언성을 높였다.

론은 매일 어머니를 뵈러 갔다. 어머니가 사라진 그 전날에도 별궁을 찾아가서 뵈었다. 그게 마지막이었다. 특별히 기억에 남을 만한 대화를 나누지도 않았다.

그리고 세레니티 왕비는 사라졌다.

'사라져?'

아델은 그가 말하는 결론이 매우 뜬금없다고 생각했다.

"어제 이야기하다 말았지만, 내 어머니에 대해서는 누구에게 들었지?"

"말해 준 사람 없어요."

"그럼 내 어머니의 외모는 어떻게 알았어?"

아델은 눈을 데구루루 굴렸다. 뭐라고 대답해야 할까. 당신 어머니가 나타나서 알려 줬다고?

"그냥…… 알게 됐어요. 내가 남다른 능력이 있다는 거 알잖아요. 어제 그 정원에 들어갔더니 느껴졌어요. 설명하기가 어렵네요."

어제 만난 여자가 론의 어머니라고 짐작하지만, 확신은 아니었다. 그리고 왜 그런 형태로 나타났는지도 모른다.

'정령은 원래 그런 모습인가?'

하지만 꿈에서 봤던 르웨나는 달랐다. 실체가 없다면 인간과 사랑하고 아이를 낳을 수는 없을 것이다.

'아니면 유령?'

유령이라면 죽음을 전제로 해야 한다. 그리고 정령이 유령이 될 수 있는지도 모르겠다.

"그럼 그분이 사라진 후 다시 찾지 못했어요?"

그녀가 말을 돌린다고 느꼈지만, 론은 따지지 않았다.

"폐하께서 붉은 호수의 숲을 샅샅이 뒤졌지만, 성과가 없었지."

"그분이 숲으로 가셨다고 생각해요?"

"어머니를 여신의 환생이라고 믿는 자들은 그렇게 생각해."

"……론의 생각은요?"

아름다웠고 웃음만큼 눈물도 많았던 어머니를 떠올리며 론은 씁쓸하게 중얼거렸다.

"왕비의 자리에 있기에 어머니는 여린 분이셨어. 왕궁을 떠나고 싶었을 어머니의 심정은 이해해."

아델의 생각은 달랐다.

'뭔가 이상해.'

동부의 숲에서 만났던 르웨나의 잔상이 어제 만난 세레니티와 느낌이 비슷했다. 하지만 결정적인 차이가 있었다. 르웨나는 일방적으로 남긴 기억만 전달했고 세레니티와는 의사소통을 했다.

아델은 정령의 속성을 잘 알지 못한다. 그런데 왠지 세레니티가 여전히 궁 안에 머물고 있다는 느낌이 들었다. 적어도 왕궁으로부터 멀리 벗어나지 않은 것 같다. 대체 그녀는 어디로 간 걸까.

그리고 세레니티는 아델에게 뭔가를 알려 주려고 했다.

"어제……."

아델이 어제 봤던 연못에 관해 물으려다가 후작가의 집사가 다가오는 모습을 보며 입을 다물었다.

"성주님. 손님이 찾아왔습니다. 줄리오라고 전해 드리면 아실 거라는데 어찌할까요?"

아델의 눈이 동그랗게 커졌다.

"내 손님이 맞군."

"예. 모셔 오겠습니다."

잠시 후 두 사람을 향해 두 손을 흔들며 다가오는 사람은 틀림없는 줄리오였다.

아델은 성큼성큼 다가오는 줄리오를 보며 생각했다.

'다행이다. 늑대를 무서워하지 않나 봐.'

줄리오는 아예 늑대의 존재 자체를 의식하지 못했다. 멀리서 봤을 때는 누워 있는 늑대의 등만 보여서 정원에 장식으로 둔 거대한 바위로 착각했다.

"우아악! 이건 뭐야."

줄리오는 뒤늦게 늑대의 머리통을 보며 기겁했다. 주춤주춤 뒤로 물러나면서 감탄사를 내질렀다.

"이렇게 큰 늑대는 처음 봐. 사람을 한입에 삼키겠네."

그 말이 끝나는 것과 동시에 얀이 입을 쩍 벌리고 길게 하품했다. 줄리오가 움찔하면서 방어적인 자세를 취했다. '저게 얀의 심술이구나.' 생각하며 아델은 풋 웃음을 터뜨렸다.

줄리오는 슬금슬금 늑대의 눈치를 살피며 테이블로 다가갔다. 하인이 내온 의자를 늑대로부터 가장 먼 곳으로 끌어 앉았다.

"잘 지냈어? 스톤 양."

"네. 낯선 곳에서 만나니까 더 반가운 것 같아요."

"나도 나도. 스톤 양은 더 예뻐졌네. 남자들이 다들 스톤 양만 보면 눈이 풀려 쫓아오지?"

"그런 사람은 없던걸요."

"그럴 리가!"

줄리오는 론을 흘끔 보더니 말했다.

"이 녀석은 떼 놓고 다녀야지. 스톤 양. 세상은 넓고 남자는 많아. 벌써 한 남자에게 매이기에 스톤 양의 나이가……."

"용건."

론이 곁에서 말을 끊었다.

"넌 어째 갈수록 재미없어지냐."

줄리오는 투덜거리며 품에서 작은 주머니를 꺼냈다. 그리고 테이블에 올려 론의 앞으로 밀었다.

"반지다."

"알아낸 건가?"

"음……."

줄리오는 애매한 반응으로 아델을 곁눈질했다. 아델이 눈치 채고 일어났다.

"중요한 이야기면 난 빠질게요."

론이 그녀의 팔을 잡아 다시 앉혔다. 그리고 마치 붙잡아 두려는 것처럼 테이블 아래에서 그녀의 손을 꽉 잡았다.

"들어도 상관없어. 아델도 다 알고 있으니까."

줄리오는 두 사람을 번갈아 보다가 어깨를 으쓱했다.

"나야 아무래도 좋지. 지난번에 내가 반지가 두 가지 기운을 식별한다고 말했었나?"

"거기까지는 들었어."

"이게 처음에는 간단하다고 생각했거든. 그런데 파고들수록 굉장히 고차원의 마법이 걸려 있더라고. 스톤 양의 연구실을 빌려 쓰면 다 될 줄 알았는데……. 전체가 유기적으로 얽혀 있는 복잡한 사슬 같아. 하나를 풀면 안쪽에 또 매듭이 있는 거지. 결국, 대현자님께 다시 갔다니까."

"그래서 대현자님과 다시 머리를 맞대고 풀어낸 거야?"

"아, 뭐. 대충은."

"대충?"

론은 석연치 않은 줄리오의 말꼬리를 붙들었다.

"일단 들어 봐. 필기구 좀 빌려줘."

저택의 하인이 필기구를 가져다주었다. 줄리오는 종이에 가로로 긴 선을 그었다. 그리고 긴 선의 중앙에 세로로 평행한 짧은 선을 두 개 그었다. 두 개의 세로 선 사이의 간격은 손가락 굵기 정도였다.

"이 두 개의 선. 이건 사람이라면 누구나 갖는 상반된 두 개의 기운이라 치자고. 굳이 예를 들자면 선과 악이라고 해도 되겠지. 그런 개념으로 생각해. 정확하지는 않지만."

줄리오는 가로의 긴 선의 양쪽 끝에 각각 세로로 평행한 선을 그었다.

"반지가 식별하는 기운이 바로 이 두 개야."

"……뭔 소리야."

"그러니까 내 말은, 아, 이거 설명하기 어렵네. 반지가 식별하는 두 개의 기운은 사람이라면 누구나 갖고 있어. 다만, 반지의 기준을 충족하려면 극단적으로 높아야 한다는 거지."

"보통 사람보다 아주 선하면서 아주 악하다?"

"선악은 아닌데……. 내가 그렇게 예를 들었으니 그렇게 설명해도 되겠지."

줄리오의 설명을 잠자코 듣고 있던 아델이 중얼거렸다.

"빛과 어둠……."

"빛과 어둠?"

줄리오가 중얼거리더니 '오오!' 하고 소리쳤다.

"스톤 양. 그거 좋은데. 아주 적절한 비유야."

새 개념을 얻은 줄리오는 신나서 설명을 계속했다.

"정확히는 그 반지가 혈통에 반응하는 건 아니야. 그런데 오직 레바스 가문의 사람만이 두 기운이 극단적으로 높아서 반지와 동조하지. 그럼 그걸 혈통 구별이 아니라고 말하기는 어려워."

줄리오의 목소리가 아델의 귓가에서 점점 멀어졌다. 그녀는 생각에 빠져들었다.

'빛과 어둠. 르웨나와 카발. 르웨나는 정령이니까 빛에 가까운 존재이고 카발은 어둠이지. 르웨나의 아들 카발이 어머니로부터 정령의 기운을 물려받은 건 당연해. 그런데 어둠의 기운도 물려받았다는 건 르웨나가 임신했을 때 이미 카발은 어둠에 잠식되었던 건가? 그걸 르웨나도 알고 있었고?'

"그 반지는 마법이 걸려 있다고 했죠?"

아델의 질문에 줄리오가 고개를 끄덕였다.

'르웨나가 만든 게 아니야. 르웨나는 마법을 쓰지 못해.'

그렇다면 반지를 만든 사람, 가문의 방을 만든 사람, 레바스 가문의 승계 조건을 결정한 사람은.

'하란. 그가 한 일이구나.'

하란은 자신의 피를 레바스 가문의 승계 조건으로 삼을 수 없었을 것이다. 그 사실이 알려지면 나라는 혼란에 휩싸이고 레바스 가문은 공격당했을 테니까.

하란은 마법제국 '하란'의 건국왕이자 지금까지도 유일한 왕이었다. 왕족이 존재하지 않는 '하란'을 제국이라고 부르는 이유는 '하란'의 주인은 오직 건국왕 하란이라는 선언이었다. 그리고 그건 하란이 혈육을 남기지 않았기에 가능했다.

"제가 반지를 봐도 될까요?"

론이 반지를 아델에게 건네주었다. 아델은 손바닥에 반지를 올려 집중했다.

'이거구나.'

전에는 몰랐다. 그녀에게 깃든 정령의 예민한 감각에 눈을 뜬 덕분인지 반지에서 독특한 두 개의 기운이 흘러나오는 것을 느꼈다.

두 개의 기운은 본질이 같은데 무게가 다르다. 마치 차가운 물과 뜨거운 물을 섞을 때 둘이 분리되어 층이 생기는 현상과 비슷했다.

밑으로 가라앉는 차가운 물 쪽이 어둠이다. 아델의 근원은 빛이므로 당연히 어둠이 껄끄러워야 하지만, 그녀는 이미 이 기운에 익숙했다.

'할머니를 처음 만난 날.'

그녀는 시마의 보라색 눈동자를 보며 미약한 거부감을 느꼈다. 하지만 곧 할머니가 주는 사랑에 푹 빠져 잊어버렸다. 사랑을 가득 담아 아델을 바라보는 할머니의 보라색 눈동자를 사랑하게 되었다.

'보라색 눈이⋯⋯?'

레바스 가문의 핏줄을 구별하는 혈통의 증거. 보라색 눈이 어둠의 기운을 상징한다면.

아델은 그의 옆얼굴을 올려 보았다. 할머니와 똑 닮은 보라색 눈이었다.

'그럼 론은 왜 보라색 눈이지? 전부 짐작뿐이라 내 생각이 맞

는지 모르겠어. 내일 숲에 가니까 정령을 만나서 물어봐야겠다. 궁금한 게 많아.'

그녀의 시선이 아래로 내려갔다. 여전히 손이 그에게 잡혀 있었다. 여름이라 맞닿은 손바닥 안쪽이 뜨끈뜨끈했다.

손을 빼내려고 슬쩍 돌렸다. 그런데 더 강하게 잡혔다. 흘끔 그를 보니 그는 줄리오가 하는 말을 진지하게 듣고 있었다.

그녀는 픽 웃고 다른 손으로 턱을 괴었다. 줄리오를 보며 줄리오의 말에 귀를 기울였다.

론은 줄리오의 설명을 이해했다. 하지만 그래서 더 자신이 왜 반지를 낄 수 있는지 알 수 없었다.

"난 레바스 가문과 관계없어."

"네 부모님 쪽으로 관계가 있을지도 모르잖아."

"그럴 리……."

론은 어머니를 생각했다. 외가 쪽은 전혀 알지 못한다. 어머니가 레바스 가문과 관련이 있을 수도 있다.

"복잡한 뭔가가 또 있다며. 그건 뭐지?"

"그건 나중에. 대현자님이 좀 알아볼 게 있다고 하셔서."

반지에 관한 비밀을 풀다가 데보라의 안색이 급변했다.


「이 반지를 누가 만들었는지 알 것 같군.」

「고대 마법의 수법이 사용되었다고 하지 않으셨습니까?」

마법사들은 대마법사 하란이 마법의 체계를 만든 이전 시기의 마법을 통틀어 고대 마법이라고 불렀다.

　「그랬지. 그런데 내가 그 부분에만 집중해서 감추어진 부분을 읽지 못했네. 이 반지는 고대 마법의 흔적이 남은 여섯 갈래의 마법이 모두 담겼어.」
　「여섯 갈래요? 다섯 갈래가 아니라요?」
　「흑마법까지 여섯 갈래.」
　「아…….」

줄리오는 마탑에 들어온 지 얼마 되지 않아 그런지 흑마법에 대한 고정된 이미지가 없었다. 하지만 청탑에서 지낸 동안에 배운 이론서 속에는 흑마법에 관한 부정적 내용이 많았다.
　흑마법을 다른 다섯 마탑의 마법과 동등한 위치에 두는 데보라의 발언은 환영받지 못하는 소수의 의견이었다.

　「자네는 여섯 갈래의 마법을 모두 사용할 수 있는 유일한 마법사가 누군지 아는가?」
　「글쎄요.」
　「대마법사 하란일세.」
　「그 말씀은…….」

「틀림없어. 이 반지의 제작자는 하란이 분명해.」

그리고 데보라는 반지에 숨겨진 마법을 찾아냈다.

「이 반지에는 다른 무언가와 연동된 봉인마법과 파쇄마
법이 걸려 있군. 무언가를 봉인하는 매개가 이 반지인데 일
정 조건이 충족하면 이 반지는 파쇄되고 그러면 그 봉인도
깨어지게 되지. 내 생각대로 반지의 제작자가 하란이라면
이 반지를 통해 무엇을 봉인한 걸까? 그리고 이게 왜 레바
스 가문의 신물이 되었을까. 레바스 가문은 티움 외에 마탑
과 어떤 관련이 있다는 이야기를 들은 적이 없는데. 레바스
에서는 역사상 단 한 명의 마법사를 배출한 적도 없고.」

줄리오는 데보라가 혼자 심각하게 중얼거리는 소리를 잠자코
들었다.

「아무래도 마탑에 가서 이것저것 찾아봐야겠어. 이것도
차분히 살펴봐야겠고.」

데보라는 마침내 찾아낸 아그릿의 유산을 가리키며 말했다.
겹겹이 쌓인 잔해를 모두 치워내고 그 밑에서 드디어 아그릿의
유산을 찾았다. 그건 마법으로 굳게 잠긴 낡은 나무함이었다.

잘못 건드렸다가 손상될까 봐 아직 열어 보지 않았다.

「자네도 함께 가세.」
「제가 참여해도 되는 겁니까?」
「이걸 찾는 데 자네의 공이 컸으니 당연하지.」
「그럼 전 반지를 돌려주고 마탑으로 가겠습니다.」
「레바스의 성주가 외유 중이라고 했던가? 서두를 건 없
네. 탑에 가서 이런저런 준비만으로도 며칠은 훌쩍 지나갈
테니. 아델을 보러 조만간 레바스 성에 갈 생각이었다네.
내가 나중에 성으로 가지.」

그래서 줄리오는 레바스 성으로 갔다.

처음에는 론이 돌아올 때까지 기다리려 했으나 주인 없는 성
에서 혼자 있기 지루했다. 차라리 귀찮은 게 낫다 싶어서 직접
만나러 움직였다.

"언제까지 여기서 지내? 스톤 양. 그 숙부라는 사람은 만났
어?"

"아뇨. 아직요."

"아직? 여태 뭐 했어. 대체 하란으로 언제 돌아가려고?"

론이 대답했다.

"내일 다녀올 곳이 있는데 그리고 나서 돌아갈 거야. 숙부라
는 그자를 만나건 말건 상관없이."

"그럼 나도 그때 같이 돌아가자. 내일은 어디 가?"

줄리오는 숲에 간다는 소리를 듣고 큰 흥미를 보이지 않았지만, 혼자 남아 기다리느니 함께 가겠다고 했다.

갑자기 줄리오가 일행에 합류하게 되었다.

## 2장
### 붉은 호수의 숲

이른 아침에 두 대의 마차가 후작가를 떠났다. 배웅하러 나온 여자는 짙은 베일을 두른 모자를 쓰고 있어서 얼굴이 보이지 않았지만, 후작가의 사람들은 모두 그 여자가 아델이라고 생각했다. 체형과 키가 아델과 비슷했고 항상 시중을 드는 하녀가 그 뒤에 서 있었기 때문이다.

아델이 숲으로 떠나는 마차에 함께 타고 있다는 사실은 호위하는 기사들만 알았다. 대외적으로 아델은 갑자기 건강이 좋지 않아 함께 가지 않고 저택에서 푹 쉬는 것으로 꾸몄다. 확실히 하기 위해 멜이 저택에 남았다.

마차가 수도를 벗어나 한참 달렸다. 거의 숲 가까이에 이르렀을 때 줄리오가 불만을 터뜨렸다.

"아니, 뭔 숲에 다녀오는 데 나흘이나 걸려!"

아델이 가려는 붉은 호수는 숲의 안쪽 깊은 곳에 있었다. 평소에 사람이 다니지 않으니 길이 나 있지 않다. 마차로 이동이 가능한 곳까지만 가다가 내려서 말로 갈아타 천천히 움직여야 한다.

계산해 보니까 왕복으로 꼬박 나흘이 걸렸다.

"으어, 괜히 간다고 했네. 그냥 저택에 남아 있을걸."

당일치기로 다녀오는 줄 알고 소풍 가는 기분이었던 줄리오가 한탄했다.

"지금이라도 돌아가겠다면 내려 줄게. 마차 세우라고 해?"

"됐다. 어차피 온 거 그냥 가지 뭐. 근데 후작님 말이야. 젊던데 나이가 어떻게 돼?"

"줄리오와 비슷해."

"그래? 혹시 후작님에게 아들이 있어?"

"딸 하나만 있는데 영지에 내려 보냈다더군. 왜?"

"아니, 아들이 있다는 소리를 들었는데 내가 잘못 들었나 봐."

줄리오는 고개를 갸웃했다. 펠릭스 후작의 아들에게 하워드 경의 소식을 말해 주려 했다. 오래 떠나 있었던 지인이 돌아왔다고 하면 반가워할 테니까.

그런데 막상 펠릭스 후작과 인사를 나누며 의아했다. 예상했던 것과 다르게 매우 젊었다. 아무리 봐도 하워드 경과 알고 지낼 만한 아들을 둘 나이는 아니었다.

'하워드 경이 모르는 사람을 안다고 거짓말할 것 같지는 않은데. 나중에 슬쩍 물어봐야겠다.'

숲의 초입에 들어섰는지 마차의 속도가 줄었다. 그리고 곧 멈추어 섰다.

"뭐야. 벌써 다 온 거야?"

그럴 리가 없었다. 론은 마차의 문을 바라보았다.

잠시 후, 문이 열리고 앨런이 고개를 디밀었다.

"성주님. 왕궁의 시종장이 뵙기를 청하고 있습니다."

"시종장이? 길을 막고 있는 건가?"

"제 생각입니다만, 삼엄한 경비의 규모를 봐서 아무래도."

앨런은 주저하다가 말했다.

"국왕께서 와 계신 것 같습니다."

론의 미간이 꿈틀했다.

"어찌할까요?"

앨런이 성주의 뜻을 묻는 데에는 '괜찮으십니까?'라는 속뜻이 담겼다.

성주의 본래 신분을 알게 되었고 그래서 알시온의 왕이 성주의 친부이며 부자간에 골이 깊다는 사실도 알았다.

더 솔직한 앨런의 속내는 알시온의 왕이 인제 와서 아들을 찾겠다고 할까 봐, 피는 물보다 진하다는데 성주께서 마음이 흔들릴까 봐 겁났다. 레바스에는 이분이 없으면 안 된다. 모두 인정한 레바스의 주인은 이분이었다.

"시종장을 만나 보겠다."

"……예. 성주님."

잠시 후 열린 마차 문밖으로 중년인이 고개를 숙인 채 나타났다.

"성주님께 인사드립니다."

시종장은 매우 정중했다.

"반갑다는 인사를 건넬 기분이 아니군. 내 앞을 막아선 이유가 무엇인가? 나는 사전에 이런 식의 방해에 관해 전해 들은 적이 없고 숲에 들어가도 좋다고 국왕 폐하께서 직접 허락하셨다고 들었다. 그대의 왕께서는 두 말씀을 하실 셈인가?"

딱딱하고 차가운 말투가 몹시 날카로웠다. 시종장의 어깨가 움찔하면서 황급히 깊이 고개를 더 수그렸다.

"부디 폐하의 뜻을 오해하지 말아 주십시오. 폐하께서는 일전에 성주님과 인사를 나눌 기회를 놓친 것을 몹시 아쉬워하셨습니다. 오늘 숲으로 가신다는 일정을 듣고 친히 왕림하셨습니다. 폐하께서는 귀인과 말씀을 나누기를 바라십니다."

"내가 어찌하기를 바라는가."

"폐하께서 들어 계신 마차로 건너와 주실 수 있으신지요?"

시종장의 정수리를 바라보다가 론은 한숨을 내쉬었다.

"내가 무기를 든 나의 기사를 동반해 폐하를 뵈어도 괜찮은가?"

시종장은 대답하지 못했다.

"나는 신중하게 움직여야 하는 위치에 있네. 그대는 가서 폐하께 잘 고해 올리게. 폐하께서 나를 일개 범부가 아닌 귀인으로 생각하신다면 나의 곤란함을 이해해 주시리라고 믿네."

"예. 전해 올리겠습니다."

시종장이 돌아섰다. 숨죽여 대화를 지켜보던 줄리오가 '허…….' 하고 감탄하며 론을 흘끔거렸다.

"나도 이제 성주님이라고 불러야 할 것 같아. 너 되게 폼 난다."

줄리오의 너스레에 아델이 웃음을 터뜨렸다.

"신기하다. 내 평생 이렇게 가까이에 왕이 있는 경험은 처음이야. 근데 왕도 우리 같은 사람인가?"

"사람이 아니면?"

"그냥……. 차원이 다른 존재 같잖아."

시답지 않은 대화를 나누는 사이에 시종장이 왕의 대답을 받아 다시 왔다.

"폐하께서 전해 올리라는 말씀이 있습니다."

"폐하께서 언짢아하지는 않으시던가."

"아닙니다. 폐하께서는 성주님의 말씀을 충분히 이해한다고 하셨습니다. 내 몸이지만 내 마음대로 움직일 수 없는 처지가 참으로 비슷하다며 웃음도 보이셨습니다. 그리고 숲으로 들어가는 길에 얼마간 동행하고 싶다고 하셨습니다. 마차만 함께 움직일 뿐이니 불편할 일은 없으리라, 약속하셨습니다."

"……숲의 주인은 내가 아니니 폐하의 뜻이 그러시다면 내가 어찌 관여하겠나."

시종장이 돌아가고 마차 문이 닫혔다. 잠시 후 마차가 다시 움직이기 시작했다.

줄리오가 중얼거렸다.

"끈질기네. 국왕이 널 굉장히 만나고 싶은가 보다."

아델은 대답이 없는 론의 얼굴을 살폈다. 그는 조금 심란해 보였다. 그녀는 그의 손등에 자신의 손을 얹었다. 시선이 마주친 두 사람이 미소 지었다.

"분위기 잡는 건 둘만 있을 때 해!"

줄리오가 버럭 소리쳤다.

*　　　*　　　*

아이작은 더스틴에게 문서를 건넸다. 내용을 확인하는 더스틴의 표정이 굳었다.

"이건……."

"제게 들어온 고발장입니다. 저하께서 아셔야 할 것 같아서 가져왔습니다."

펠릭스 후작 가문은 오랜 역사를 가진 가문이다. 세월을 거슬러 올라가면 친인척 관계로 연결된 가문이 전국에 퍼져 있었다. 후작가는 그들을 결집해 세력을 만들려 하지는 않았지만, 그럭

저럭 소식을 주고받는 정도의 관계는 유지했다.

일 년에 한 번 혹은 그보다 더 적은 횟수로 의례적인 인사 편지를 나누다 보면 가끔 지역의 소식도 들을 수 있었다. 그리고 최근에는 우드 공작의 전횡을 고발하는 내용이 늘었다.

"윌리암 백작 가문은 나도 들은 적 있소. 변방을 지키는 충성스러운 가문이지. 그런데 숙부가 어린 조카를 쫓아내고 가문을 찬탈했는데 외조부께서 이 일에 적극적으로 가담하셨다는 말이오?"

"피해자의 관점에서 작성되어 과장된 부분은 있겠지만, 우드 공께서 관여한 건 사실입니다."

"새로 백작이 된 자는 어떤 인물이오?"

"그의 형님이 백작위를 이어받고 얼마 안 되어 지역을 떠나 수도로 올라온 후 계속 수도에서 머물렀습니다."

아이작은 그자에 대한 정보를 풀었다. 우드 공작의 아들인 우드 백작과 어울리며 주변에서는 우드 백작의 개라는 소리를 들을 정도로 비위를 맞추었다.

우드 백작은 그자를 부친에게 소개했다. 부쩍 공작가를 자주 드나드는가 싶더니 느닷없이 몇 년 전에 아무 기반이 없는 고향으로 내려갔다. 그리고 백작이 되었다.

"그리고 저하. 이런 비슷한 일이 몇 군데의 가문에서 일어났습니다."

"뭐요? 그게 정말이오?"

"이런 일을 거짓으로 말씀드릴 이유가 없습니다."

고발장을 들고 있는 더스틴의 손에 힘이 들어갔다.

"폐하께서는 알고 계시오?"

"저도 그건 모르겠습니다. 하지만 제가 폐하께 말씀 올리지는 않았습니다."

"어째서?"

"폐하께서는 별다른 조치는 하지 않으실 겁니다."

"폐하께서 묵인하신다는 거요?"

"이미 우드 공에게 많은 힘이 모여 있기 때문입니다."

아이작은 흔들리는 더스틴의 눈을 바라보며 말을 이었다.

"왕비님의 소생이신 두 분 왕자님 중 한 분이 왕위를 이을 거라는 사실을 모르는 자는 이 나라에 아무도 없습니다. 우드 공은 두 분 왕자님의 가장 가까운 친척입니다. 폐하께서는 우드 공을 섣부르게 건드리려고 하지 않으실 겁니다. 아주 명백한 증거가 있지 않은 한. 그러나 이만한 일을 우드 공께서 허술하게 했을 리가 없지요."

"……그럼 내게 이걸 보여 준 이유는 뭐요?"

"저하. 우드 공은 저하의 외조부이지만 그전에 신하입니다. 훗날 저하께서 왕위에 오르시면 우드 공은 전하를 뒷배로 믿고 지금보다 더 힘을 휘두르려 할 겁니다. 그런데 우드 공이 저하의 외조부라는 이유로 사람들은 모두 저하를 원망하겠지요. 외조부를 버리시라는 것이 아닙니다. 사적인 감정과 공적인 대의는 반드시 구별하셔야 한다고 말씀드리는 겁니다."

더스틴은 굳게 입을 꽉 다물고 고개를 끄덕였다.

"명심하겠소."

어머니의 본심을 안 이후 더스틴은 왕이 되겠다는 결심이 더 확고해졌다. 보란 듯이 왕좌에 올라 어머니의 표정이 일그러지는 모습이 보고 싶어졌다.

어머니를 향한 애정이 식으니 외조부에 대한 마음도 식었다. 어차피 외조부는 어머니의 뜻에 따라 해리 왕자를 도울 것이다.

'아직 형님과 내가 서로 선을 넘지는 않았지만 머지않았다.'

왕권을 차지하기 위한 싸움은 절대 아름답지 않을 것이다. 형님과 서로의 목숨을 노리는 순간도 분명 오겠지. 절대 마음 약해지지 않으리라.

"이건 폐하께 말씀드려야 할 것 같소. 그래도 되겠소?"

"저하의 뜻대로 하십시오."

일어나려던 더스틴이 다시 앉았다.

"아, 참. 폐하께서 안 계시다는 것을 깜빡했군."

"폐하께서 궁에 안 계십니까?"

"아침 일찍 출궁하셨소. 궁 밖으로 나가시는 건 무척 오랜만이라 무슨 일인지 모르겠소."

아이작은 더스틴과 잠시 더 일상적인 대화를 나누다가 궁을 나왔다.

'왕좌에 욕심이 생겼나. 전보다 확실히 적극적이군.'

귀가하는 마차 안에서 아이작은 근래 달라진 더스틴의 행동을 짚어 보았다.

더스틴은 아직 나이가 어려서 그런지 철부지의 모습이 남아 있었다. 형과 경쟁하면서도 진지함이 부족했다. 정말 왕이 되고 싶은 야망에 사로잡힌 게 아니라 형과 싸워서 자신을 드러내고 싶어 하는 치기가 있었다.

아이작은 곁에서 꾸준히 바람을 넣었다. 노골적이지 않은 수준으로 우드 공작에 관한 부정적인 정보도 전달했다. 사소한 것부터 시작해서 이제는 제법 논란이 될 문제까지.

'그분이 돌아오시기만 한다면 내 모든 것을 바쳐서라도……'

론을 생각하다가 아이작은 한숨을 쉬었다.

'이미 결심이 확고하시니 번복하지 않으시겠지.'

그동안 은근히 돌려서 몇 번 론의 속을 떠보았다. 론이 조금이라도 망설이는 기색이 있었다면 아이작은 집요하게 잡아 흔들어 봤을 것이다.

하지만 전혀. 틈조차 없었다.

기다린 사람의 얼굴을 봐서라도 그렇게 단칼에 잘라 버리면 안 되는 거 아니냐고 원망스러운 마음이 반, 편안해 보이는 그분의 지금 모습이 보기 좋아서 원하는 대로 해 드리고 싶은 마음이 반이다.

'지금은 내가 할 일을 하자.'

왕비가 자신이 저지른 짓의 대가를 받기를 바라는 것은 론과 아이작의 뜻이 같았다.

'왕비가 그 자리에서 끌려 내려오는 꼴을 반드시 보고야 말겠다.'

집으로 돌아와서 아이작은 계속 바빴다. 조사를 위해 이곳저곳에 보낸 자들의 보고서가 매일 들어왔다. 들어오는 정보는 단편적이며 두서가 없었다. 이리저리 끼워 맞추는 일은 그의 몫이었다.

우드 공작과 주변인들을 살피고 왕비의 동향, 특히 왕비가 말콤과 연락하는 정황을 주의 깊게 보고 있다. 론이 말하는 독초를 알 만한 약초꾼을 찾아보고 그 약초의 유통 관계도 조사 중이다.

'왕궁에서 연회가 열린 다음 날에는 왕비가 왜 말콤을 만났을까.'

그날 왕비는 조심성이 없었다. 야심한 시간에 출궁한 흔적을 뚜렷이 남겼다.

'뭐가 그렇게 급했지.'

말콤의 집은 왕궁보다도 철옹성이었다. 간자를 들이는 일은 계속 실패했다. 극도로 조심하는데도 번번이 들켜 쫓겨났다.

'요즘 말콤은 통 움직이지도 않고.'

불치병에 걸렸다는 소리를 듣고 비웃었지만, 워낙 집에서 꼼짝을 하지 않으니 이쯤 되면 뭔가 이상했다.

요즘 그랜트 상단이 돌아가는 사정을 보면 말콤은 거의 상단을 내팽개치고 있다. 조카를 만나는 일이 그렇게 중요한가? 평생 일군 상단을 방치할 만큼? 그렇게 중요하다면 바로 가까이 조카가 와 있는데 만나는 날짜를 정하지 않고 미루는 것도 이상하다.

새 봉투를 열어 꺼낸 서류를 읽으며 아이작의 안색이 변했다.

'그 저택에 이상한 내력이 있었군.'

말콤이 소유한 저택의 전 주인에 관해 더 알아보았다. 전부터 그 저택은 주인이 자주 바뀌었다. 오래 살지 못하고 되팔거나 지병이나 사고 등으로 주인이 죽으면 매물로 나왔다. 좋지 않은 일이 자꾸 있어서 그런지 집값은 시세보다 무척 저렴했다. 그래서 시장에 나오면 금방 팔렸다.

그런 일의 배후에 말콤이 있다고 의심하기에는 워낙 오래전부터 그래 왔다. 이런 경우 사람들은 흔히 집터가 나쁘다고 한다.

'불길한 집. 이게 무슨 의미가 있을까.'

뭔가가 있을 것 같은데 도통 모르겠다.

*　　*　　*

오늘따라 왕비의 기상이 늦었다. 느지막이 일어나 침대에 앉아 간단히 아침을 먹고 오후의 첫 일정을 준비했다. 티파티의 형식으로 귀부인들을 일현하는 자리였다. 오늘 만나는 귀부인들은 젊은 여자들이라 부쩍 단장에 신경 썼다.

거의 정오가 다 되어 준비가 끝났다. 귀부인들이 모두 도착했다고 시녀장이 와서 알렸다.

"폐하께서는?"

클라라는 지나가듯 왕의 일정을 물었다.

"폐하께서는 출궁하셨사옵니다."

"출궁? 언제?"

"이른 아침에 나가셨습니다."

"나는 그런 얘기를 들은 적이 없다."

왕이 궁 밖으로 움직이기 위해서는 매우 많은 과정과 준비가 필요했다.

"갑자기 폐하께서 결정하셨다고 하옵니다."

"암행을 나가셨더냐?"

"기사단이 폐하를 호위했다고 하니 암행은 아닐 것입니다."

예감이 이상했다. 왕은 젊어서 종종 암행을 나갔지만, 출궁하지 않은 지 꽤 되었다.

"너는 당장 가서 폐하께서 어디를 가셨는지 알아오너라."

클라라는 불안을 누르고 귀부인들을 만나러 나갔다. 그림처럼 만든 미소를 지으며 적당한 대화를 나누고 적당히 웃었다. 그녀의 시선은 계속 문을 향했다. 심부름 갔던 시녀가 들어오자 클라라는 벌떡 일어났다.

"왕비님?"

"잠시만 일어나겠소."

클라라는 시녀와 다른 방으로 들어갔다.

"알아보았느냐?"

"예. 폐하께서는 붉은 호수의 숲으로 납시었다 하옵니다."

순간 눈앞이 어질했다.

"……거기는 왜?"

"펠릭스 후작가에 머무는 손님을 폐하께서 꼭 만나기를 바라셨는데 연회 날에 기회가 닿지 않았음을 유감스러워하셨다고 합니다. 오늘 그 손님이 숲으로 들어간다고 해서 폐하께서 오랜만에 바람도 쐴 겸 나가……."

시녀는 말을 끝내지 못하고 입을 다물었다. 왕비의 안색이 곧 쓰러질 것처럼 하얗게 질려 있었다. 시녀의 시선 끝에 부들부들 떨리는 왕비의 손이 보였다.

"괜찮으시옵니까?"

휘청하는 클라라를 시녀가 얼른 부축했다.

"왕비님!"

다급한 목소리를 듣고 들어온 시녀들이 우르르 달려왔다.

"모…… 몸이 안 좋아 쉬어야겠다. 바깥의 귀부인들에게는……. 귀부인들에게는……."

머릿속이 텅 비어서 무슨 말을 해야 할지 떠오르지 않았다. 시녀장이 얼른 눈치 있게 나섰다.

"예. 왕비님. 염려 말고 들어가시옵소서. 제가 뒷말이 없도록 마무리하겠습니다."

시녀장은 시녀들을 왕비 곁에 붙여 침실로 들여보냈다.

멍하게 침실로 들어와 소파에 털썩 앉은 클라라는 손짓으로 시녀들을 내보냈다. 그녀는 초조하게 입술을 잘근잘근 깨물며 안절부절못하고 일어났다가 앉기를 반복했다.

'왜 폐하께서!'

그날 밤, 클라라가 불러낸 자는 암살 조직의 일원이었다. 그들은 한 번 정한 목표는 절대 놓치지 않는 실력으로 악명이 자자했다.

그들은 알시온을 비롯한 주변 여러 나라에서 활동했다. 그들의 손에 죽어 간 자들의 수가 셀 수 없었다.

명성과 돈을 얻었지만, 음지에서 해야 하는 일을 드러낸 대가는 컸다. 그들은 공적이 되었다. 여러 나라의 권력자들이 연대하여 그들을 말살하기 위해 추적했다.

조직의 근거지가 드러나고 조직원이 모두 사로잡혀 처형되면서 암살 조직은 이 세상에서 사라졌다고 알려졌다. 그런데 사실 그들은 명맥을 유지하고 있었다. 그들이 숨을 자리를 마련해 준 사람이 우드 공작이었다.

클라라는 아버지의 비밀 금고에서 그런 사실을 담은 문서를 읽었다. 그들은 살아남은 대신 우드 공작을 위해 단 한 번, 누구라도 죽여주겠다고 약속했다.

아버지가 왜 그들을 돕고 위험한 계약을 맺었는지 모른다. 알고 싶지도 않았다.

　「누구를 죽여 드리리까?」
　「펠릭스 후작가에 현재 머무는 손님이 있다. 외국인이
라는데 신분은 확실히 알려지지 않았지. 푸른 머리카락을
가진 남자다. 흔치 않은 특징이라 알아보기 쉬울 것이다.」

　세레니티의 아들이 후작가에서 나왔다면 그들이 기회를 놓
칠 리가 없었다. 더구나 숲이라니. 몸을 숨기고 상대를 노리기
에 최적의 장소다.
　'난 폐하를 해치라고 하지 않았어.'
　그들은 전문가다. 목표물이 아닌 왕을 건드리는 짓은 하지 않
을 것이다.
　'만에 하나 실패하고 잡힌다고 해도 내 이름을 대지는 않겠
지. 몰살당하지 않으려면 내 아버지의 도움이 필요할 테니.'
　불안을 애써 가라앉히다가 그녀는 헉 비명을 질렀다.
　'하지만 그것은!'
　카발을 잊고 있었다. 그날 밤 클라라는 잔뜩 흥분해서 카발을
찾아가 따졌다. 머리끝까지 화가 난 터라 눈에 보이는 게 없었
다.

　―살아 있다고?

『그렇소! 두 눈으로 똑똑히 봤소. 뒷일은 신경 쓰게 하지 않겠다고 자신하지 않았소?』

─살아 있다⋯⋯. 아주 곤란하군. 살아 있으면 곤란해. 그 말이 사실이라면 이번에야말로 확실히 마무리를 지어 주지.


쉿소리가 섞인 음산한 웃음을 떠올리며 클라라는 부르르 몸을 떨었다.

'안 돼!'

클라라는 두 손으로 머리를 움켜잡았다.

카발과 비교하면 암살자는 아주 상식적인 자들에 속했다. 카발은 목적 달성을 위해 무관한 자들이 말려들어도 개의치 않을 것이다. 로건 왕자를 처리할 때처럼 잔혹한 학살을 저지를 것이다.

그것은 괴물이다. 왕의 기사단은 당해내지 못한다.

"시녀장! 시녀장!"

클라라가 고래고래 악을 썼다. 시녀장이 황급히 달려 들어왔다.

"찾으셨사옵니까?"

"당장⋯⋯."

클라라는 멈칫했다.

'당장⋯⋯ 뭘 어쩌려고?'

지금 당장 저택으로 달려가서 카발을 만나 뭐라고 할 것인가. 그만두라고 하면 과연 카발이 그 말에 따를지 의문이다. 카발을 만나건 혹은 만나지 못하건 참사가 벌어진다면 그녀의 수상한 행적은 추적의 대상이 될 것이다.

환한 대낮에 남의 눈을 피해 궁 밖으로 나가기도 어렵다. 지금 그녀가 할 수 있는 최선은 가만히 있는 것이다.

"왕비님?"

"……아니다. 나가 보렴. 난 한숨 잘 것이니 부르기 전에는 들어오지 마라."

시녀장이 물러갔다.

'만약 폐하께 변고가 생긴다면.'

클라라는 이를 악물었다.

해리가 이제 충분히 제 앞가림을 할 나이는 되었다. 왕실의 어른이 될 그녀가 있고 그녀의 부친도 정정했다. 해리를 도와 충분히 국정을 안정시킬 수 있을 것이다.

그녀는 화장대의 서랍을 열어 보석함을 꺼냈다. 안에 든 작은 유리병을 손에 쥐었다. 반쯤 든 보라색 액체가 안에서 흔들렸다.

그녀는 유리병을 대리석 바닥에 내던질 것처럼 위로 손을 들어 올렸다. 내던지기 직전에 멈추었다.

'이걸 없애는 게 당장 급한 건 아니지.'

아깝다. 불길한 물건이지만, 얼마나 대단한 효과를 지녔는지 알기 때문이다.

유리병을 다시 보석함에 담아 서랍 깊은 곳에 넣었다.

*      *      *

펠릭스 후작가의 별채를 개조해 만든 대형 우리 안쪽에 거대한 늑대가 두 앞발에 턱을 괴고 엎드려 있었다. 늑대의 커다란 꼬리가 좌우로 움직이며 바닥을 때렸다. 사람으로 치자면 지금 늑대는 생각 중이었다.

「얌전히 있어야 한다. 며칠 걸릴 거야.」
「얀. 다녀올게.」

얀을 우리 안에 가두어 놓고 두 사람은 바깥에서 짧은 인사만 남긴 채 가 버렸다.

크흥. 늑대의 코에서 바람이 뿜어 나왔다. 지금 얀의 심기는 몹시 불편했다. 날 또 떼어 놓고 가다니!

얀은 고개를 들어 공중으로 코를 벌름거렸다.

주인의 냄새가 몹시 멀어져 이제는 아주 흐릿했다. 늑대는 자신의 코가 부쩍 좋아졌음을 느꼈다. 늑대의 후각이 아무리 뛰어나도 마차로 몇 시간 달려야 하는 먼 거리를 감지할 정도는 아니었다.

실제로 얀의 감각은 비약적으로 상승했다. 아넬이 지닌 정령의 기운이 얀의 몸속에 잠들어 있는 잠재력을 자극한 것이다.

크릉. 늑대는 낮게 울었다. 주인의 냄새가 이러다가는 곧 사라지겠다. 초조했다.

「기다리고 있어. 꼭 돌아갈 테니까. 얌전히 기다려야 한다.」

오래전 주인은 얀에게 약속했다. 얀은 그 약속만 믿고 아주 오래 기다렸다. 주인은 약속대로 돌아왔지만, 너무 오래 걸렸다.

두 번 다시는 그렇게 오래 못 기다린다. 또다시 주인이 사라진다면 이제는 직접 주인을 찾아다닐 것이다.

얀이 몸을 일으켰다. 아직은 흐릿하게 냄새가 잡혔다. 이걸 놓치면 안 된다.

우리 안을 맴돌다가 천천히 뒷걸음질 쳤다. 그리고 있는 힘껏 앞으로 튀어나갔다.

콰직.

단 한 번의 충돌만으로 부서지는 소리가 났다. 다시 물러난 늑대가 또 한 번 온몸으로 부딪쳤다. 창살과 벽의 이음새가 깨지며 창살이 떨어져 나갔다.

나갈 방법이 없어서 갇혀 있었던 게 아니다. 얀은 그냥 기다렸을 뿐이었다.

밖으로 나온 얀이 코끝을 공중으로 치켜들었다. 킁킁 냄새를 맡다가 망설임 없이 달려갔다.

＊　　＊　　＊

"오랜만에 바깥바람을 쐬니 좋다."

"소인이 뵙기에도 흥겨워 보이십니다."

"그런가?"

별것 아닌 말에도 베르너가 허허 웃었다. 시종장도 덩달아 빙긋 웃었다. 요즘 짜증이 부쩍 늘었던 왕의 기분이 이처럼 나른하게 풀린 것이 얼마 만인가.

'역시 세월이 약인가.'

세레니티 왕비가 사라진 이후 왕은 상처 입은 야생짐승 같았다. 성품도 변했다. 전보다 훨씬 예민해지고 변덕이 늘었다. 귀족들은 왕의 심기를 건드렸다가 괜한 곤욕을 치를까 봐 조심하는 분위기였다.

오랫동안 아예 거론조차 하지 않던 붉은 호수의 숲에 갑자기 가겠다고 해서 놀라게 하더니 숲으로 들어와서도 왕은 오히려 편안해 보였다.

"말을 나눠 보니 어떠하더냐?"

시종장은 왕이 무엇을 묻는지 조금 늦게 알아들었다. 아까 말을 나누고 돌아왔을 때는 아무것도 묻지 않으시더니 그 후 마차를 타고 반나절을 달렸다.

"오만한 자였습니다."

누군가에게 좀처럼 나쁜 말을 하지 않는 시종장의 평가가 박했다. 왕이 웃었다.

"짐이 말하지 않았느냐. 일국의 왕과 비견할 신분을 지닌 사람이다. 짐보다 아래가 아니야."

여전히 시종장의 입매가 딱딱했다.

시종장에게는 자신이 모시는 왕이 가장 높고 고귀했다. 더구나 이곳은 알시온이다. 타국에서 무슨 신분이건 이곳에서는 그저 손님일 뿐이었다.

무려 국왕 폐하께서, 친히 먼 길을 행차하셔서 만나자고 하는데 단박에 거절한 그 젊은 귀인이 괘씸했다.

"일국의 왕이라면 그만한 당당함은 있어야지. 생긴 건 어떠하냐? 듣자니 머리카락의 색이 짐과 비슷하다 하던데."

"송구하옵니다. 폐하. 얼굴은 자세히 살피지 않았사옵니다."

무례를 무릅쓰고 제대로 볼 것을 그랬다. 왕을 모시다 보니 시선을 아래로 내리는 것이 습관이 되었다.

"나이는 해리와 비슷하다고 들은 것 같다."

"목소리가 젊은 사내였습니다. 왕자님과 큰 차이가 없을 것 같습니다."

"남의 집 아이만 자란다는 말이 틀리지 않구나. 왕자들은 언제 철이 들어 한 사람 몫을 할지 모르겠다."

베르너가 한탄하며 중얼거렸다. 시종장은 말을 보태지 않았다. 나설 때와 그러지 말아야 할 때를 구별했기에 오랫동안 왕을 모실 수 있었다.

"폐하. 언제 마차를 돌려 환궁하시옵니까?"

"지루한 게냐?"

"폐하께서 곤하실까 봐 염려되어 그러하옵니다."

"아직 이쯤은 거뜬하다. 기껏 예까지 왔으니 마차가 멈출 때까지는 가야 하지 않겠느냐. 거기까지 쫓아간 정성을 봐서라도 이번에는 짐을 만나 주겠지."

시종장은 왕의 호의적인 태도가 의아했다. 아직 한 번도 만나 본 적이 없는 외국인이었다. 왕이 하란에 관심이 있다는 건 알고 있었지만, 그래도 좀 과했다.

왕이 직접 움직여서 얼굴 한번 보자는 걸 퇴짜 맞았는데도 언짢아하는 기색이 없었다.

"짐이 이상한가 보구나."

"어찌 소인이 폐하의 깊은 뜻을 헤아리겠습니까."

"깊은 뜻? 그런 거 아니다. 짐도 나이가 들었나 보다. 괜한 호기심이 갑자기 발동하니 풀지 않고는 견딜 수가 없구나. 아이작, 그 녀석이 말이다. 집에 손님을 들였어. 그리고 손님 접대를 하겠다며 짐을 찾아왔다. 그래서 도대체 엉덩이 무거운 그 녀석을 움직이게 한 사람이 누군지 궁금한 거야. 그놈이 얼마나 간

깐하고 고집쟁이인지 아느냐? 제 아버지의 판박이다."

일국의 후작을 이놈 저놈 부르는데 목소리에는 애정이 있었다.

"전대 후작이 가 버리고 알았다. 그 사람만큼 내게 바른말을 해 주는 이가 없구나. 이만큼 살아 보니 귀에 단 소리는 백날 들어 봤자 아무 이득이 없다는 걸 알게 된다."

시종장은 걱정스레 왕의 안색을 살폈다.

전대 후작이 죽었을 때 왕은 굉장히 상심했다. 장례를 치를 무렵에는 차라리 담담했는데 시간이 지날수록 회한이 가득한 말을 하는 횟수가 늘었다.

"짐이 용서를 구할 사람들은 모두 짐의 곁에 없구나."

마음 둘 곳을 찾지 못하는 왕이 가여웠다. 시종장은 눈시울이 후끈거렸다.

마차의 속도가 서서히 느려지다가 멈추어 섰다. 바깥에서 마차 문이 열리고 기사가 꾸벅 고개를 숙였다.

"폐하. 여기서부터는 마차로 이동할 수 없습니다."

"알겠다. 잠시 내려 땅을 밟아 보고 환궁할 것이다."

"예. 폐하."

시종장은 왕이 지시하기 전에 먼저 알아서 나섰다.

"폐하. 소인이 다녀오겠습니다."

설마 이번에도 국왕 폐하의 인사를 뿌리치지는 않겠지. 시종장은 다소 뻐딱한 마음으로 달려갔다. 후작가의 손님 일행도 역시 마차를 멈추었다. 기사들이 말과 마차를 연결한 마구를 푸느라 분주했다.

"또 무슨 일이오?"

아까 봤던 흑발의 기사가 시종장의 앞을 가로막았다. 말투와 표정이 달갑지 않은 기색이었다.

"어차피 여기에서 경의 주인은 마차에서 내려야 할 겁니다. 폐하께서도 잠시 내리신다니 이번에는 폐하의 권유를 거절하지 마십시오. 사방이 트인 곳에서 얼굴을 마주 보고 몇 마디 하는 것이 어려울 건 없지 않습니까."

말하면서 시종장은 기분이 상했다. 마치 한 번만 만나 달라고 애원하는 것 같다. 처음으로 매달리는 자의 비굴한 심정을 이해했다.

"알겠소. 기다리시오."

기사가 마차로 걸어갔다. 시종장은 열리는 마차 문을 응시했다. 안에서 누가 나오는 걸 보며 습관적으로 시선을 내렸다가 용기를 내어 슬쩍 고개를 들었다.

다리에서 점점 위로 시선을 올리다가 푸른 머리카락을 보며 움찔했다. 마차에서 내리는 귀부인을 도와주느라 사내의 얼굴이 잘 보이지 않았다. 시종장은 자기도 모르게 목을 길게 빼고 이리저리 고개를 돌렸다.

흑발의 기사가 다가가 뭐라고 말을 건넨다. 푸른 머리의 사내가 시종장이 서 있는 방향으로 고개를 돌렸다.

'흐억!'

시종장은 소리를 지를 뻔했다.

국왕 베르너가 왕자였을 무렵부터 온갖 시중을 들었다. 왕의 일생을 모조리 지켜봤다고 해도 과언이 아니다. 왕이 그리워하며 잊지 못하는 만큼 시종장도 세레니티 왕비와 로건 왕자를 잊지 못했다.


왕은 말이 없었다. 눈앞의 젊은이를 찬찬히 뜯어보았다. 왕의 집요한 시선을 느끼지 못하는 것처럼 론의 표정은 변화가 없었다.

두 남자의 대치가 길어질수록 양쪽의 수행원들은 의아해했다. 언제라도 험악한 분위기로 변하면 즉시 반응할 수 있도록 긴장도 늦추지 않았다.

사람들은 어색한 이 순간이 어서 끝나기를 바라는 한편으로 모두 비슷한 생각을 했다. 자신의 주인과 그 맞은편에 선 사내, 청년과 중년인이 어딘지 모르게 닮았다고.

사정을 모두 아는 앨런은 가라앉은 눈으로 론의 표정을 살폈다.

'설마, 설마……'

계속 중얼거리는 시종장의 등 뒤에서는 식은땀이 흘렀다.

"하란……에서 왔다고 했소?"

"그렇습니다. 폐하."

"이름이……."

처음에 론이 인사할 때 들었지만, 왕은 다시 물었다.

"레온 레바스입니다."

왕이 입을 다물었다. 침묵이 길어지니 론이 먼저 말했다.

"폐하. 숲에서는 해가 빨리 저뭅니다."

"짐이…… 오래 붙들었군. 가 보시오."

연장자에 대한 예의를 보이는 정도로만 론은 가볍게 고개를 숙였다. 왕의 면전에서 돌아서는 론의 행동을 보고 왕의 뒤쪽에 있던 기사 몇은 미간을 찡그렸다. 하지만 알시온의 백성도 아니며 본국에서 신분이 높은 사람이라는 말을 들었던 터라 뭐라 하지는 못했다.

왕은 청년의 뒷모습에서 눈을 떼지 못했다. 기사가 두 마리의 백마를 끌고 청년에게 다가갔다. 청년은 동행한 여인이 말에 오르도록 도왔다. 여인이 말에 올라 고삐를 쥐고 안정적으로 자세를 잡은 후 청년도 말에 올라탔다. 이어서 기사들도 모두 말에 올랐다.

왕은 꼼짝하지 않고 그들이 숲 안쪽으로 들어가는 모습을 바라보았다.

"폐하."

베르너는 곁에 다가온 시종장을 돌아보지 않고 말했다.

"시종장. 짐이 무슨 생각을 하는지 알겠느냐?"

"아닐 것입니다. 폐하. 아닙니다."

시종장의 목소리가 가늘게 떨렸다.

"폐하. 이만 환궁하시옵소서."

"……."

"폐하."

"저들이 붉은 호수로 간다고 했던가?"

"예. 폐하."

"짐만큼 그곳까지 가는 길을 잘 아는 사람이 드물 것이다. 채비하여라. 짐이 길잡이를 할 것이다."

"폐하. 먼 길을 가실 준비가 제대로 되어 있지 않을 뿐 아니라 지나치게 궁을 오래 비워 두시면……."

"말을 끌고 오라!"

왕은 시종장의 말을 끊고 기사에게 명했다. 왕이 재차 명령하자 기사가 마차에서 말을 풀어 끌고 왔다. 기사의 손에서 고삐를 잡아채 말 위에 오르는 왕의 태도에서 단호한 의지가 보였다.

"이랴!"

왕은 누가 따라오든 말든 개의치 않는다는 듯이 말을 몰아 앞서가는 사람들의 뒤를 따라갔다.

"아이고, 폐하!"

"폐하를 호위하라!"

"말을 풀어라, 어서!"

기사들이 서둘러 말을 타고 왕의 뒤에 따라붙었다. 마차에 묶인 말을 푸는 데 시간이 걸려 발을 동동 구르던 시종장이 가장 늦었다.

크게 두 무리로 나뉜 사람들이 숲을 가로질렀다.

길잡이를 자처한 왕의 일행이 선두에 섰고 그 뒤를 론의 일행이 따라갔다.

원래 아이작이 따로 붙여 준 길잡이가 있었는데 할 일을 빼앗긴 처지가 되어 가장 후미로 밀려났다.

"이 나라의 국왕께서는 참 친절하네. 몸소 길 안내도 해 주고."

줄리오는 사심 없이 순수하게 감탄했다. 이 상황의 미묘함을 읽어내는 사람이라고는 앨런, 그리고 아델뿐이었다.

'알시온의 왕은 대체 무슨 생각이지.'

왕의 속내를 알 수 없어 꺼림칙한 앨런은 신경이 곤두섰다.

'뻔뻔하군. 인제 와서.'

완전히 론의 입장에 감정을 이입한 앨런은 속으로 씩씩댔다.

'괜찮을까?'

아델은 론을 위로해 주고 싶었다. 상황이 여의치 않아 아쉬웠다.

정작 론의 기분은 알쏭달쏭했다. 론의 기억 속에 부친은 군주의 위엄이 넘치는 건장한 사내였다. 가뜩이나 체구가 작았던 소년은 고개를 한참 들어야 왕의 턱 끝을 볼 수 있었다.

오랜만에 다시 본 부친은 옛날처럼 압도적으로 커 보이지 않았다. 깊어진 주름에는 세월이 담겨 있었다.

당혹스럽게 흔들리는 왕의 눈을 보고 있으니 참 이상했다. 감정을 내보이는 왕은 완벽한 절대자가 아니라 보통의 사람으로 보였다.

'날 알아보신 걸까.'

론은 자신이 굉장히 많이 달라졌다고 생각했다. 병약한 어린 왕자의 모습이 전혀 남아 있지 않았다. 그래서 고국에 돌아가도 자신을 알아볼 사람은 아무도 없을 줄 알았다.

그런데 아이작이 첫눈에 알아보았다. 하지만 아이작이니까 그럴 수도 있다고 치자. 하지만 왕은 재회하면 틀림없이 '누구시오?'라고 물을 거라고 생각했다.

'난 어쩌고 싶은가.'

먼저 나서서 밝힐 생각은 없다. 그런데 왕이 대놓고 묻는다면 그래도 모른 척할 것인지, 솔직히 말할 것인지 모르겠다. 그런 상황을 아예 가정해 보지 않았기 때문이다.

아델은 생각에 잠긴 론의 안색을 살폈다. 그녀는 이 상황이 신경 쓰였다. 정령의 기억에서 본 하란과 카발, 그들 부자의 어긋난 관계를 론의 처지에 겹쳐 보게 되었다.

'론은 자신의 아버지를 원망할까? 그도 카발처럼 어두운 마음을 품었을까? 그래서 보라색 눈동자를 갖게 된 걸까?'

울창한 숲을 휙 둘러보았다. 숲에 들어설 때부터 깨끗하다는 느낌을 받았다. 나무가 내뿜는 상쾌한 기운은 사람이라면 누구라도 느낄 수 있을 것이다.

그런데 거기까지였다. 오히려 동부의 숲이 더 특별했다. 그곳의 기운이 훨씬 농도가 짙었다. 잔뜩 기대했던 터라 그녀는 실망했다.

'내가 제대로 온 게 맞나?'

숲에 오면 빛의 요정이 무슨 반응을 보일 줄 알았다. 혹시 해서 속으로 몇 번 불러도 봤지만, 답이 돌아오지 않았다.

'우선 호수까지 가 보자.'

거기까지 가서도 성과가 없으면 최후의 방법을 쓸 수밖에 없다. 꿈속으로 정령을 불러내는 것이다. 하지만 그 방법을 쓰면 '사람에서 멀어진다.'라고 정령은 말했다. 그래서 가능하다면 그 방법은 쓰고 싶지 않았다.

숲은 조용했다. 사나운 야생짐승은 원래 살지 않는다고 알려져서 기사들은 크게 주변을 경계하지 않았다.

일행의 가장 끝에서 이동하는 길잡이가 무심히 스쳐 지나간 덤불이 살짝 흔들렸다. 얼마 후 조금씩 움직이던 덤불이 뒤집혔다. 감쪽같이 위장하고 있던 자들이 여기저기에서 고개를 내밀었다. 그들은 뚜렷한 특징이 없는 용병의 차림새를 하고 모두 복면을 썼다.

─왕의 합류는 예상하지 못한 일입니다.

─계획을 수정합니까? 철수할까요?

그들은 어떤 소리도 내지 않고 간단한 수신호만으로 능숙하게 대화를 나누었다.

─변수는 언제나 일어난다. 나와 스승님은 이보다 더 어려운 조건에서도 충분히 일을 완수했다.

사내는 망설이는 제자들에게 단호하게 말했다. 수신호에 잔뜩 힘이 들어갔다.

─이번 일만 끝내면 우리는 자유가 된다. 모두 바라던 일이 아니냐?

사내는 나름대로 표적에 관해 알아보았다. 알시온에 아무 기반이 없는 외국인이다. 이들은 무슨 일을 당해도 빠르게 대처하기 어려울 것이다. 더구나 목표물이 인적이 없고 방어에 취약한 곳으로 알아서 이동해 주니 이보다 좋을 수는 없었다.

'계약을 털어 낼 기회다.'

우드 공작과의 인연은 사내의 스승이 활동하던 시기로 거슬러 올라간다. 아주 오래전 사내가 몸담았던 조직이 몰살당했다. 당시의 혼란을 틈타 사내는 간신히 스승과 단둘이 탈출했다.

겨우 벗어났나 싶었더니 유일한 탈출구 앞을 우드 공작이 지키고 있었다. 이젠 틀렸다고 낙담하는 두 사람에게 공작이 제안했다.

「너희를 살려 주면 내게 뭘 줄 수 있나?」

사내의 스승은 우드 공작과 계약을 맺었다. 대신 공작은 그들에게 숨어 지내기에 충분한 의식주를 제공했다. 사내는 스승으로부터 모든 암살 수법을 물려받고 스승이 세상을 떠난 후에는 자질이 있는 고아를 거두어 제자로 키웠다.

사내는 자유를 구속하는 계약을 자신의 제자들에게까지 물려주고 싶지 않았다. 어서 계약을 이행하고 싶어도 우드 공작은 맡길 일이 없다며 대답을 미루었다.

공작의 여식이 제안한 일은 우드 공작과의 오래된 계약을 해소할 좋은 기회였다. 아마 우드 공작이라면 훨씬 더 어려운 일을 시킬 것이다.

―목적을 이룬 사람은 방심한다. 저들이 목적지에 도착하는 순간이 우리에게 기회가 될 것이다.

―예.

모두 같은 수신호로 대답했다.

―가자.

얼굴을 드러낸 자들이 모습을 감추었다. 순식간에 인기척이 모두 사라졌다. 그들은 이제 전부 나름의 방법으로 재주껏 목표물의 뒤를 밟을 것이다.

사내의 눈에 흐뭇함이 담겼다. 이만큼 쓸 만해지게 만들기까지 참 많은 시간과 노력이 들어갔다.

'옛 영광을 다시 찾을 것이다.'

사내는 오랫동안 숨어 지내며 제자를 키우는 일에 골몰했다. 그래서 세상의 소식에 늦었다. 자신이 노리는 외국인이 하란에 서 왔다는 사실이 무엇을 의미하는지 몰랐다.

오래전 사내가 활동할 무렵에 하란의 마법사들이 막 대륙에 발을 디뎠다. 마법사와 부딪칠 일도, 그들에 대해 알 기회도 없 었다.

그래서 사내는 옛날의 대륙인들처럼 마법사란 눈속임하는 잔재주를 부리는 자들이라고 생각했다. 하란의 마법사들이 지 닌 능력의 반만이라도 알았다면 사내는 절대 이번 일을 받아들 이지 않았을 것이다.

*　　　*　　　*

아이작은 지끈거리는 관자놀이를 꾹꾹 눌렀다. 카로가 책상 에 차를 내려놓으며 물었다.

"좀 주무셨습니까?"

"잠깐 눈은 붙였다."

"그동안 얌전히 있어서 기특한 녀석이라고 생각했습니다. 그 런데 이렇게 거한 사고를 치는군요."

늑대의 탈출 소동으로 날밤을 새웠다. 후작가의 저택은 시가 지의 한복판에 있었다. 엄청난 덩치의 짐승이 몸을 숨길 곳이 없다. 길을 따라 달려가면 당연히 눈에 띄었다. 신고받고 출동

한 병사들이 쫓아오자 늑대는 근처의 저택으로 난입하더니 지붕을 발판으로 삼아 저택 사이를 겅중겅중 뛰어넘었다.

덩치는 산만 해서 어찌나 몸놀림이 날쌔던지.

아이작은 멀찍이서 늑대의 뒷모습을 한 번 간신히 보았고 그마저도 금방 놓쳤다.

수도는 완전히 발칵 뒤집혔다. 그걸 수습하느라 밤새 여기저기 쫓아다녔다. 수도방위군의 사령관이 기사들을 총동원해 위험한 짐승을 추살하겠다고 방방 뛰었다. 아이작이 모든 책임을 자신이 지겠다고 약속하며 간신히 진정시켰다.

"근데 그 녀석은 어디로 간 걸까요? 우리를 다 부수고 말입니다. 벽 일부가 무너져서 수리하려면 꽤 시간이 걸린다고 합니다."

"주인을 따라간 거겠지."

"주인이라니요?"

"……원래 내가 진짜 주인은 아니니까."

순간 아이작이 당황해 말을 돌렸다. 카로는 의심하는 기색이 없이 무척 불쾌해했다.

"먹여 주고 재워 준 의리를 이런 식으로 갚다니요. 정말 배은망덕한 놈입니다."

카로가 나간 후 아이작은 의자에 편히 기댔다. 사라진 늑대가 걱정되지 않았다. 어디로 갔을지 뻔했다.

"각하."

카로가 다시 문을 두드리며 들어왔다.

"손님이 오셨습니다."

아이작의 대답을 듣지 않았는데도 카로는 바로 손님을 안내했다. 아이작이 무조건 만나는 손님이라는 것을 알기 때문이었다.

아이작은 카로의 뒤에서 나타난 사내를 보며 엉거주춤 일어났다.

"평안하셨습니까. 각하."

에릭이 반갑게 인사를 건넸다.

"아……. 어서 오시오."

아이작은 멍하게 그를 바라보았다. 에릭을 볼 때의 기분이 이전과 달랐다.

"몹시 피곤해 보이십니다. 드릴 말씀이 있는데 괜찮으시겠습니까?"

"괜찮소. 간밤에 급히 처리할 일이 있어서 제대로 잠을 못 자서 그렇소."

아이작은 에릭에게 자리를 권하며 소파에 앉았다.

"오다가 대충 들었습니다. 사람들이 전부 그 얘기만 하더군요. 문제의 그 늑대가 별채에 있던……. 맞습니까?"

"맞소."

"뒷수습 때문에 마음고생을 하셨겠습니다."

"……."

평소보다 아이작의 반응이 둔했지만, 에릭은 상황이 상황이니만큼 이해했다.

"오면서 고민했습니다. 제 주인을 먼저 뵈어야 할지, 저택의 주인을 먼저 뵈어야 할지 말입니다. 그런데 고민할 필요가 없었더군요. 성주님께서 자리를 비우셨다고 들었습니다."

"그렇소. 사흘 뒤에나 돌아오실 거요."

"흠. 오래 걸리시는군요."

아이작은 당당히 '제 주인'이라고 말하는 에릭을 보고 있으니 억울한 생각이 들었다. 그분은 내가 먼저 발견한 빛이라고 말하고 싶었다.

'되돌릴 수 없는 건가. 정말 난 그분을 영영 잃은 건가.'

로건 밀라우스가 레온 레바스가 되겠다면 아이작에게 남은 방법은 모든 것을 버리고 뒤를 따라가는 것뿐이다. 하지만 그럴 수는 없었다. 그가 가진 가문의 부와 권력이 아까워서가 아니다. 그는 조국을 사랑했다.

만약 론이 비참한 지경에 놓여 고립된 처지였다면 아이작은 망설이지 않고 기꺼이 모든 것을 바쳐 론을 지키는 역할을 자처했을 것이다. 하지만 아이작의 희생이 전혀 필요하지 않기 때문에 오히려 그는 자신의 어깨에 짊어진 것들을 내버릴 수 없다.

전대 후작은 늘 아이작에게 말했다. 높은 신분과 지위를 가진 자의 역할은 백성을 지배하는 게 아니라 보살피는 것이라고. 귀에 인이 박이게 들을 때는 지겹다고 생각했지만, 자기도 모르게 세뇌되었나 보다.

"하란은 어떤 곳이오?"

"예?"

"성주님은 대가문의 주인이라고 들었소. 대가문이란 무엇이오? 대가문의 주인은 어떤 방식으로 바뀌는 거요?"

"자세한 내용은 말씀드리기가……."

에릭은 난처해하며 말끝을 흐렸다.

"성주님께서 그 자리를 빼앗길 수도 있소? 이곳에서 귀족 가문은 가주의 자리를 잃는 경우가 종종 있고, 드물지만 왕가도 바뀔 수 있소."

"가주의 자격은 사람이 결정하지 않습니다. 하란의 정해진 규칙이라고나 할까요. 대가문의 가주는 아주 예외적인 경우를 제외하면 자리를 박탈당할 일이 없습니다. 폭군이나 암군이 되어 엄청난 실정을 저지르지 않고서는 말이지요."

"폭군, 암군……."

그럼 그분께는 해당하지 않겠구나. 그분의 출신이 알려지면 어쩌나 걱정했다가 아이작은 안도했다.

"내게 할 말은 뭐요? 중요한 일인 것 같소만."

"예. 말콤 그랜트에 관한 내용입니다."

피곤해서 몽롱하던 머릿속이 확 깨어났다.

"말콤 그랜트가 마인 출신이라는 소문의 실체를 확인하고 왔습니다."

에릭은 마인의 마을에서 머물며 꼼꼼히 조사했다. 줄리오의 도움 덕분에 마인들은 에릭에게 매우 협조적이었다. 무엇이든 기억해 내려고 애썼고 깜빡 말하지 않은 것이 있다며 알려 주러 오기도 했다.

말콤이 마인이라는 사실에 에릭이 집착한 이유는 그게 말콤을 비공식적으로 매장할 수 있는 가장 확실한 방법이기 때문이었다.

무릇 적을 상대할 때는 미리 적의 약점부터 잡아 뒤흔드는 것이 최상의 계책이었다.

다소 나아졌다고는 하지만 마인을 배척하는 사람들의 의식은 하루아침에 바뀔 수 없었다. 대륙인은 마인들을 역병의 원인처럼 혐오했다. 뿌리 깊은 거부감은 세대가 바뀌어야 좀 나아질 것이다.

"여기저기에 손을 써 두었으니 아마 조만간 크게 반응이 올 겁니다."

"그게 그렇게 큰 문제요? 그자가 마인이라는 게 말이오."

"그자는 대륙의 거상으로 군림했습니다. 상인들만의 서열이 존재한다면 그자는 왕 노릇을 한 것이지요. 더구나 비열한 짓을 적잖이 했습니다. 그자에게 잔인하게 당한 이들은 억울해도 어쩔 수 없이 입을 다물고 있었을 겁니다. 저는 그들이 폭발할 계기를 만들었습니다. 자신보다 못나다고 여긴 자가 제 위에 오르는 꼴을 못 보는 게 인간입니다. 예를 들어볼까요? 권력을 마구 휘두르던 일국의 왕이 사실은 비천한 노예였다더라. 이 사실을 귀족들이 알게 되었을 경우를 생각해 보십시오."

"……과연."

"그자가 아무리 수완이 뛰어나도 장사는 혼자 하는 게 아닙니다. 조력자들이 모두 등을 돌리면 그자가 가진 모든 것은 하루 아침에 무너질 테지요."

아이작의 표정이 떨떠름해졌다.

"그자의 힘은 재물에서 나옵니다. 힘을 빼면 그자를 수월하게 탈탈 털 수 있습니다."

큰일을 하나 해치웠더니 에릭은 홀가분했다. 누군가의 뒷조사를 하면서 이 정도로 시간과 돈을 들인 건 처음이었다.

"딱히 수단 방법을 가릴 생각은 없지만."

아이작은 신중하게 말을 골랐다. 여태 애쓴 에릭의 노력을 깎아내리는 느낌을 주지 않으려고 노력했다.

"마인들은 동족을 고발해 넘긴 셈이 되는데 그 부분은 이해를 받은 거요?"

에릭의 눈이 커졌다가 빙그레 웃었다. 눈앞의 사내는 몇 번이나 에릭을 놀라게 했다. 지닌 권력에 비해 젊은 나이라는 것, 겸손하며 신중하다는 것, 권력자라고 믿기지 않을 정도로 곧은 성품을 가졌다는 것. 만날수록 좋아지는 사람은 참 드물다.

"그 부분은 염려 마십시오. 말콤 그랜트는 마인들에게도 원

수와 같은 존재이니까요. 마인의 마을이 불탄 사건을 알고 계실
겁니다."

아이작은 고개를 끄덕였다.

"마인들은 말콤, 그자의 짓이라고 확신하는 눈치였습니다."

그래서 마인들의 협조를 얻는 게 더욱 쉬웠다.

"그리고 그자를 조사하다가 몇 가지 기이한 점을 알아냈습니
다. 화마가 마인의 마을을 덮친 사건이 약 이십오 년 전의 일입
니다. 그때 말콤의 나이가 서른대여섯 정도였다고 합니다."

"그럴 리가."

아이작이 만났던 말콤의 나이는 대략 마흔 초반 정도로 보였
다.

"사람을 잘못 본 것 아니오?"

"그래서 시간이 오래 걸렸습니다. 상식적으로 말이 안 되니
까요. 근데 상식을 버리니까 모든 게 설명되더군요."

때마침 마인의 마을에서 만난 데보라에게 답답한 마음에 하
소연했다가 뜻밖에 도움을 받았다.


「흑마법이라면 가능하지.」


아마 데보라는 가장 흑마법에 정통한 마법사일 것이다. 그녀
는 오랫동안 흑마법의 흔적을 찾느라 대륙 곳곳을 누비고 다녔
다. 그러기 위해서는 지식이 필요했다.

마탑은 그녀에게 흑마법에 관한 자료를 충분히 제공했다. 흑마법의 연구는 금지되었지만, 오직 데보라는 예외였다.

「흑마법은 인간의 욕망과 결합하기 좋았다네. 그래서 보편적인 규칙을 거스르는 마법을 창안해 냈지. 흑마법 중에는 젊음 유지와 생명 연장에 관한 것들도 있네. 장수는 인간의 가장 원초적인 욕망 아닌가.」

그리고 데보라는 에릭의 조사 내용에 큰 관심을 보였다.

「아무래도 조만간 그자를 내가 보러 가야겠네. 젊음을 유지하는 흑마법은 굉장한 고난도의 마법일세. 이론서에는 있지만, 정말 구현이 가능한지 확신하지 못했는데…….」

에릭은 데보라부터 입조심을 당부받았다. 마탑에서 조사 중인 민감한 사안과 관련되어 있다고 들었다.

"자세한 설명은 나중에 드리겠습니다. 그것보다도 각하께서 더 관심을 가지실 부분이 있습니다. 아무래도 말콤의 뒤에 누가 있는 것 같습니다."

"배후가 있다?"

아이작의 기세가 날카로워졌다.

"배후까지는 아직 밝혀내지 못했습니다. 굉장히 꼭꼭 숨겼더 군요. 말콤이 평소에 '마스터'라고 부르는 대상이 있었다고 합 니다."

아이작은 골똘히 생각에 잠겼다. 이러면 다시 원점이다. 지 금껏 말콤이 주체라고 전제하며 조사를 진행했다. 그는 머릿속 으로 알고 있는 내용을 찬찬히 되짚었다.

노크 소리가 들리고 카로가 조용히 들어왔다. 카로는 아이작 의 곁에 봉투를 내려놓고 다시 조용히 나갔다. 봉투의 겉에 긴 급을 표하는 암호 표식이 있었다. 흘끔 봉투를 확인한 아이작이 당장 집어 들었다.

"급한 것이라 확인하겠소."

"예. 각하."

에릭의 양해를 구한 후 내용을 꺼내 읽었다.

"……말콤이 사울 왕국에 있다고 하오."

"흠. 벌써 효과가 나타나나 봅니다. 사울 왕국에는 그랜트 상 단의 가장 큰 분점이 있습니다. 분점이지만 거의 본점이나 다름 없지요. 거기가 무너지면 반은 잃는 겁니다."

아이작의 눈동자가 혼란스럽게 흔들렸다. 그는 말콤이 계속 저택에 틀어박혀 있는 줄 알았다. 저택을 항상 주시하는 수하들 이 말콤의 외출을 알아차리지 못하다니.

'변장했나? 조심스럽게 움직였군. 저택을 감시하는 자들이 있다는 걸 알고 있었던 거야.'

알면서도 감시자들을 내버려 두었다. 감시자들의 눈은 얼마든지 피할 수 있다는 자신감인가?

'사울 왕국까지의 거리를 생각하면 최소한 며칠 전에 알시온을 떠났다는……. 아, 그러면!'

왕비가 다급히 말콤의 저택을 찾아간 날, 말콤은 저택에 없었다는 뜻이 된다.

'왕비는 그날 헛걸음을 한 건가? 말콤은 자리를 비우면서 그 사실을 왕비에게 알려 주지도 않았나? 둘은 긴밀하게 연락을 주고받는 사이가 아니었던 건가?'

에릭이 알려 준 정보가 새로 찾은 퍼즐 조각이 되었다.

'왕비가 말콤을 만나러 간 게 아니라면?'

말콤의 배후에 또 다른 누군가가 있다고 가정하면 의심스러웠던 부분이 해결된다.

알시온에 아무 영향력을 미치지 못하는 상인이 어떻게 왕비와 연결되어 로건 왕자를 암습하는 일에 깊이 관여할 수 있었는지 늘 의문이었다.

우드 공작 쪽을 아무리 뒤져도 아무것도 나오지 않았던 게 이제 이해가 되었다. 어쩌면 로건 왕자의 죽음에 우드 공작은 전혀 관여하지 않았을지도 모른다.

왕비가 말콤의 배후에 있는 조력자를 통해 혼자 저지른 짓인가.

아이작은 벌떡 일어났다. 책상으로 가서 위에 쌓인 문서를 마구 뒤졌다. 한 통의 봉투를 찾아내 내용물을 꺼냈다.

어제 오후에 받은 것이다. 발신자는 왕비궁에 심은 첩자였다. 읽자마자 늑대 탈출 사건 때문에 급히 나가느라 내용을 깊이 되새길 시간이 없었다.

—왕의 출궁 소식 및 목적지를 듣고 왕비가 몹시 흥분
 함.

아이작은 갑자기 섬뜩했다. 불길한 예감이 들었다.

'말콤의 배후에 누군가 있다. 왕비는 누군지 모를 그자를 다급히 만났다. 만나기 전날에 왕비는 저하를 만났다.'

연회 날, 지레 겁먹고 기절한 왕비를 보며 비웃었다. 불안해서 발을 동동 구를 왕비를 생각하며 건배했다.

아이작이 생각하는 클라라는 빈틈이 없고 교활했다. 사람의 감정이 극단으로 치달으면 얼마나 무모해질 수 있는지 간과했다. 적의 완벽함을 전제했더니 클라라가 무슨 짓을 할지 예측할 수 없었다.

생각해. 어서 생각해 내. 아이작은 자신을 마구 다그쳤다.

'그 여자가…….'

문이 벌컥 열렸다. 카로가 들어오자마자 소리쳤다.

"각하! 그분이 납치되었습니다. 성주님과 함께 오신 숙녀분 말입니다."

"뭐요?!"

에릭이 벌떡 일어나 외쳤다.

"대체 그게 무슨 소리요? 아델 아가씨 말하는 거요? 그분이 납치되었다고?"

흥분한 두 사람을 바라보며 아이작은 차분해졌다.

"카로. 진정하고 말해라. 언제?"

"정확한 시간은 모르겠습니다. 그분의 전담 하녀와 침실을 지키던 기사 둘이 침대 기둥에 꽁꽁 묶여 발견되었습니다. 누군가의 공격을 받아 기절했다가 깨어나니 그 상태였다고 합니다."

"넌 가서 그 하녀를 내게 데려와."

카로가 나가고 아이작은 에릭에게 말했다.

"염려 마시오. 납치된 사람은 대역이오. 진짜는 성주님과 함께 가셨소."

"대역이요? 왜요?"

"성주님께서 지시하신 일이오."

다리에 힘이 풀려 에릭은 소파에 주저앉았다.

"대체 알시온에서 아델 아가씨를 납치할 자가……."

중얼거리다가 에릭이 고개를 들었다.

"말콤?"

"내 생각도 그렇소."

'저하의 우려가 과한 게 아니었군.'

설마설마했다. 일개 상인 따위가 감히 후작가에 잠입해 납치라는 간 큰 짓을 벌일 줄이야.

절대 그놈을 가만두지 않겠다고 이를 갈면서 동시에 아이작은 안심했다. 말콤이든 말콤의 배후이든 목표는 아델이었다. 자신의 주인이 아니라서 다행이다. 이 말을 결코 론의 앞에서는 할 수 없겠지만, 그의 솔직한 마음은 그러했다.

그런데 이상하다. 자꾸 뭔가가 껄끄럽게 걸렸다.

"대역은 미끼였습니까?"

"그런 의도는 아니었소. 결과는 그런 셈이 되어 버렸지만."

방어에 취약한 바깥보다 저택이 안전하다고 생각했기에 아델은 후작가에 남아 보호받고 있는 것처럼 꾸몄던 거다.

"당장 말콤의 저택을 쳐야겠소."

"지금 말입니까?"

"때로는 대책 없이 저지르는 편이 나을 때가 있소. 왠지 지금 그래야 할 것 같은 예감이 드는군. 어차피 지금 저택에는 말콤이 없으니 빈집털이를 하기에 딱 좋소."

"납치된 자가 저택에 없을지도 모릅니다. 각하께서 난처한 상황으로 몰릴 수 있습니다."

"난처? 내가 말이오?"

아이작이 피식 웃었다.

"하란은 어떤지 모르겠지만, 이곳은 알시온이오."

상인의 집을 털었다고 누가 펠릭스 후작을 몰아세울 수 있겠나. 말콤이 무서워서 그동안 내버려 둔 게 아니었다. 왕비를 잡을 증거를 찾기 위해 기다렸다.

에릭은 아이작이 상당한 고위 귀족이라는 사실을 새삼 깨달 았다. 귀족답지 않다고 생각했던 남자가 귀족 특유의 자신감 넘 치는 오만한 표정을 짓는 모습을 오늘 처음 보았다. 그게 고깝 기는커녕 오히려 든든했다.

"저도 함께 가도 되겠습니까?"

"그러시오."

나가는 중에 멜을 데려오는 카로와 마주쳤다.

"시간이 없으니 가면서 듣겠다."

아이작은 마부에게 수도방위군의 사령부를 목적지로 지정했 다. 아이작과 에릭, 멜을 태운 마차가 후작가를 출발했다.

"병사들을 동원하실 작정입니까?"

"병사로 되겠소? 기사들까지 동원해 누구도 빠져나갈 틈을 주지 않을 것이오."

"기사들을요? 그게 가능합니까?"

"가능하도록 할 것이오."

아이작이 강한 의지를 담아 대답했다.

\*　　\*　　\*

왕은 애초에 며칠씩이나 궁 밖에서 지낼 의도가 없었다. 그래 서 궁에서 나올 때 넉넉히 물품을 가져오지 않았다.

왕 한 사람이 쓸 물자는 아랫사람들이 최선을 다해 마련하니 왕이 불편할 일은 없었다. 문제는 기사와 시종들이었다. 가장 긴요하게 필요한 것이 식량이었다. 하루 정도면 굶어도 견디지만, 나흘은 너무 길었다.

"이만하면 허기는 면할 것이오. 우리가 넉넉히 가져왔어도 풍족한 건 아니라서 이 정도가 최선이오."

앨런이 주는 가죽 부대를 시종들이 짊어졌다. 시종장이 고개 숙여 감사를 표했다.

"충분합니다. 도움에 감사드린다고 성주님께 말씀 올려 주십시오."

돌아가는 시종들의 뒷모습을 보며 레바스의 기사들이 중얼거렸다.

"굉장히 조심스러워하는군요."

"알시온에는 음식을 남에게 빌리면 안 되는 관습이라도 있는 걸까요?"

앨런이 대답했다.

"저들의 주인이 알지 못하게 하려고 조심하는 것이다."

"국왕이 알면 왜 안 됩니까?"

"수하들의 난처함을 알리고 싶지 않은 충성심이지."

"그럼 국왕은 식량의 부족함을 전혀 모르고 있겠군요."

"갸륵한 충성심이네요."

기사들은 감탄하면서도 진심으로 이해하는 표정은 아니었

다. 그들이라면 비슷한 상황이 닥쳤을 때 윗사람께 알려 함께 논의한다. 그게 레바스의 방식이었다.

"근데 머리카락 색이 비슷해서 그런지 참 닮았습니다."

"어, 자네도 그렇게 생각했나?"

"쓸데없는 소리. 주군을 화제 삼아 잡소리 하지 마라."

앨런이 인상을 쓰며 말을 잘랐다.

"그만 출발하자."

야단을 들은 기사들이 겸연쩍어하며 대답했다.


마침내 호수에 도착했을 때 여기저기에서 탄성이 나왔다. 호수라는 이름이 붙었으니 연못보다는 크나, 했던 예상을 뒤엎고 호수는 정말 넓었다. 숲의 한복판에 이만한 규모의 호수가 있다는 게 놀라웠다.

아델은 말에서 뛰어내려 즉시 호숫가로 달려갔다. 기슭에 서서 유리처럼 매끈한 수면을 바라보았다.

'정말 붉어.'

꿈에서 봤던 그대로였다. 선명하게 붉은 물빛은 꺼림칙한 느낌을 주는 게 아니라 신비롭고 성스러웠다. 그녀는 쿵쿵 뛰는 심장을 손으로 눌렀다.

그리움이 와락 밀려들었다. 이건 그녀의 감정일까, 정령의 감정일까.

그녀는 좀 더 가까이 다가갔다. 호수의 물을 두 손 안에 담아 보고 싶었다. 비탈진 땅이 물을 머금어 질척한 진흙이 되었다. 발이 쭉 미끄러지며 몸이 휘청하는 순간에 강한 힘이 그녀를 붙들었다.

론은 아델의 팔을 붙들고 안도의 숨을 내쉬었다. 잡아 끌어올리며 그녀의 허리를 감아 품으로 당겨 안았다.

"조심해야지."

"으아, 넘어지는 줄 알았다. 고마워요."

"자꾸 이럴래? 눈을 못 떼겠잖아."

그녀는 등 뒤에 있는 그를 향해 입술을 삐죽였다가 배시시 웃으며 고개를 뒤로 올려 그와 눈을 마주쳤다.

"론."

론은 달갑지 않은 표정으로 그녀의 웃음에 반응했다. 그는 몇 번의 경험으로 아델이 곤란한 부탁을 할 때의 표정을 학습했다. 그리고 자신이 한 번도 거부하지 못했다는 걸 알고 있었다.

"호수에 들어가 보고 싶어요."

"……아델. 가능한 일이 있고 그렇지 않은 게 있어."

"수영하겠다는 게 아니라요. 발만 담글 정도면 돼요. 얕은 데에 그 정도만 들어가는 것도 안 돼요?"

론은 작게 한숨을 쉬었다. 그녀의 곤란한 부탁은 수용할 수 있는 범위를 벗어난 적이 없었다.

"여기는 경사가 심해. 얕은 곳을 찾아보자."

줄리오는 둘이 다녀오라고 손을 흔들었다. 두 사람은 호숫가를 따라 걷기 시작했다. 그들의 한 걸음 뒤에서 앨런이 따라갔다. 그리고 기사들이 더 넓은 범위의 간격을 두고 호위했다.

왕이 멀어지는 그들을 응시했다. 베르너의 시선이 푸른 머리의 사내를 따라 움직였다. 체한 것처럼 명치가 꽉 막혀 가슴이 답답했다. 그의 직감은 청년의 정체를 확신하는데 그의 이성은 그럴 리가 없다는 현실적인 이유를 내놓았다.

"시종장. 환궁하는 대로 펠릭스 후를 불러오라."

"예. 폐하."

그 녀석이라면 뭔가를 알겠지.

왕은 무거운 한숨을 내쉬었다. 아이작으로부터 듣게 될 대답이 벌써 두려워졌다.


복면의 사내는 숲 안쪽의 그림자 속에 숨어 표적을 바라보았다. 좀처럼 빈틈이 보이지 않았다.

대단히 훈련이 잘 된 기사들이었다. 바짝 긴장해 있지 않으면서도 집중력이 흐트러지지 않았다. 어설픈 공격을 했다가는 되레 반격을 당할 것이다.

'일국의 왕 정도는 되어야 이만한 수준의 기사들을 거느릴 수 있을 텐데.'

표적이 생각보다 대단한 자인 것 같다.

'너무 성급했나.'

암습에 성공하기 위해서는 표적에 대한 철저한 조사가 필수

적이다. 때에 따라서는 몇 개월에 걸쳐 조사에만 매달리기도 했다.

이번에는 그럴 시간이 없었다. 정보를 얻을 곳이 없었고 표적이 밖으로 나오자 기회라고 생각해서 즉시 행동을 시작했다. 어서 일을 해치우고 자유가 되고 싶은 조급증을 견디지 못했다.

위험부담은 컸다. 목표가 왕은 아니어도 왕의 일행을 건드리는 셈이니까.

하지만 의뢰인이 왕비다. 왕만 해치지 않으면 뒷수습은 그쪽에서 알아서 할 것이다.

'지금이 기회다. 왕의 기사들이 합세하면 승산이 없어.'

표적을 호위하는 기사의 수는 총 여덟.

숫자를 둘로 갈라놔야겠다. 그러면 여자를 포함해서 둘을 지켜야 하는 기사들을 상대로 해볼 만하다.

'해가 지기 전에 처리해야 해.'

사람들은 흔히 암살은 밤에 일어난다고 생각한다. 자객은 어둠 속을 대낮처럼 누비는 재주를 가졌다고 착각했다. 하지만 자객의 시력도 보통 사람과 다르지 않았다.

한밤중의 암살은 구조물 안에서나 가능했다. 고정된 내부 구조를 머릿속에 집어넣어 암기된 대로 움직이는 것이다.

숲은 그게 불가능했다. 변하기 때문이다. 어디서 튀어나온 가지에 걸려 넘어질지 알 수 없다. 해가 지면 나무 그늘 때문에 한 치 앞도 보이지 않는다.

'전면전을 해야겠군.'

사내는 품에서 작은 피리를 꺼내 몇 번을 끊어서 불었다. 아무 소리도 나지 않았다. 하지만 특수한 훈련을 받은 자는 들을 수 있다.

'전부 데려오길 잘했어.'

대개 암살은 두셋이 짝을 이루어 진행했다. 이번처럼 다수가 참여하는 일은 드물었다. 수가 많으면 기동성이 떨어지는 대신 공격적인 작전을 쓸 수 있었다. 제자들에게 좋은 경험이 될 것이다.

사내는 표적과 일행들이 걸어가는 모습을 응시했다.

'빠르게 치고 빠진다.'

자리를 잡고 표적이 다가오기를 기다리자. 나머지는 제자들이 각자 맡은 역할대로 상황을 이끌어갈 것이다.


아델이 손가락으로 기슭을 가리켰다.

"저기는 얕아 보여요."

두 사람은 가까이 가 보았다. 부디 이번에는! 아델은 간절하게 그를 보았다. 그가 계속 위험해 보인다느니, 물이 깊다느니 하며 퇴짜를 놓았다.

론은 이리저리 살펴보다가 고개를 끄덕였다. 다른 물기슭은 물에 침식되어 가팔랐지만, 이곳은 마치 강변처럼 서서히 경사를 이루어 호수로 이어졌다.

"전에 여기 와 본 적 있어요?"

"아니. 이 근처는 처음이야."

"이 숲에 들어온 건 처음이 아니군요."

"……처음은 아니지."

론이 미간을 찡그렸다가 폈다. 절규, 비릿한 피 냄새. 그가 가진 숲의 기억은 그런 것들이었다.

호수로 들어가려고 신발을 벗는 아델을 마땅치 않게 보다가 그는 그녀의 손을 붙들었다.

"정말 들어갈 거야?"

"확인할 게 있어서 그래요. 깊이 안 들어간다니까요."

"그럼 기다려."

"네?"

"내가 먼저 들어가 볼 테니까."

"아, 정말!"

자꾸 방해하는 그가 성가셔서 아델은 발을 굴렀다.

쾅! 요란하게 터지는 소리를 들으며 두 사람은 반사적으로 소리가 나는 방향으로 고개를 돌렸다. 론이 품으로 안겨드는 아델의 어깨를 감싸 안았다. 기사들이 빠르게 두 사람의 주변을 에워쌌다.

"더그!"

앨런이 수하의 이름을 부르며 눈짓으로 지시했다. 까딱 고개를 숙인 기사가 소리가 들린 방향으로 서둘러 달려갔다.

론은 습관적으로 허리춤을 더듬었다. 아무것도 손에 잡히지 않아 빈주먹만 꽉 쥐었다. 잠시 용병이었던 시절로 건너갔던 의식이 다시 현실로 돌아왔다.

용병이었을 때의 그는 과할 정도로 무장하고 다녔다. 고작 1년도 안 되어 그는 단검조차 소지하지 않는 상태가 되었다. 너무 안이했다. 가벼운 여행을 떠나는 기분으로 숲에 들어온 자신이 정말 한심했다.

"암습이다!"

"폐하의 곁을 지켜라!"

악쓰는 소리가 희미하게 들려왔다. 소리가 들려오는 방향에 왕의 일행과 줄리오를 비롯한 론의 남은 일행이 있을 것이다.

'폐하를 노리는 건가? 대체 누가?'

베르너의 치세는 안정적이었다. 왕을 해치려 할 정도로 적대적인 세력은 없다고 들었다. 수상한 움직임이 있었다면 아이작이 말해 주었을 것이다.

숲에서 예기치 못하게 왕과 마주치고 동행까지 하면서 마음은 불편했지만, 한편으로 안심했다. 국왕과 함께 움직이는 일행을 건드릴 간 큰 자는 없을 테니까.

세상일은 언제나 예측을 벗어난다는 사실을 잊고 있었다.

"여분의 무기를 가진 게 있나?"

앨런이 허리 뒤에 꽂아 둔 단검을 론에게 건넸다. 론은 검을 쥐고 한 손으로 더 단단히 아델을 끌어안았다.

"더그를 잠시만 더 기다려 보고 가 보자."

"위험합니다. 성주님."

"국왕을 노린 자들이라면 우리도 내버려 두지 않을 거다. 차라리 합류해서 힘을 보태는 게 나아."

그는 아델의 어깨를 잡은 손에 힘을 주었다.

"아델."

"싫어요."

아델이 두 팔로 그의 허리를 꽉 안았다. 마치 그가 무슨 말을 할지 아는 것 같았다.

"떨어지라고 하지 마요. 절대 혼자 남지 않을 거예요."

"널 혼자 두겠다는 게 아니야. 만일의 경우에는 네가 가장 위험해. 네가 안전한 곳에 있어야 나도 안심……."

달려오는 발소리를 듣고 론은 고개를 돌렸다. 모두 긴장이 역력한 표정으로 무기를 꺼냈다. 다가오는 자의 정체가 아까 보낸 더그라는 사실을 알고 참았던 숨을 내쉬었다.

"무슨 일인지 상황은 알아보았나?"

"눈으로 보이는 거리에서 확인만 했습니다. 국왕을 중심으로 기사들이 겹겹이 방패처럼 에워싸고 있습니다. 여기저기에 쓰러져 있는 시종들의 모습이 보였습니다."

"공격한 자들은?"

더그는 고개를 저었다.

"보지 못했습니다."

"그 짧은 순간에 사람을 해치고 순식간에 사라졌다고?"

쾅! 다시 폭발음이 들렸다. 일행은 처음 폭음을 들었을 때처럼 긴장하지 않았지만, 혼란은 더 커졌다.

폭발물은 사사롭게 취급할 수 없는 국가 병기였다. 국가의 사활을 건 전쟁이 아니고서는 사용을 자제하는 암묵적 합의가 있었다.

폭발물을 다루는 자들이라면 일정 기준 이상의 규모를 지닌 세력일 것이다. 하지만 현재 대륙에는 국가의 통제를 벗어난 그런 집단이 존재하지 않았다.

결론은 정체를 알 수 없는 적의 배후에는 국가가 존재한다는 뜻이고 일국의 왕을 공격한 행위는 전쟁을 선포하는 것이나 다름없었다.

그런데 이 가정이 성립하기 위한 앞뒤 사정이 전혀 맞지 않았다. 알시온을 비롯한 주변국들의 사정은 다 고만고만했다. 10년 가까이 농사가 평작 이상이라 물자가 풍부했다. 전쟁이 일어날 분위기가 아니다.

뭔가가 이상하다. 생각을 공유하듯 론과 앨런의 시선이 스쳐 지나갔다. 하지만 미지의 적은 의견을 나눌 여유를 주지 않았다. 앨런의 몸이 반사적으로 공격에 반응했다.

따앙! 숲의 안쪽에서 날아온 쇠붙이를 휘둘러진 검이 걸어냈다.

화살촉처럼 끝을 뾰족하게 다듬은 표창이 론과 아델의 주변을 지키는 기사들에게 무차별적으로 날아들었다.

"모여!"

기사들이 빈틈이 생기지 않도록 호위 대상을 중심으로 가까이 붙었다. 검을 휘두를 때마다 금속이 부딪쳐 튕겨 나가는 소리가 요란했다.

난생처음 살의가 담긴 공격을 받는 아델의 안색이 창백해졌다. 기사들의 팽팽한 긴장감이 그녀에게도 전해졌다.

'흡.'

아델이 한 손으로 제 입을 막았다. 자신도 모르게 비명을 질러 기사들의 집중력을 깨뜨릴까 봐 숨소리도 죽였다. 자신의 어깨를 감싸 안은 론의 팔에 힘이 들어가자 그의 옆얼굴을 올려보았다.

그는 어딘가를 응시하고 있었다. 그의 표정에 조금이라도 두려운 기색이 있었다면 아델은 다리가 후들거려 주저앉고 말았을지도 모른다. 그런데 그는 평소와 달라 보이지 않았다.

그가 아주 잠깐 아델을 돌아보았다. 살짝 눈으로 웃었다가 다시 시선을 돌렸다.

겨우 그것뿐인데.

'어……'

그녀는 눈을 깜빡거렸다. 아프도록 쿵쿵 뛰던 그녀의 심장이 점점 진정되었다. 불안이 서서히 가라앉았다.

앨런은 표창을 재차 걷어내며 생각했다.

'가볍다.'

공격의 의사는 담겼지만, 위력이 없었다.

의도를 모르겠다. 우습게 보기엔 날카롭고 온 힘을 다해 상대하기엔 위협적이지 않았다.

표창의 공격이 멈추었다. 잠시 후 숲 안쪽에서 복면을 쓴 자들이 달려 나왔다.

론은 넓게 포위하며 다가오는 복면인들을 노려보았다.

'일곱 명······.'

여덟 명의 기사가 당해내지 못할 숫자는 아니다.

'문제는 눈에 보이는 자들 외에 더 있을 가능성이지.'

놈들이 뛰어나온 방향과 표창이 날아온 방향이 전혀 달랐다. 안쪽에 숨어 있는 자들이 더 있다는 뜻이다.

저들은 폭발물을 지녔고 왕을 공격했다. 내로라하는 실력을 지닌 왕의 기사들이 시종을 해치는 놈들의 공격을 막지 못했다.

정보가 너무 없었다. 목적이 무엇이고 실력은 어느 정도이며 숫자가 얼마나 될지 가늠이 되지 않았다.

"손으로 표창을 던진 게 아니야. 도구를 쓴 것 같다."

론은 표창 던지기를 배울 때 발사 도구를 본 적이 있었다. 흔치 않은 물건이 신기해서 당시에 설계 구조를 자세히 뜯어 봤다. 표창을 끼워서 넓은 범위에 연사할 수 있지만, 공격력도 명중률도 형편없었다.

"내가 본 것보다는 성능이 좋아. 개조한 모양이다."

"다수의 손이 필요한 도구입니까?"

"아니. 한 명 혹은 두 명."

앨런은 미간을 좁히고 머릿속으로 빠르게 계산했다.

"더그! 알폰소! 저쪽은 너희가 가 봐라."

"예!"

앨런은 표창이 날아온 곳을 정리하라고 둘을 보냈다. 등 뒤에서 공격이 날아올지 모르는 상태로 적들을 상대할 수는 없었다.

복면인들의 눈빛이 미미하게 흔들렸다. 기사들을 둘로 갈라 힘을 줄이려는 작전이 실패했다.

그들은 동요를 드러내지 않았다. 상대의 혼란을 이용해 순간의 빈틈을 파고들어야 했다. 그러려면 이쪽의 빈틈을 절대 보여서는 안 된다.

그들에게 필요한 것은 속도. 속도전에서 사용하는 작전은 같은 상대에게 절대 두 번은 통하지 않았다.

남아 있는 기사들에게서 눈을 떼지 않고 주변을 천천히 돌았다. 대치는 길지 않았다. 복면인들이 일제히 땅을 박차고 달려들었다. 동시에 기사들도 달려 나갔다.


줄리오는 덜덜 떨며 경련을 일으키는 시종의 맥박을 짚었다.

'이쪽도 멀쩡하네.'

어깨너머로 익힌 의학적 지식은 언제나 요긴했다.

'이게 대체 무슨 악질적인 장난이지.'

조금 전에 일어난 소동으로 분위기가 어수선했다. 기사들은 인간 방패가 되어 왕의 주변을 몇 겹으로 에워싸고 있었다. 누구라도 다가오기만 하면 단번에 벨 것처럼 기세가 흉흉했다. 가장 안쪽에 있을 왕의 모습은 머리카락도 보이지 않았다.

론과 아델이 호숫가를 다녀오는 동안 잠깐 낮잠을 자려 했다. 나무뿌리를 베고 나른하게 잠이 들기 직전이었다. 요란한 소리를 듣고 놀라 일어났다.

「어디서 난 소리요?」

고개를 두리번거리는 하인을 붙들고 물었다.

「저기 숲 안쪽에서…….」

하인의 대답이 끝나기 전에 비명이 터졌다. 숲에서 날아오는 무언가에 맞은 자들이 여기저기에서 풀썩풀썩 쓰러졌다. 순식간에 현장이 급하게 돌아갔다.

줄리오는 나무에 등을 바짝 기대서서 상황부터 파악했다. 당황하는 게 가장 위험하다. 그는 노련한 용병이었다. 용병으로 구르며 어지간한 난전은 다 겪었다.

한차례의 공격은 금방 멈추었다. 쓰러진 자들은 모두 왕의 시종들이었다. 공격의 방향은 모두 왕을 향해 있었고 왕의 일행과 적당한 거리를 두고 떨어져 있었던 론의 일행은 아무런 피해를 보지 않았다.

기사들은 전부 왕의 주변에 모였다. 누구도 쓰러진 자들을 들여다보지 않았다. 왕을 보호하기 위해서는 누가 얼마나 죽어도 개의치 않겠다는 기사들의 태도가 노골적이라 씁쓸했다.

줄리오가 관여할 일은 아니었다. 그래도 살 수 있는 사람을 방치하는 건 찜찜했다. 가장 가까이에 엎어진 사람을 뒤집었더니 눈을 마주치는 자의 눈빛이 살아 있었다.

다른 사람을 확인했다. 그 사람도 의식이 멀쩡히 있었다. 온몸을 부들부들 떨며 제대로 움직이지 못할 뿐.

몇 명째 확인하는 중에 다시 뭔가가 터지는 소리가 났다. 숲 안쪽 어디에선가 들렸다. 줄리오는 소리가 나는 방향을 한 번 쳐다보기만 하고 사람들을 살피는 일을 계속했다. 소리만 컸지 위협적인 느낌이 없는 굉음이었다.

결과적으로 쓰러진 사람들은 모두 멀쩡했다. 상처조차 없었다는 것은 아니다. 날아온 표창에 스쳐 베이거나 표창이 피부에 박히기도 했지만, 치명상은 아니었다.

줄리오는 땅에 떨어진 표창을 들어 요리조리 살폈다.

'가벼워. 가죽옷만 입어도 못 뚫겠는데.'

살상용 무기로는 쓸모가 없었다. 시종들이 당한 것은 그들이 완전히 무방비했기 때문이었다.

'날을 갈고 마비약을 발라 둔 건가. 효과가 굉장히 즉각적이

군. 이런 마비약은 처음 봐.'

사람을 해칠 의도라기에는 석연치 않고 장난으로 웃어넘기기엔 질이 나빴다.

마비 효과의 지속력은 짧았다. 쓰러졌던 시종들이 하나둘씩 마비가 풀려 비틀비틀 일어났다. 왕의 기사들 일부는 숲 안쪽을 수색하러 들어갔다.

줄리오는 이 상황이 어처구니가 없었다. 전쟁이라도 일어날 것처럼 긴장이 가득했다가 몇 마디의 말다툼으로 상황이 종료된 기분이라고나 할까.

'허접스러운 눈속임 같은……'

눈속임?

줄리오는 고개를 번쩍 들었다. 이 눈속임으로 공격한 자들이 얻는 게 도대체 뭔가.

기사들의 경계심만 잔뜩 키워 놓았다. 촘촘하게 왕의 주변을 감싼 그들은 살아 있는 장벽이 되었다. 왕의 안전을 확신할 수 있을 때까지 꼼짝하지 않을 것이다. 기사들의 발을 묶었다.

줄리오가 인상을 찡그렸다. 손에 들린 표창을 봤다가 고개를 돌렸다. 아까 론과 아델이 갔던 방향을 보며 눈이 흔들렸다.

줄리오는 남아 있는 레바스의 기사들을 돌아보며 버럭 소리쳤다.

"이봐! 놈들이 노리는 건 저쪽이야! 당신들 주인!"

줄리오는 즉시 론을 찾아 달려갔다. 기사들의 안색도 퍼렇게 질려 얼른 뒤따랐다.

"저게 무슨 소리냐?"

왕의 물음에 기사는 대답을 머뭇거렸다.

"짐이 잘못 들은 게 아니라면 저쪽이 위험하다는 것이 아니냐?"

"폐하."

"가라. 가서 도와라."

기사들이 움직이지 않자 베르너는 버럭 소리쳤다.

"짐의 말이 들리지 않느냐! 짐이 가겠노라! 비켜라!"

왕이 손수 기사들을 밀쳐냈다. 왕의 몸에 손댈 수 없는 기사들이 주춤거리며 길을 냈다. 그 사이로 빠져나온 왕이 멀리 보이는 줄리오를 따라 달려갔다. 그 뒤를 당황한 기사들이 바짝 따라갔다.


몸놀림이 가볍다. 앨런이 빠르게 달려드는 복면인을 보며 느낀 첫 감상이었다. 거리가 단번에 좁혀졌다. 달려오는 기세 그대로 복면인이 공중으로 솟구쳐 올랐다.

복면인은 자신의 몸의 무게를 실어 온 힘을 다해 위에서 아래로 검을 내리그었다. 한 번의 칼질로 모든 것을 결정지을 것처럼 비장했다.

어설픈 힘으로 받아쳤다가는 검을 놓치겠다. 앨런은 단단히 검을 쥐어 잡았다.

날카로운 금속성을 울리며 두 개의 무기가 부딪쳤다.

'음?'

앨런이 인상을 찡그렸다. 대단한 공격을 가할 것처럼 해 놓고 정작 힘이 들어가 있지 않았다. 착시를 일으킬 정도로 허세가 가득한 움직임이었다.

복면인은 교묘하게 상대방의 힘을 이용했다. 새가 땅을 박차야 날아오를 수 있는 것처럼 앨런이 내지른 힘을 도움닫기로 삼으려 했다.

"이놈이!"

미묘한 힘의 작용을 느낀 앨런이 즉시 힘을 빼고 물러났다.

"같잖은 수작을."

이를 갈며 반 바퀴 몸을 회전했다. 복면인의 옆구리를 향해 검을 사선으로 내리그었다. 검의 끝이 옆구리에서 가슴께를 길게 베고 지나갔다. 제대로 베었다. 손에 느낌이 왔다.

복면인이 짧은 비명을 지르며 비틀거렸다. 추스를 시간을 주지 말고 몰아붙여야 했지만, 앨런은 몸을 틀었다. 놈을 죽이는 것보다 주인의 안위가 우선이다.

기사들이 모두 앨런처럼 예민하지 못했다. 세 명의 복면인이 기사의 힘을 반작용으로 이용해 공중제비를 돌았다. 그들의 몸은 곡예사처럼 유연했다.

"안 돼! 막아!"

둥글게 만 몸으로 기사들의 머리 위를 휘리릭 뛰어넘었다. 쭉 펼친 몸이 쏘아진 화살처럼 목표를 겨냥했다. 각기 다른 세 방향에서 그들의 검 끝이 일제히 아델을 향했다.

자객들이 기사들과 정면으로 충돌한 후 고작 몇 초 안으로 벌어진 일이었다. 달려오는 기사들보다 그들이 한발 빨랐다.

론은 들고 있던 단검을 크게 휘둘러 찔러오는 검을 모조리 쳐냈다. 한 명을 겨냥해 힘껏 내던지며 재빠르게 뒤로 물러나 그녀를 꽉 안고 몸을 굴렸다.

아델은 시야가 한 바퀴 도는 것을 느끼며 눈을 꼭 감았다. 손에 잡히는 대로 그의 옷자락을 붙들고 얼굴을 푹 기댔다. 딱딱한 바닥에 부딪힐 줄 알았는데 약간의 둔탁한 느낌만 있었다.

론이 던진 단검은 한 명의 어깨를 스치고 지나갔다. 균형이 흔들리는 자의 등을 달려온 기사가 내리쳤다.

"크억!"

가까이에서 들린 비명에 아델의 어깨가 흠칫했다. 그의 가슴께에 묻은 고개를 들려고 했으나 그의 손이 그녀의 뒤통수를 감싸며 눌렀다.

기사는 일말의 자비를 두지 않고 엎어지는 자의 등에서 심장으로 검을 박았다. 론은 발치에서 죽어 가는 자를 응시했다. 그녀의 머리를 누르고 있는 손에 좀 더 힘을 주어 보지 못하게 했다.

미지의 적과 처음 검을 맞댈 때는 상대의 실력을 알지 못해 조심스럽다. 복면인들이 노리는 것이 바로 그 짧은 틈이었다.

그들은 절대 정면 대결을 하지 않았다. 그들은 암살자이지 검사가 아니기 때문이다. 그리고 거의 실패한 적이 없는 작전이었다.

그들은 크게 두 가지의 실수를 저질렀다. 목표물의 방심을 유도하기 위해 표적이 아닌 자를 공격하는 척했다. 그게 첫 번째 실수였다.

그들이 처음부터 론을 노렸다면 론은 아델을 말려들지 않게 하는 데에 정신이 팔려 자신의 방어에는 소홀했을 것이다. 그런데 적이 아델을 해치려 한다고 생각한 론은 반사 능력을 발휘해 위험에서 벗어났다.

표적에 관한 정보를 충분히 수집하지 않은 것이 두 번째 실수였다. 강한 기사들의 호위를 받는 대상은 대개 자신을 스스로 지킬 능력이 부족했다. 그래서 일단 방어하는 기사들의 벽을 넘기만 하면 무방비에 놓인 표적을 해치우는 일은 손쉬웠다.

그런데 론은 실전에서 구르고 구른 용병 출신이었다. 장기전에 능한 기사들을 상대하는 것보다 차라리 변칙적인 공격이나 기습에 익숙했다.

바짝 약이 오른 기사들의 눈에 독이 올랐다. 레바스의 기사들은 적이 도망갈 틈조차 주지 않는 정예 중의 정예들이었다.

복면인들은 도주를 시도했다가는 즉시 등 뒤로부터 검에 관통당할 것 같은 위기를 느꼈다. 어쩔 수 없이 내리치는 기사들의 검을 정면으로 막았다.

"큭!"

한 번의 제대로 된 충돌만으로 자객들은 실력 차이를 깨달았다. 가까스로 쳐냈더니 손이 저릿저릿했다.

거침없이 몰아붙이는 기사들의 공세에 밀리기 시작했다.

기사의 검이 자객의 목을 베고 지나갔다. 덜렁거리는 목에서 붉은 피를 쏟으며 한 명이 쓰러졌다. 기사는 한 번 더 검을 내리쳐 목을 몸에서 완전히 분리해 버렸다.

'안 돼!'

현장이 전부 내려다보이는 나무 위에 몸을 숨긴 사내가 비명을 삼켰다.

'후퇴하라! 후퇴해!'

사내는 명령을 담은 피리를 계속 불었지만, 이미 상황은 처참했다. 사내의 명령을 거부해서가 아니라 따르고 싶어도 그러지 못했다.

제자들을 공격하는 기사들의 검은 무자비했고 끈질겼다. 제자의 팔이 잘려 공중에 날아가며 피가 흩날렸다. 복부를 관통한 검이 등 뒤로 삐져나오자 몸이 그대로 허물어졌다. 쿨럭거리며 피를 토해 내는 자의 뒤통수에 기사는 주저 없이 검을 꽂았다. 사내는 핏발이 선 눈으로 부들부들 몸을 떨며 참혹한 광경을 바라보았다.

'이럴 수가.'

조직의 부활이 눈앞에 있었는데. 오랜 시간을 들여 공들인 일이 하루아침에 파도에 쓸려 간 모래성이 되어 버렸다.

의뢰받은 표적에 관해 충분히 정보를 수집하지 않은 실수가 이런 엄청난 결과로 돌아올 줄은 몰랐다.

'이대로⋯⋯ 끝낼 수는 없어.'

고개를 돌린 사내의 눈이 흔들렸다. 저쪽에서 달려오는 자들이 있다. 그들마저 합류하면 정말 몰살이었다.

아직 둘이 살아 있다. 그들이라도 살려야 했다.

'내 목숨으로 임무는 달성한다.'

사내는 푸른 머리의 표적을 노려보며 이를 악물었다. 제자를 거의 잃고 의뢰까지 실패하면 이번 일로 얻는 게 하나도 없다.

품에서 두툼한 가죽 주머니를 꺼냈다. 주머니 안에 든 한 켤레의 장갑을 꺼내 손에 끼웠다. 장갑에는 수십 개의 미세한 바늘이 박혀 있고 바늘 끝에는 극독이 발려 있었다.

피리를 들어 짧고 길게 신호를 넣어 불었다. 아직 살아 있는 제자들에게 보내는 유언이자 도망치라는 알림이었다.

사내는 둥그런 알을 힘껏 아래로 던졌다. 깨진 알에서 희뿌연 연기가 뿜어 나왔다. 금세 주변이 자욱하게 연기에 휩싸였다.

"모두 물러서라!"

이상을 느낀 앨런이 명령했다.

"성주님을 지켜라!"

기사들은 복면인들을 공격하던 행위를 즉시 멈추고 미련 없이 몸을 돌렸다. 그들은 성주가 있는 방향으로 달려갔다.

죽음 직전에서 가까스로 벗어난 자객의 생존자들이 기회를 놓치지 않고 숲 안쪽으로 달려갔다.

사내는 제자들의 마지막 모습을 눈에 담았다.

'살아남아라. 그리고 언젠가…… 꼭 오늘의 원수를!'

나뭇가지에 다리를 감아 몸을 지탱하며 상체를 세웠다. 어깨에 걸친 로브를 양손으로 잡아 팽팽해지도록 잡아당겼다.

날다람쥐가 나무와 나무 사이를 날아다니는 원리를 흉내 내어 특수 제작한 로브는 바람의 저항을 받아 날개와 같은 역할을 했다.

자세를 잡은 후 사내는 아래로 몸을 날렸다. 아까보다 더 짙어진 연기는 곧 효과가 다한다는 신호였다.

연기가 걷히기 전에.

조금만 더!

표적과의 거리가 점점 가까워진다. 부릅뜬 복면 사내의 눈에 광기가 어렸다. 장갑을 표적을 향해 뻗으면서 독침을 발사하면 모든 게 끝이다. 장갑의 독은 사내의 몸에도 스며들었다. 자신의 목숨을 거는 최후의 작전이었다.

"크억!"

강한 힘이 사내의 몸을 공중에서 낚아챘다. 강한 압박으로 온몸이 옥죄어 숨이 막혔다.

끄르르륵, 목 안에서 끓는 소리가 들리며 비릿한 피 냄새가 훅 올라왔다.

사내는 자신에게 무슨 일이 일어났는지 알 수 없었다. 바로 손을 내밀면 닿을 정도로 가까워졌던 표적과의 거리가 느닷없이 멀어지는 광경을 바라보며 절망했다.

온몸이 흔들리고 눈앞이 마구 돌았다. 어지럽다. 그게 사내의 마지막 기억이었다.

무른 감에 칼끝을 댄 것처럼 늑대의 날카로운 송곳니는 사람의 살가죽을 수월하게 꿰뚫었다. 짙은 피 냄새가 예민한 후각을 자극했다. 턱에 약간의 힘을 준 것만으로 우두둑 뼈가 으스러지는 소리가 났다.

주인의 흔적을 좇아 후작가에서 나와 숲으로 들어가자마자 늑대는 곧바로 주인을 찾아가려던 마음을 바꾸었다. 오랜만에 마음껏 뛰어다녔더니 신이 났다. 숲의 싱그러운 기운이 기분 좋았다.

주인의 냄새가 뚜렷해서 언제든 찾아낼 자신이 있었다. 늑대는 숲을 뛰어다니다가 햇빛 아래에서 낮잠도 자고 두껍게 깔린 이끼 위에서 등을 비비며 노닥거렸다.

이상한 굉음을 들었을 때 늑대는 주인이 걱정되었다. 그리고 바람결에 흐릿한 피 냄새를 맡자마자 전력을 다해 달렸다.

살기를 품고 주인에게 달려드는 인간을 보았다. 그대로 크게 도약하여 한입에 물었다.

얀은 화가 났다. 그리고 머리끝까지 흥분했다. 주인을 해치려 한 고약한 것을 문 채 사납게 고개를 털었다. 사방으로 핏방울이 튀었다.

연기가 모두 걷힌 후 사람들은 아연한 표정으로 말을 잊었다. 다급히 달려온 줄리오와 왕의 일행들은 그 자리에 멈추어 서서 움직이지 못했다.

늑대의 입에 물려 축 늘어진 것이 본래 사람이었는지 의심스러웠다. 피에 푹 절어 핏물이 아래로 뚝뚝 흘렀다. 늑대는 팔뚝만 한 허연 송곳니를 드러낸 채 입에 문 것을 흔들면서 낮게 으르렁거렸다.

'음……'

자객들을 상대하는 동안에는 두려움을 몰랐던 앨런의 팔에 오스스 소름이 돋았다.

'괜찮은 건가.'

사람의 피 맛을 본 짐승이 야생성을 드러내지 않을까. 그는 긴장하며 검을 쥔 손에 힘을 주었다.

"이게 무슨 소리예요? 얀이 왔어요?"

짐승이 으르렁대는 소리를 듣고 아델이 아는 척했다. 그녀는 아직도 론의 품에 얼굴을 묻고 있었다. 그의 손이 머리를 드는 아델의 눈을 덮었다.

"보지 마."

"왜요?"

"보지 않는 게 좋아."

론은 그녀의 눈을 가리고 목소리를 높여 늑대를 불렀다.

"얀!"

시체를 잘게 흔들던 늑대의 움직임이 뚝 멈추었다. 잠깐의 침묵이 스산하다. 긴장감이 극에 달했다. 기사들이 모두 방어하는 자세를 취했다.

잔뜩 주름이 접힌 짐승의 콧잔등이 평평해졌다. 늑대의 꼬리가 위로 쑥 올라가더니 좌우로 흔들린다.

"후우……."

기사들이 여기저기에서 막힌 숨을 터뜨렸다.

"이리 와."

발을 내딛는 늑대를 향해 론은 다급히 말했다.

"그건 놓고."

얀은 미련 없이 물고 있던 것을 옆으로 휙 내던졌다.

"으으……."

줄리오가 진저리치며 인상을 찡그렸다. 살면서 온갖 못 볼 꼴은 다 봤지만, 평생 다시 기억하고 싶지 않은 광경이었다.

늑대가 경쾌한 발걸음으로 론의 앞에 와서 꼬리를 흔들었다. 주인의 칭찬을 바라는 은회색 눈동자가 맑았다.

얀을 바라보는 론의 표정이 떨떠름했다. 윤기가 흐르는 은색의 털이 뻘겋게 물이 들었다. 주둥이 주변과 목덜미가 피로 범벅된 모습이 괴기스러웠다.

"……잘했어."

잘했지? 묻는 늑대의 표정을 외면할 수 없었다. 그리고 사실 얀이 아니었으면 큰일 날 뻔했다. 잠깐 마주친 자객의 눈에 가득한 분노와 원통함을 보았다. 무슨 짓을 하려 했는지는 모르겠지만, 얀 때문에 그자의 시도는 실패했다.

"왜 못 보게 하는데요."

아델이 눈을 가린 그의 손을 고집스럽게 걷어냈다. 얀을 본 아델의 눈이 휘둥그레졌다.

"세상에! 얀! 왜 이렇게 됐어? 어디 다친 거야?"

아델이 두 손으로 늑대의 주둥이를 잡고 이리저리 돌려보았다.

"얀이 다친 게 아니야. 아무래도 녀석을 좀 씻겨야겠다."

아델은 그제야 피로 물든 자신의 두 손을 펼쳐 보았다. 손에 한 겹의 막을 씌운 것처럼 묵직하고 끈적거렸다. 비릿한 냄새가 속을 뒤집는다. 갑자기 다리에 힘이 풀렸다. 스르르 주저앉는 그녀를 론이 부축했다.

"괜찮아?"

"왜 이러지……."

"놀라서 그래. 긴장이 풀린 거지."

그는 무심코 주변을 살피려는 그녀의 시선을 차단했다. 아델은 그가 고개를 젓자 억지로 보려고 하지 않았다.

영혼이 빠져나가는 자의 마지막 단말마를 절대 잊지 못할 것 같다. 소리만 들었어도 끔찍한데 눈으로 봤다가는 감당하지 못할 것이다.

"다친 데는?"

"없어요. 론은……. 기사들은요?"

"다 괜찮아."

"어이, 둘 다 아무 일 없어서 다행이야."

줄리오가 두 사람에게 다가갔다. 그는 궁둥이를 붙이고 앉은 늑대를 조심스레 곁눈질했다. 커다란 붉은 혀가 피로 물든 주둥이 주변을 한 번 훑고 다시 들어가는 광경을 보며 으윽, 신음했다.

"도움을 청한 건가?"

론이 살짝 턱짓으로 가리키며 물었다. 흘끔 왕의 기사들을 확인한 후 줄리오가 대답했다.

"도움은 기대 안 해서 말도 안 했지. 근데 따라오더라고. 알시온의 국왕님이 제법 의리가 있으시네."

"어떻게 된 상황이야?"

"그게 처음에는 이상한 소리가 나더니……."

줄리오는 자신이 보고 들은 것들을 설명했다. 그사이에 기사들이 현장을 수습했다. 피투성이로 널브러져 있는 자객들을 하나씩 뒤집어 보았다.

"이놈은 살아 있습니다. 출혈이 심해 오래 견디지는 못할 것 같습니다만."

"자결할지 모르니 입에 재갈을 물려라."

'성주님. 혹은 아가씨를 노린 놈들이다. 누구 짓인지 반드시 알아내야 해.'

앨런은 어떻게 하면 효과적으로 자백을 받아낼 수 있을지 고민하다가 베르너를 보고 미간을 굳혔다. 왕이 멍하게 바라보는 방향에는 성주가 있었다.

베르너의 눈동자에 온갖 복잡한 감정이 휘몰아쳤다.

'저 늑대는…….'

아무리 아들에게 무심했어도 늑대를 키우는 건 알고 있었다. 사람의 키를 넘는 야생짐승을 궁 안에서 키워도 되는가에 관해 끊이지 않고 건의가 들어왔기 때문이다.

해리가 해코지를 당했다며 늑대를 치워 달라고 클라라가 울고불고 매달린 적도 있었다. 하지만 모르는 척했다. 늑대가 선물로 들어왔을 때 세레니티는 몹시 기뻐했다. 세레니티와의 추억이 담긴 것은 무엇도 치우고 싶지 않았다.

하지만 로건이 죽고 주인을 잃은 늑대는 몹시 사나워졌다. 통제가 안 되니 사살해야 한다는 논의가 빗발쳤다. 펠릭스 후작이 데려가겠다기에 그러라고 했다.

'정말 네가…….'

저런 짐승이 더 있을 리가 없다. 의심은 이제 확신이 되었다.

'정말 네가 살아 있었더냐.'

왕은 론을 바라보며 몹시 망설이다가 한 걸음 걸었다. 그런데 그의 앞을 누군가 가로막았다.

"무례하오."

시종장이 흑발의 기사에게 언성을 높였다.

"시종장. 물러서라."

왕이 명령했다. 시종장이 어쩔 수 없이 고개를 숙이며 입을 다물었다.

"짐에게 할 말이 있는가?"

"하란의 대가문, 레바스의 주인이십니다."

베르너가 미간을 찡그렸다.

"흔들지 말아 주십시오."

베르너는 당혹스럽게 흑발의 기사를 바라보았다.

"자격이 없으십니다."

시종장이 노여워하며 나서려는 것을 베르너가 손을 들어 막았다. 돌아서는 베르너의 어깨가 축 처졌다. 시종장은 앨런을 원망스럽게 보다가 얼른 왕의 곁에 따라붙었다.

왕의 뒷모습을 응시하다가 앨런은 묵례하고 몸을 돌렸다.

'자격이 없다…….'

기사의 한마디는 날카로운 비수가 되어 베르너의 가슴속을 사정없이 헤집었다. 모든 것을 알고 있다는 기사의 눈빛 앞에 발가벗겨진 것처럼 얼굴이 화끈했다.

기가 막히면서도 변명할 수 없었다. 얼마나 비겁한 아비였나. 혼자 비뚤어진 마음으로 죄 없는 아들을 원망했다.

'용서를 구할 기회도 주어지지 않는가. 그게 내가 받는 벌인

가……'

"시종장."

"예. 폐하."

"돌아갈 채비하여라. 환궁해야겠다."

왕의 표정이 침통했다. 시종장은 안타깝게 바라보다가 '예. 폐하.' 하고 짧게 대답만 했다.

"그리고 저 무도한 놈들이 누구인지, 누가 배후에 있어 이런 짓을 저질렀는지 낱낱이 알아내야 할 것이다."

"예. 폐하."

"얀!"

날카롭게 올라가는 비명을 들으며 왕의 일행이 다시 뒤돌았다.

늑대가 바닥에 길게 사지를 뻗고 누워 있었다. 곁에 여인이 주저앉아 늑대의 몸을 마구 더듬었다. 푸른 머리의 사내가 몹시 당황하는 모습이 멀리서도 보였다.

"알아 오너라. 무슨 일인지."

명을 받은 시종장이 달려갔다.


앉아 있던 얀이 엎드리더니 갑자기 옆으로 몸을 뉘었다.

"얀. 여기서 자면 안 돼."

아델은 웃으며 얀의 큼직한 앞발을 잡아당겼다. 곧 아델은 얀의 반응이 이상하다는 것을 알아차렸다. 끼잉끼잉 울다가 헐떡이는 숨소리가 심상치 않았다.

"얀!"

줄리오와 한창 이야기를 나누던 론이 흠칫 놀라 고개를 돌렸다. 얀의 몸을 흔들고 있는 아델이 보였다.

"왜 그래?"

론은 즉시 바닥에 주저앉아 늑대의 눈앞에서 손을 흔들었다. 손을 따라 눈동자가 매우 느리게 움직였다. 영민하게 빛나던 눈동자의 초점이 흐렸다. 얀은 입을 쭉 벌려 긴 혀를 빼물고 헐떡였다.

"얀?"

론이 당황해 늑대의 눈을 까뒤집어 보고 입을 벌려 보기도 했으나 증상의 원인도 당장 무엇을 해야 할지도 알 수 없었다.

"얀. 어떡해."

아델이 얀의 다리를 주무르다가 울음을 터뜨렸다. 상태가 급격히 나빠졌다. 짐승의 사지가 뻣뻣해지는 것이 확연히 느껴졌다. 얀이 잘못될지도 모른다. 공포로 뱃속이 조여 들었다.

"잠시 살펴봐도 되겠습니까?"

왕의 일행에 있던 의사가 다가왔다. 론이 얼른 일어나 자리를 내주었다. 의사가 늑대의 증상을 확인했다.

"아무래도 독인 것 같군요."

의사가 원인을 말하자마자 늑대의 입에서 부글부글 거품이 일었다.

"이만한 덩치의 짐승에게 빠른 증상이 나타나는 것으로 봐서 극독입니다."

"독? 방법은? 해독할 수 없소?"

"진행이 워낙 빠르니······."

의사가 곤란해하며 고개를 저었다.

"안 돼······."

론이 털썩 무릎을 꿇었다. 천천히 식어 가던 또 한 마리의 늑대의 모습이 눈앞에 떠올랐다. 그때의 비통함을 아직 잊지 못했다. 얀마저 그렇게 허무하게 잃을 수는 없다. 겨우 다시 만났는데.

"제발, 얀. 내가 잘못했다. 다시는 널 혼자 두지 않을게."

늑대의 머리를 꽉 끌어안고 귓가에 다짐을 반복해서 중얼거렸다. 언제나처럼 커다란 혀가 그의 얼굴을 핥지 않았다. 거친 숨소리가 조금씩 약해졌다.

억장이 무너진다. 눈앞이 아득해졌다. 이렇게 또 소중한 존재를 잃고 마는가.

늑대의 몸이 간헐적으로 벌떡거렸다. 그리고 온몸을 부들부들 떨며 경련을 일으켰다. 론은 온 힘을 다해 꽉 껴안았다. 눈시울이 뜨거워졌다. 잠시 후 떨림이 멎었을 때 론의 눈에서 눈물이 쏟아졌다.

'말도 안 돼.'

아델은 넋을 놓았다. 조금 전까지 그녀에게 장난을 쳤다. 여기는 어떻게 왔냐고 하니까 의뭉스럽게 고개를 돌려 못 들은 척하는 얀을 보고 웃음을 터뜨렸다.

나쁜 꿈을 꾸고 있다고 누구든 말해 주기를 바라며 고개를 돌렸다.

'아…….'

늑대의 머리를 끌어안고 고개를 숙인 그를 보자마자 눈물이 핑 돌았다. 그의 어깨가 흔들렸다. 억눌린 울음소리가 들렸다.

'저 사람이…… 울어.'

항상 굳건히 서 있는 기둥 같았던 그가 무너졌다. 그의 고통스러운 상실감이 느껴졌다. 충격이며 슬픔이었다.

감정이 북받쳤다. 그녀는 늑대의 몸에 엎어져 아이처럼 엉엉 울었다.

'아직도 이렇게 따뜻한데.'

그녀는 부드러운 늑대의 뱃가죽 털을 손바닥으로 쓸었다.

'아니야. 죽었을 리가 없어. 아직 심장도 뛰고 있잖아.'

그녀는 흠칫 놀라 고개를 들었다. 눈물 자국이 가득한 얼굴로 다급하게 늑대의 가슴을 더듬었다.

그녀의 손끝에 박동이 느껴졌다.

'심장……은 아니야.'

그녀는 손끝의 감각에 집중했다. 늑대의 몸 안쪽 어디에선가 시작된 콩닥콩닥 뛰는 작은 박동이 따뜻한 기운을 품고 수면 위의 파문처럼 주변으로 넓게 퍼졌다.

이것은 생명의 기운, 정령의 축복을 받은 늑대가 가진 또 하나의 심장.

꺼지기 직전의 마지막 촛불처럼 자신의 존재를 드러내고 있었다. 영혼이 육체를 떠나지 못하도록 붙들고 있는, 그러나 곧 사라질 연약한 끈이었다.

'할 수 있어.'

불현듯 그녀는 깨달았다.

그녀는 주변을 넓게 한 번 둘러보았다. 무성한 숲의 생명이 자신을 도와줄 것이다. 두 손을 얀의 몸에 얹고 그녀는 눈을 감았다. 부드러운 바람이 불어오기 시작했다.

분위기가 숙연했다. 기사들은 슬픔에 잠긴 주인을 차마 위로하지 못하고 고개만 떨어뜨렸다. 앨런은 자신의 손을 스치고 지나가는 노랗고 작은 것을 보며 '꽃가루인가.' 하고 생각했다.

"어어."

탄성 소리를 듣고 시선을 든 앨런이 움찔했다. 노란 빛덩어리가 사방에 가득했다. 사람들은 눈앞에 둥둥 떠 있는 빛을 만져 보려다가 헛손질만 했다.

눈을 감고 있는 아델의 주변으로만 바람이 부는 것처럼 그녀의 머리카락이 공중으로 나부꼈다. 늑대 위에 얹은 두 손에서 은은하게 빛이 흘러나왔다.

규칙 없이 바람을 타며 멋대로 공중을 떠다니던 빛이 천천히 움직였다. 거대한 손이 세상을 한 바퀴 휘저은 것처럼 같은 방향으로 큰 원을 그리며 회전했다.

사람들은 아델을 중심으로 벌어지는 이상 현상을 알아차렸다. 술렁이는 분위기를 느끼고 론이 엎드려 있던 몸을 일으켰다.

그녀의 두 손에서 뿜어 나오는 빛이 강렬해졌다. 작은 반원의 모양으로 점점 부풀어 올랐다. 공중의 작은 빛덩어리가 회전하는 속도가 점점 빨라졌다. 빛이 회오리가 되어 늑대의 몸으로 빨려 들어갔다.

소리 없는 폭발이 일어났다. 눈부심을 견디지 못한 사람들이 모두 고개를 돌리며 눈을 감았다.

"하아……."

아델은 작은 한숨을 내쉬며 눈을 떴다. 그녀의 몸이 갑자기 확 당겨졌다. 자신을 꽉 안은 론의 팔 안에서 아델은 눈을 깜빡거렸다.

"네가 사라지는 줄 알았어."

너마저. 내 어머니처럼.

빛에 둘러싸인 그녀는 현실의 존재 같지 않았다. 투명해져 공기 중으로 사라질 것 같아 더럭 겁이 났다.

"으아악!"

누군가 비명을 질렀다.

축축한 것이 론의 옆얼굴 전부를 단번에 핥아 올렸다. 미간을 찡그리며 고개를 돌린 론이 눈을 크게 떴다.

맑은 은회색 눈동자와 눈이 마주쳤다. 얀이 고개를 갸우뚱 옆으로 기울였다. 아델이 '얀!' 하고 외치며 늑대의 목을 끌어안고 매달리는 모습을 론은 멍하게 바라보았다.

# 3장
## 빛과 어둠

자객의 생존자는 고작 하나. 그마저도 숨이 깔딱깔딱 넘어가기 직전이더니 얼마 버티지 못했다.

놈이 죽었다는 말을 듣고 앨린은 '음.' 하고 무겁게 중얼거렸다.

놈들을 상대할 때는 모조리 다 죽이겠다는 독심을 품었지만, 상황이 곤란하게 되자 생포를 염두에 두고 적당히 할 것을 그랬나, 후회되었다.

"시체를 다 수습해야 하나?"

"그래야겠지. 증거라고는 그거뿐인데."

"하지만 한둘도 아니고. 운반의 방법도 방법이지만, 날이 더워 숲에서 나가는 사이에 다 부패해 버릴 거야."

앨런은 수하들이 나누는 의견을 말없이 듣기만 했다. 그에게도 뾰족한 수가 없었다.

"코우 경!"

론과 말을 나누던 줄리오가 손짓하며 불렀다.

"현장 수습은 어떻게 할 계획입니까?"

"수하들과 논의 중입니다."

"제가 참견해도 된다면 괜찮은 방법이 있어서 말이지요."

"현자님의 도움이라면 감사할 뿐입니다."

"이건 좀 민감한 문제인데……."

줄리오는 망설이다가 말했다.

"제가……. 음……. 읽을 수가 있습니다. 기억을요."

"……죽은 자의 기억을 읽는다는 말씀입니까?"

"사물에 기록된 파장을 읽는 마법입니다. 세상의 모든 것들에는 흔적이 남아 있습니다. 그런데 기록 장치가 존재한다면 더 많은 걸 읽을 수 있습니다. 그런 의미에서 죽은 자의 두뇌를 기록 장치로 보는 거죠. 마탑에서 이론으로만 배운 것인데 어쩌다 보니 익히게 되었어요."

"마법으로 그런 게 가능합니까?"

앨런은 적잖게 놀랐다. 마법 제국에서 태어나 자라며 마법을 가까이 접하며 살아왔지만, 마법은 영원한 미지의 영역이었다. 하지만 그래 봤자 마법 역시 인간의 능력. 만능은 아닐 것이다.

하지만 죽음조차도 마법에서 벗어날 수 없다면 대체 마법으로 불가능한 것은 무엇인가.

"이건 마탑 바깥으로 나가지 못하게 하는 정보입니다. 사실 그렇잖아요. 죽은 사람의 머릿속을 마법으로 뒤져 볼 수 있다고 하면 사람들이 무척 꺼림칙해하겠지요."

다른 마법사였다면 절대 밝히지 않았을 것이다. 하지만 줄리오는 보통의 마법사와 달랐다. 마법사라는 폐쇄적이고 특수한 공동체에 소속감을 느끼기 전에 독립적인 자신만의 정체성이 확고하게 자리 잡았다.

마법사가 되었다고 용병이었던 과거를 버릴 생각이 없었다. 용병으로 살아온 반평생 동안 맺은 인연은 소중하고 그때를 기억해 주는 동료가 론밖에 없으니 더욱 특별했다.

동료를 죽이려 한 놈들을 찾아낼 수 있다면 마탑의 기밀을 지키는 일은 중요하지 않았다.

"그리고 뭘 알아내든 간에 정식 증거로 삼기는 어려울 겁니다."

"충분합니다. 현자님. 비밀은 꼭 지키겠습니다. 그럼 당장 마법으로 죽은 자들의 정체를 알아내시는 겁니까?"

"집중력이 필요해서 여긴 곤란해요. 뇌만 있으면 되니까 머리통만 잘라서 가져갑시다."

"……."

"시체 여럿은 무리지만, 머리만이면 부피가 크지 않으니 마법으로 냉동할 수 있습니다. 그러면 부패할 염려도 없을 테지요."

"……예. 머리만."

시체를 운반하는 일이 걱정이기는 했다. 짐을 줄여 주어 고맙기는 한데 그다지 달갑지는 않았다. 마치 전리품으로 사람의 머리를 챙겨가는 것 같지 않은가.

수하들에게 무슨 핑계를 대며 죽은 자들의 목을 베어 모으라고 말해야 할지 고민했다.

"중요한 얘기 중인데 넌 왜 집중 안 해?"

줄리오는 계속 다른 곳만 쳐다보고 있는 론을 타박했다. 론의 시선을 따라갔다가 쩝, 입맛을 다셨다.

호수의 수심이 얕은 곳에 늑대와 아델이 들어가 있었다. 그녀는 긴 치맛자락을 무릎까지 올려 묶고 팔도 걷어붙였다. 늑대의 털에 엉겨 붙은 피를 씻어 주느라 애쓰는 중이었다.

털이 젖는 게 싫은지 늑대는 자꾸 뿌리는 물을 피해 주둥이를 요리조리 돌렸다. 아델이 손바닥으로 늑대의 콧잔등을 야무지게 내리치며 한소리 하니까 늑대의 귀가 납작하게 내리붙었다.

'대단해. 스톤 양. 늑대를 강아지 다루듯 하네.'

줄리오는 아예 시선이 고정된 론을 흘끔 보며 피식 웃었다.

'이쪽도 꽉 잡은 거 같고.'

"눈을 못 떼는구나, 눈을 못 떼. 스톤 양 어디 안 가니까 그만 좀 해라."

줄리오의 짓궂은 놀림에도 론은 반응이 없었다. 오히려 앨런이 괜한 헛기침을 하며 돌아섰다. 마법사님이 성주님과 친밀한 관계라는 것은 알지만, 격의 없이 던지는 농을 곁에서 듣고 있기는 민망했다.

"코우 경하고 하는 이야기 듣기는 했냐?"

"들었어."

여전히 아델을 바라보며 론이 대답했다.

"줄리오가 마법으로 죽은 자의 머릿속을 읽을 수 있고, 그러니 머리만 잘라서 가져가면 된다는 거잖아."

"……필요한 건 다 듣긴 했군. 그렇게 정리하니까 별거 아닌 거 같네. 별거 아닌 거 아니라고."

"알아. 그런데 아무래도 상관없어."

"상관이 없어? 저놈들이 누군지 궁금하지 않아?"

"내 말은……. 얀도, 아델도 괜찮으니까. 그냥 이걸로 충분하다는 거야."

론은 자신의 지금 심정을 정확히 어떻게 설명해야 할지 알 수 없었다.

지금껏 그는 살면서 소중한 사람들이 곁을 떠나가는 것을 지켜봐야 했다. 항상 홀로 살아남아 죄책감을 느꼈고 그런데도 끈질기게 삶을 놓지 못하는 자신의 비겁함이 서글펐다.

괴물의 발톱을 피해 구사일생으로 살아난 후에도, 레온의 죽음을 알게 되어 절규할 때도 왜 또 나만 살아남았나 자책했다.

"꺅! 얀! 그만해!"

늑대가 온몸을 털어대자 물벼락을 맞은 아델이 비명을 질렀다. 그녀는 털이 볼썽사납게 일어난 얀을 보며 웃음을 터뜨렸다.

바라보는 론의 입가에도 웃음이 올라왔다.

지금 그는 자신이 살아 있음에 안도했다. 살아 있기에 저 모습을 볼 수 있다.

생사를 가르던 아까의 긴박한 순간이 마치 자고 일어나면 까맣게 잊히는 지나간 꿈같았다. 얀과 아델을 보고 있으니 마음이 평화로웠다.

과거에 붙잡혀 있었던 그가 이제는 현재의 소중함을 깨달았다. 다가올 미래를 두려움이 아닌 기대감으로 기다리고 싶어졌다.

줄리오는 론의 눈치를 살피다가 두 손으로 머리카락을 마구 헤집었다. 물어보고 싶은데 그럴 분위기가 아니었다.

'으아아! 궁금해 미치겠네.'

아까 그건 대체 뭐였을까.

'정말 늑대가 죽었다가 부활한 건가? 스톤 양은 대체 뭐지? 어떻게 그런 걸 할 수 있지?'

마법은 절대 아니다. 마력의 흐름이 전혀 느껴지지 않았고 아무리 마법이라도 죽은 생명을 되살리는 일만큼은 불가능했다.

\* \* \*

사람들이 모두 떠난 호숫가는 언제 격렬한 싸움이 있었냐는 듯 고요했다.

땅의 핏자국은 한바탕 비가 내리면 전부 씻기고 땅속으로 스며들어 사라질 것이다. 숲의 안쪽에 버려진 목 없는 시체들은 낙엽과 뒤섞인 흙으로 덮어 둔 덕에, 그리고 더운 날씨의 도움까지 받아 며칠 안으로 뼈만 남을 것이다.

바람조차 불지 않아 매끈한 수면의 한가운데에 작은 거품이 위로 올라와 터졌다. 중심으로 작은 동심원이 그려졌다.

잠시 후 여러 개의 거품이 수면 위로 떠올랐다. 좀 더 넓게 파문을 그린다.

점점 거품이 많아졌다. 뽀글뽀글 소리를 내며 올라오는 거품이 퐁퐁 터졌다. 처음에는 호수의 한가운데에서 올라오던 거품이 천천히 이동을 시작했다.

거품은 수면에 가까워질수록 점점 커졌다. 마치 물이 끓어오르는 것처럼 부글부글 수면이 요동쳤다.

좌악! 물을 가르며 거대한 앞발이 올라와 날카로운 발톱을 땅에 박았다. 또 하나가 나와서 땅에 발톱을 박았다.

콱, 콱.

마치 산을 오르는 것처럼 두 개의 앞발이 거대한 몸뚱이를 서서히 호수 바깥으로 끄집어냈다.

덩치가 사람 키의 두 배가 훌쩍 넘었다. 짐승이라고 하기에는 종을 알 수 없는 생김새가 기괴했다. 지옥에서 막 기어 나온 괴물이 존재한다면 바로 이런 모습일 것이다.

직립한 두 발은 넓은 거리를 도약하는 짐승의 발달한 뒷다리를 닮았고 두 개의 앞다리는 땅에 닿을 정도로 길었다. 온몸이 새까만 털로 뒤덮여 있으며 입에는 날카로운 어금니가 솟아올라 있었다.

괴물이 몸을 일으켰다.

—쫏.

제 몸 상태를 살펴보다가 혀를 찼다. 생긴 것은 괴물이 하는 짓은 인간 같았다.

다리와 몸통에 드문드문 허옇게 뼈가 드러나 짓무른 살점이 들러붙었다. 사실 이만큼 형체가 온전한 것이 놀라운 일이었다. 10년이 넘도록 물에 잠겨 있었다. 정상적인 생명체라면 진즉 썩어 뼈만 남았어야 한다.

괴물은 카발이 본격적으로 어둠의 기사를 만드는 작업에 들어가기 전에 흑마법의 지식으로 제작한 키메라였다. 카발의 수준 높은 흑마법이 만들어 낸 키메라는 완벽에 가까웠다. 생명이 없는 인형인데도 자연의 섭리에 저항하는 강력한 보존 능력을 지녔다.

어슬렁거리며 근처의 나무로 다가가 앞다리를 손처럼 이용해 나무를 잡아 힘을 주었다.

으드드득. 수십 년의 세월을 견딘 나무가 괴물의 손에 뽑혀 나왔다. 깊이 박힌 뿌리조차 힘을 이기지 못했다.

—아직은 쓸 만하군.

꺼멓게 죽은 괴물의 눈에 두 개의 붉은 덩어리가 확 타올라 일렁거렸다.

—토끼 사냥에 이 정도면 충분하지.

괴물이 클클 웃었다.

두 손을 요리조리 뒤집어 보다가 힘을 주었더니 갈고리 같은 손톱이 쑥 튀어나왔다. 옆으로 빠르게 휘두르자 바람을 가르는 소리가 났다.

잠시 후 베어진 나무가 서서히 뒤로 넘어갔다. 쿵, 요란한 소리가 나며 땅이 울렸다.

괴물은 길게 늘어진 자신의 그림자를 보며 시간을 가늠했다.

생명력이 없는 키메라는 강력한 대신 섬세함이 부족했다. 힘만 쓰는 아둔한 싸움꾼이었다.

어둠을 대낮처럼 보는 카발의 본래 능력을 제대로 끌어내지 못했다. 빛이 없으면 사물을 제대로 식별하지 못하고 그만큼 행동이 굼뜨다. 한편으로는 대낮의 강한 빛은 카발이 온전하게 키메라와 동화하는 것을 방해했다.

그래서 해가 저물기 시작하여 완전히 어둠이 깔리기 전이 활동하기에 최적이었다.

바로 지금.

괴물이 뒷다리에 힘을 주어 바짝 당겼다가 땅을 박차고 공중으로 뛰어올랐다. 강한 탄성을 받아 거대한 몸체가 순식간에 튕겨 날아갔다.


돌아오는 길은 론의 일행이 선두에 섰다. 늑대의 모습은 보이지 않았다. 말이 날뛰기 때문에 얀이 함께 움직일 수 없었다. 적당한 거리를 두며 근처에서 따라오고 있을 것이다.

'아무 성과가 없이 돌아가네.'

아델은 숙제를 마치지 못한 것처럼 마음이 불편했다. 끝내 정령은 나타나지 않았다.

"여기서 쉬어 간다."

론이 고삐를 잡아 멈추면서 말했다. 론과 아델을 바깥으로부터 방어하는 위치에서 따라가던 기사들도 말을 세웠다.

'벌써?'

아델은 의아해하며 시선을 위로 들었다. 무성한 나뭇잎 사이로 쏟아져 들어오는 햇빛이 아직 선명했다. 한 시간은 더 있어야 해가 질 것이다. 어차피 어두우면 이동하지 못하므로 날이 저물면 꼼짝없이 발이 묶일 것이다. 갈 수 있을 때까지 가는 게 좋았다.

말에서 내린 론이 아델에게 와서 손을 뻗었다. 그는 자신에게 몸을 기울이는 그녀의 허리를 잡아 말에서 내려오도록 도왔다.

아델은 언제나처럼 그의 어깨에 손을 얹어 지탱했다. 아무래도 그에게 몸의 무게를 전부 싣게 되었다. 그가 아주 잠깐이지만, 불안정하게 휘청했다.

"론?"

"쉿."

그가 작은 소리로 재빠르게 속삭였다. 그가 아델의 손을 잡아 끌며 성큼 걸었다. 아델은 미간을 살짝 찡그렸다.

차갑다. 그리고 손바닥이 축축했다.

'웬 땀을 이렇게……'

크게 그림자가 진 나무 그늘에서 그가 멈추었다. 기사들의 시야에서 벗어나지는 않았지만, 두 사람이 나누는 대화가 다른 사람에게는 들리지 않을 거리만큼 떨어졌다.

"어디 아파요?"

말하고 나서 아델은 확실히 느꼈다. 그의 안색이 조금 창백했다.

"괜찮아."

"아까 다쳤어요? 얀처럼 독이라든지."

"아니야. 그거랑 상관없어. 내가 아는 증상이야. 후유증이지."

"무슨 후유증이요?"

"오래전에 등을 심하게 다친 적이 있어. 다 나았지만, 가끔 다쳤을 때처럼 통증이 나타나곤 해."

말하면서 그는 미세하게 미간을 찌푸렸다. 등이 칼로 베는 것처럼 쑤시고 화끈거렸다. 그의 등에 뚜렷이 남은 상흔은 가끔 제존재를 알리려는 것처럼 발작을 일으켰다.

몸 상태가 아주 좋지 않은 날, 혹은 매우 고되게 몸을 쓴 날은 등이 욱신거려서 잠을 설쳤다. 하지만 대개 잠자리에 들 때쯤에 나타나는 증상이었다. 대낮부터 이런 적은 처음이었다.

"언제부터 그랬어요? 왜 말을 안 해요."

"너처럼 호들갑 떨까 봐."

그는 농담처럼 말했지만, 아델은 웃지 않았다.

"그게 어때서요. 아프면 걱정하는 게 당연하잖아요. 많이 아파요? 진통제를 먹으면 좀 나을지도 몰라요. 코우 경에게……."

론이 움직이는 아델의 손을 꽉 잡았다.

"시간이 지나면 괜찮아져. 약이든 뭐든 소용없다는 걸 아니까 괜히 주변에 걱정을 끼치고 싶지 않은 거야."

"얼마나 아픈데요? 참을 수 있을 정도예요?"

"그럼."

거짓말.

아델은 그의 성격을 완전히 파악했다. 어지간했으면 아예 아프다는 말도, 쉬어 가자고 일행을 멈추지도 않았을 것이다.

참는 게 익숙해 보이는 그가 안타까웠다. 아델은 두 팔로 그의 등 뒤로 손을 둘러 꼭 끌어안았다.

"아프지 마요. 론이 아프면 속상해요."

그녀는 흠칫 놀라며 손을 뗐다.

"아, 혹시 누르면 더 아파요?"

"아니."

그녀를 마주 안아 작은 어깨에 턱을 괴며 그가 슬며시 웃었다. 가슴 안쪽이 말랑말랑해지는 기분이다. 그냥 웃음이 나왔다.

"약이 안 들으면 찜질은 해 봤어요?"

"안 해 봤어."

"내가 해 줄까요?"

"응. 나중에."

찰싹 달라붙어 있는 둘을 멀찍이 바라보는 줄리오의 시선이 곱지 않았다. 그는 기사들이 말 등에 매어 놓은 가죽 주머니에 냉동 마법을 걸고 있었다.

'누구는 사람 머리통에 마법을 걸고 있고 누구는 좋아 죽네, 좋아 죽어. 이젠 시도 때도 없고 주변 눈도 상관 안 하는구나.'

히이이잉!

말이 요란하게 투레질했다. 입안으로 계속 구시렁거리던 줄리오가 놀라 고개를 돌렸다.

소리가 들린 방향에는 왕의 일행이 있었다. 흥분한 말이 울며 앞발을 공중으로 치켜들었다.

"워, 워!"

"갑자기 왜 이래."

시종들이 말을 묶은 줄을 잡아당기며 진정시키려 했다. 쩔쩔 매는 시종들을 기사들이 힘을 보태 도왔다.

"으아악!"

경기를 일으키는 비명까지 들리자 레바스의 기사들이 검을 손에 쥐었다. 왕의 일행과 약간 거리가 있었다. 모든 상황이 다 보이는 탁 트인 공터가 아니므로 저쪽에서 무슨 일이 벌어졌는지 정확히 알 수 없었다.

숲의 안쪽에서 어슬렁거리며 나오는 짐승을 보고 '엥?' 하고 줄리오가 중얼거렸다. 줄리오가 허탈하게 들고 있던 지팡이를 내렸다. 기사들은 어깨에 들어간 힘을 풀었다. 기사 몇이 나무에 묶어 둔 말이 놀라기 전에 달래러 갔다.

얀은 겁에 질려 흥분한 말을 본척만척 곧바로 론과 아델에게 갔다. 엄하게 자신을 바라보는 주인의 눈을 슬쩍 피하면서 아델에게 주둥이를 들이밀었다.

"얀. 혼자 가기 심심했구나?"

아델이 웃으면서 얀의 콧등을 쓰다듬었다. 역성을 들어주어 기쁜지 얀이 아델의 얼굴을 핥았다. 그리고 바짝 바닥에 엎드려 낑낑 울었다.

아예 눈도 마주치지 않으며 아델에게만 애교를 부리는 얀을 보며 론은 헛웃음을 흘렸다. 점점 더 제멋대로 말썽을 부릴지도 모르겠다는 생각이 들었지만, 지금 기분 같아서는 상관없었다. 건강하게 곁에 있는 것만으로 충분했다.

둥글게 몸을 말고 앉은 늑대에게 두 사람이 기대앉았다.

"털이 벌써 거의 말랐네."

아델이 보송보송해진 늑대의 털을 쓸어내렸다.

"숲에 와서 찾고 싶다는 건 찾았어?"

"못 찾았어요."

"아까 그건……."

그게 뭐였냐고, 아무도 아델에게 묻지 않았다. 늑대의 생환에 기뻐하느라 그걸 따져 물을 분위기가 아니었다. 론은 솔직히 계속 모른 척하고 싶었다. 아델이 손이 닿을 수 없는 먼 존재처럼 느껴지는 게 싫었다.

"찾고 싶었던 게 아까 그 일과 상관없어?"

"상관이 없는 건 아닌데……."

그에게 모두 말할 수 없는 아델은 답답했다. 정령은 아델에게 자신이 떨어져 나가지 않으면 장차 위험할 거라고 경고했다. 그러면서 꿈으로 불러내는 것도 좋지 않다고 했다.

'도대체 나보고 어쩌라는 거야.'

늑대가 갑자기 벌떡 일어났다. 앞으로 고꾸라질 뻔한 아델을 론이 재빠르게 붙들었다.

언짢은 기색으로 얀을 돌아본 론이 흠칫했다. 얀이 어딘가를 바라보며 사납게 이를 드러냈다.

"크르르릉."

위협적으로 으르렁대는 얀의 털이 위로 잔뜩 곤두섰다. 론의 앞에서는 항상 순한 표정만 짓던 얀이 이렇게 공격적인 모습을 보인 적이 없었다. 불안한 예감에 심장이 쿵쿵 뛰었다. 조금 나아지는가 싶던 등이 다시 욱신거리기 시작했다.

갑자기 주변이 어두워졌다. 내리쬐는 태양을 가리는 그림자가 생겼다. 점점 커지는 그림자를 보며 론은 깨달았다. 하늘에서 뭔가가 떨어지고 있다.

쿵! 바닥이 울리고 주변의 풀숲이 흔들렸다.

'아⋯⋯.'

론의 눈동자가 격하게 흔들렸다. 발끝부터 정수리까지 소름이 쭉 타고 올라갔다.

숨이 쉬어지지 않았다. 잊을 수 있을 리가 없다. 그의 의식이 순식간에 과거로 거슬러 올라갔다.

공포에 질린 사람들의 비명이 이명처럼 귓가에서 울렸다. 괴물이 저항하지 못하는 사람들을 산 채로 잡아 뜯어 버린다. 붉은 피가 물처럼 쏟아졌다.

날카로운 발톱이 등을 헤집던 순간의 날카로운 고통이 되살아났다. 그날부터 지금까지 그는 계속 악몽 속에서 살았다. 먼 옛일이면서 바로 어제 일어난 일이기도 했다.

사람들은 갑작스러운 괴물의 등장에 모두 얼어붙었다. 너무 비현실적이었다. 자신의 눈을 의심하는 상황이었다.

크아아앙!

늑대가 쏜살처럼 튀어 나가 괴물의 목덜미를 물었다. 괴물은 갑작스러운 늑대의 공격에 대응하지 못하고 그대로 뒤로 넘어갔다. 요란한 소리와 함께 땅이 진동했다.

거대한 덩치의 늑대는 더 거대한 괴물의 크기와 비교하니 중형견처럼 보였다. 늑대의 공격이 분위기를 전환했다. 괴물과 늑대가 엎치락뒤치락하는 사이에 기사들이 정신을 차렸다.

"폐하를 안전한 곳으로 모셔라!"

"당황하지 마라!"

알시온의 기사들이나 레바스의 기사들이나 주인을 지키고자 하는 의지는 한마음처럼 통했다.

늑대의 어금니가 목을 깊게 관통했지만, 인형은 고통을 느끼지 않는다. 망가질 뿐이었다.

'하찮은 짐승 따위가.'

카발은 늑대의 몸통을 잡아 뜯어냈다. 이빨에 뜯겨 나간 목덜미가 너덜너덜해지는 것은 개의치 않았다.

그대로 잡아 찢어발기려 했으나 몸을 뒤틀며 덤벼드는 늑대의 힘이 만만치 않았다. 괴물은 그대로 힘껏 늑대를 던져 버렸다. 공중에 날아간 얀이 숲 어디론가 떨어졌다.

"쳐라!"

곧바로 기사들이 일어나려는 괴물에게 돌진했다. 가장 먼저 달려든 기사는 검을 공중으로 치켜들고 곧바로 괴물의 가슴을 겨냥했다. 괴물이라도 약점은 있을 터. 어디가 약점인지 알 수 없으니 사람과 비슷한 곳부터 노렸다.

다른 기사는 반대편 방향에서 동시 공격을 감행했다. 등에서부터 찌르고 들어오는 기사도, 다리를 베어 내려는 기사도 모두 동시에 몸을 날렸다.

어차피 일 대 일로 상대할 수 없는 괴물이다. 다수의 합동 공격만이 유일한 대응 방법이었다. 어떤 작전도 없었지만, 기사들은 한 몸처럼 움직였다.

"크헉!"

괴물이 휘두른 팔에 얻어맞은 기사는 그대로 튕겨 나가 나무에 부딪혔다. 충격이 컸는지 바닥에 떨어진 기사는 의식을 잃고 고개를 푹 수그렸다.

괴물은 정면으로 덤비는 기사의 복부에 주먹으로 내지르는 것처럼 위로 올려치며 발톱을 드러냈다. 휘어진 칼날처럼 날카로운 발톱이 기사의 복부를 관통해 몸을 꿰뚫었다.

거대한 덩치가 날렵하게 상체를 뒤틀었다. 기사를 꼬챙이처럼 꿰고 있던 팔을 바깥쪽으로 휙 내돌렸다. 원심력으로 뽑혀 나간 기사가 바닥에 떨어지며 피를 토했다. 쓰러져 꿈틀거리던 기사의 경련은 금방 멈추었다.

뒤에서 덤벼들어 등을 찌른 기사의 검은 깊이 박혀 뽑히지 않았다. 괴물이 몸을 흔들자 덩달아 검을 쥔 채 매달려 흔들리던 기사가 휘익 날아갔다.

'성가시군.'

카발은 파리떼에게 발이 묶인 게 몹시 짜증스러웠다. 한편으로 즐거웠다. 몹시 달콤한 냄새를 풍기는 것들이 둘이나 가까이 있었다.

그중 하나는, 이 진한 향기는 정령인가.

**—크하하하하!**

카발의 즐거운 웃음은 사람들에게 괴물의 포효처럼 들렸다.

"성주님!"

앨런이 성주의 어깨를 덥석 잡아 흔들었다.

"피하셔야 합니다!"

앨런은 저 괴물이 절대 손쉽게 해치울 수 있는 대상이 아님을 간파했다. 해치우기는커녕 기사들의 전멸도 각오해야 할 것 같다. 지금 할 수 있는 최선은 성주가 몸을 피할 수 있을 만큼 가능하면 충분한 시간을 버는 것뿐이었다.

'피하라고?'

어림없는 소리.

앨런의 다급한 외침이 제대로 귀에 들어오지 않았다. 론은 괴물을 노려보며 꼭 쥔 주먹만 부들부들 떨었다. 그는 무기력한 절망감에 사로잡혔다. 저건 당해 낼 수 없는 괴물이다. 모두 괴물의 손에 갈기갈기 찢겨 흔적도 남지 않을 것이다.

'소용없어. 어디로 도망가든 세상 끝까지 따라와 결국 내 심장을 뜯어낼 테지.'

과거의 공포가 그를 완전히 집어삼켰다. 뱀 앞에서 개구리가 몸이 굳는 것처럼 그는 꼼짝할 수 없었다.

"성주님! 아가씨와 어서 피하십시오!"

'아델……'

론의 눈에 빛이 돌아왔다. 가슴 안쪽에서 뜨거운 기운이 올라오며 차갑게 식은 몸에 피가 돌았다.

아델을 지켜야 한다는 강한 의지가 찐득한 늪 같은 과거에 빠져들던 그를 끄집어냈다. 그는 재빠르게 현장에서 중요한 장면들을 눈으로 훑어 확인했다. 괴물을 바라보며 서 있는 아델, 기사들과 공방을 주고받는 괴물, 왕을 말에 태우는 시종들.

'말. ……아니야. 말은 안 돼. 숲에서 속도를 낼 수 없어.'

때마침 그의 눈에 멀리서 달려오는 늑대가 보였다.

"얀!"

괴물에게 달려들려던 얀이 움찔했다. 망설임은 짧았다. 괴물을 향해 이를 드러내며 방향을 바꿔 주인에게 달려갔다.

아델은 두 손으로 입을 막고 괴물을 바라보았다. 공포 이상으로 거북한 역겨움이 속을 뒤집었다. 지독한 거부감은 단지 흉측한 괴물이라는 이유 때문만은 아니었다.

그녀는 느낄 수 있었다. 그녀의 모든 감각이 저 괴물을 거부했다. 숲이 느끼는 두려움이 그녀에게 전달되었다.


『서둘러라. 어둠이 너와 나를 찾아내기 전에.』

정령의 경고가 무엇인지 이제 알겠다. 저것이었다. 빛의 정령이 말한 타락한 어둠.

갑자기 몸이 휙 들리는 바람에 아델은 깜짝 놀랐다. 론이 그녀를 안아 들어 늑대의 위에 앉혔다.

"뭐하는 거예요?"

론은 양손으로 늑대의 귀를 잡고 자신의 이마를 늑대의 이마에 맞대며 말했다.

"뒤돌아보지 말고 가. 절대 여기로 돌아오면 안 돼. 아이작에게 가라. 가는 길은 알지?"

"론!"

론은 내려오려는 아델을 다시 올려 앉혔다. 그녀의 두 손을 잡아 늑대의 목덜미 털을 쥐게 했다.

"여기 있으면 위험해. 얀과 안전한 곳으로 가 있어."

"싫어요!"

"너와 실랑이할 시간 없어."

"싫다니까요!"

아델이 그를 향해 두 손을 뻗으며 뛰어내리려 했다. 론은 그녀의 두 팔을 꽉 쥐고 나지막하게 윽박질렀다.

"널 얀의 등에 꽁꽁 묶어서라도 보낼 거야. 정말 그렇게 해?"

"그…… 그럼 같이 가요. 혼자는 안 갈래요."

울컥 치미는 감정 때문에 그녀의 목소리가 잠겼다.

"나는 안 돼."

기사들을 내버려 두고 혼자 도망칠 수는 없다. 자신을 지키려는 사람들만 괴물의 먹이로 던지고 또다시 혼자만 살아남는 비겁자가 되고 싶지 않았다.

그리고 저 괴물은 자신을 노리는 것이 분명했다. 12년 전 그때도 집요하게 그를 쫓았다. 자신으로부터 멀리 떨어뜨려 놓아야 그녀가 안전했다.

"안 갈래요. 보내지 마요. 안……."

그의 손이 눈물이 그렁그렁한 아델의 뒷목을 감싸며 끌어당겼다. 마지막일지 모를 그녀의 입술을 삼켰다. 머릿속이 찡할 정도로 지독히 달았다. 부드러운 입술, 말캉한 작은 혀에서 그녀의 맛이 났다. 다시는 맛보지 못한다고 생각하면 아쉽지만, 그녀가 무사하다면 오히려 기쁠 것이다.

길게 지체할 수 없었다. 그는 짧은 입맞춤으로 작별을 고하고 늑대의 등허리를 내리치며 소리쳤다.

"가라!"

"싫어! 안! 멈춰!"

달려가는 늑대의 모습이 순식간에 멀어졌다.

"부탁한다. 안."

둘은 무사할 것이다. 그걸로 충분했다.


「사서야 합니다. 살아 주십시오.」

「살아. 내 몫까지.」

오래전, 그의 귓가에 속삭이던 지크의 간절한 마음이 무엇이었는지, 레온이 어떤 마음으로 유언을 남겼는지 이제 알 것 같다. 자신에게 다가올 죽음은 전혀 슬프지도 두렵지도 않았다.

그녀가 살아 주기를 바란다. 기억하며 고통스러워하느니 잊고 행복해지기를.

\*        \*        \*

말콤의 저택 주변을 병사들이 빈틈없이 에워쌌다. 절대 누구도 병사의 눈을 피해 저택을 빠져나갈 수 없을 것이다. 안쪽의 수색은 기사들이 직접 맡았다. 아이작이 그들의 지휘권을 잡았다.

'이래도 되는 건가.'

에릭은 차마 하지 못하는 말을 속으로만 중얼거렸다. 대체 펠릭스 후작이 무슨 수로 기사들을 동원하려나 궁금했는데 후작은 예상도 못 한 일을 저질렀다.

「말콤 그랜트라는 상인이 폐하를 시해하려는 음모에 가담했을지 모르는 심증이 있소.」

수도방위군의 사령관은 아이작의 말을 듣고 놀라 벌떡 일어났다.

「그게 정말이오?」

「심증뿐이지만, 증거가 없다고 해서 그냥 넘어갈 수 없는 일이라 사령관께 협조를 요청하러 왔소.」

「마땅히 옳은 결정을 하셨소. 폐하의 안전에는 조금의 빈틈도 있어서는 안 되지요. 말콤 그랜트? 내가 그자의 뱃속을 모두 뒤집어 보이겠소.」

「사령관께서는 더 중요하게 하실 일이 있소. 감히 폐하를 해하려는 음모가 발견된 이 시점에, 폐하께서 어디 계시는지 알지 않소.」

「으음! 말씀을 들어보니 참으로 공교롭구려. 하필 지금 궁 밖에 나가 계시니.」

「음모를 꾸미는 자가 있다면 이번 기회를 놓치지 않을 것이오. 여긴 내게 맡기고 사령관께서는 폐하의 안전을 확보해 주시오.」

사령관은 아이작에게 수색 지휘권을 일임하고 기사들과 함께 붉은 호수의 숲으로 달려갔다.

천연덕스러운 아이작의 거짓말을 모두 지켜본 에릭은 진땀이 났다. 대륙인이 아니라 왕족을 향한 충성심은 없지만, 왕의 안전을 두고 하는 거짓말이 얼마나 엄청난 것인지 정도는 알고 있었다.

정작 아이작은 태연했다. 그는 사령관을 숲으로 보내 오히려 마음이 놓였다. 뭔지 모를 불안이 계속 마음에 걸렸기 때문이다.

왕이 숲에 갔다는 사실을 알았을 때는 놀랐지만, 차라리 잘되었다고 생각했다. 왕과 함께 있으면 론이 안전할 테니까.

이제 기사까지 보냈으니 더 안심이다.

뒷일은 걱정하지 않았다. 심증이 있다고 했을 뿐이다. 나중에 적당히 둘러대면 그만이었다.

권력의 남용을 싫어하기에 함부로 힘을 휘두르지 않았을 뿐, 신분 제도가 확고한 왕국에서 후작이 할 수 있는 일은 대단히 많았다. 하지 못하는 일을 찾는 게 더 빠를 것이다.

"각하. 모조리 잡아 왔습니다."

"수고했소."

아이작은 말콤의 집무실을 뒤지다가 기사의 보고를 받고 나갔다. 1층의 홀에 저택 안에 있던 사람들이 모두 잡혀 와 무릎이 꿇렸다.

저택의 규모에 비해 사람의 수는 적었다.

아이작은 겁에 질린 그들을 추궁했다.

"저택의 주인이 역모에 연루된 혐의가 있다. 너희도 가담했다고 의심받지 않으려면 알고 있는 것을 모두 말해야 할 것이다."

갑자기 들이닥친 기사들 때문에 기가 죽은 사람들은 역모라는 말을 듣고 안색이 꺼멓게 죽었다. 앞다투어 제가 아는 것들을 쥐어짜 냈다.

"주인님이 저택을 비운 지 꽤 되었습니다. 언제 나가셨는지도 모릅니다."

"엊그제는 처음 보는 낯선 자가 찾아왔습니다. 들어오는 건 봤는데 나가는 건 보지 못했습니다."

"뒤쪽의 별채에 뭔가 있는 게 틀림없습니다. 평소에 아무도 근처에 얼씬하지 못하게 했습니다."

"별채?"

아이작은 비밀스러운 공간에 관심이 갔다.

"별채는 누가 살펴보았소?"

기사들은 서로의 얼굴만 바라보았다.

"아무도 가지 않은 거요? 저택의 수색을 전부 끝냈다고 하지 않았소? 그럼 별채에 누군가 있을 수도 있다는 거요?"

이번에도 나서서 대답하는 기사가 없었다. 그들도 당황한 듯했다.

"지금 가 봅시다."

아이작이 기사들과 함께 별채를 살펴보러 간 동안에 에릭은 아이작에게 일부의 권한을 위임받아 말콤의 집무실과 서재를 뒤졌다.

'후작님이 날 이 정도로 믿는 줄은 몰랐네.'

어떤 중요한 서류가 있을지 모르는데 선뜻 일을 맡긴 것이 뜻밖이었다.

'말콤을 조사하려는 목적은 같다고 해도 난 어쨌든 외부인인데 말이지.'

의외로 순진한 권력자인가. 그런 타입이 싫지는 않다. 거친 세상을 헤쳐 나갈 수 있을지 걱정은 되지만. 론과 아이작의 관계를 알지 못하는 에릭은 멋대로 오해했다.

어쨌든 에릭에게 맡긴 것은 현명한 결정이었다. 정보 조직을 운영한 경험 덕에 어지간한 비밀 장치에 통달했다. 서랍이나 벽난로, 책장 등에 숨겨진 교묘한 금고를 어렵지 않게 찾아냈다.

에릭은 서재와 집무실을 드나들며 금고 속에 든 것을 모조리 꺼내 책상에 펼쳐 두었다.

흔히 나오는 것들이었다. 서류, 장부, 금괴, 보석. 생각했던 것보다 분량이 많았다.

'아무리 봐도 다 원본 같은데……. 비밀 장부를 분산하지 않고 모조리 여기 둔 건가? 어리석군.'

말콤은 카발의 존재를 믿고 알시온의 저택을 무척 안전한 장소라고 생각했다. 그래서 장부 보관에 예민하게 주의를 기울이지 않았다.

'이건 뭐지?'

아주 비밀스럽게 감추어진 금고 속에 들어 있던 주머니를 열었다. 안에는 보라색 가루가 들었다. 또 다른 주머니에는 보라색의 보석이 담겨 있었다. 에릭은 보석을 꺼내 살펴보았다. 보석인 줄 알았는데 보석이 아니었다.

'설마…… 티움? 보라색이면 티움의 원석? 이게 왜 여기 있지?'

보라색의 티움이 존재한다는 사실을 아는 자는 많지 않았다. 에릭은 그중에 아는 자에 들어갔다.

아이작이 안으로 들어왔다. 에릭은 보던 물건을 책상에 내려놓았다.

"뭔가 찾으셨습니까?"

"뭘 말이오?"

"별채에 다녀온다고 하시지 않았습니까."

아이작은 에릭을 바라보다가 느릿하게 고개를 끄덕였다.

"……그랬지."

"문제라도 있습니까?"

"아니오. 별채에 가지 않았소."

"예?"

"난 분명 기사들과 별채에 갔는데……. 들어가지 않고 그냥 되돌아왔소. 내가 왜 그랬지? 이상하군."

"다시 가 보지요. 이번에는 저도 가겠습니다."

얼마 후 그들은 다시 말콤의 집무실로 돌아왔다. 처음부터 그랬던 것처럼 자연스럽게 금고에서 찾아낸 장부에 관해 이야기를 나누었다.

"그리고 이 주머니 속에 든 것은……."

에릭은 인상을 찡그렸다. 문득 기억이 났다.

"우리가 별채에 들어갔던가요?"

"……."

에릭과 아이작이 묘한 표정으로 마주 보았다. 어렴풋이 별채 앞에서 다시 되돌아온 기억이 났다. 그런데 당시에는 그게 이상하다고 의심하지 못했다.

"아무래도 별채 주변에 기이한 힘이 작용하는 것 같습니다."

"조사하다가 저택에 이상한 내력이 있다는 걸 알게 되었소. 그게 관련이 있겠소?"

아이작의 설명을 듣고 에릭이 고개를 갸웃했다.

"불길한 집이라……. 그런 부분은 모르겠지만, 설명할 수 없는 힘은 설명할 수 없는 힘으로 풀어야지요. 아무래도 마법사들의 도움을 받는 게 좋을 것 같습니다."

"하란의 마법사 말이오? 하지만 연락을 주고받으려면 시간이 오래 걸릴 거요. 무작정 기다릴 수가 없소."

"그 부분은 걱정하지 마십시오. 제게 방법이 있습니다."

마인의 마을에서 데보라를 만났을 때 데보라는 말콤이 흑마법과 관련 있을지 모른다는 사실에 큰 관심을 보였다. 그래서 에릭에게 특수한 물건을 하나 주었다.

좌표생성기.

대현자급의 마법사는 공간 이동의 마법진을 자신의 마력을 이용해 만들어 낼 수 있다. 그래서 아무리 먼 거리라고 해도 순식간에 이동이 가능했다. 다만, 장소의 좌표를 정확히 알고 있어야 했다. 그리고 좌표의 기록은 마법사의 고유 능력이다.

데보라가 에릭에게 준 것은 누구나 좌표를 기록할 수 있는 도구였다. 이 도구를 사용한 후 마법사에게 주면 마법사는 기록된 좌표로 이동할 수 있다.

그리고 에릭의 품에는 또 다른 마법 물품도 있었다. 이동 스크롤이다.

이동 스크롤은 최후의 비상 탈출 도구였다. 목숨이 경각에 달린 아주 위험한 상황에 도무지 활로가 보이지 않을 때 스크롤을 찢으면 도시 국가 덴버의 정해진 장소로 이동한다. 그리고 덴버에서는 곧바로 하란으로 통하는 이동 마법진이 있었다.

왜 덴버일까.

대륙인들은 모르는 사실, 그리고 하란인도 극히 소수만 아는 사실이 있다. 덴버는 하란의 위성 도시였다. 하란이 대륙으로 진출하기 위해 만든 출입문이다.

이동 스크롤은 엄청난 고가의 물건이라서 아무나 소지할 수도 없고 정말 필요한 일이 아니면 쓰지 않았다. 에릭은 지금 이것을 써야 할 때라고 판단했다.

'대현자님께 연락해야겠군. 지금 마탑에 계시려나?'

흑마법으로 의심되는 현상을 발견했다고 하면 분명히 데보라는 당장 달려올 것이다.

별채 안으로 들어가지 못하는 이상 현상이 정말 흑마법 때문인지는 모른다.

'하지만 저것만으로도 대현자님이 달려오실 이유가 충분하지.'

에릭은 보라색의 티움이 담긴 주머니를 보며 생각했다.

*　　　*　　　*

주변의 풍경이 휙휙 지나갔다. 복잡한 숲을 평지처럼 달려가는 늑대는 날아가듯 거침없었다.

아델은 본능적으로 늑대의 등에 바짝 엎드려 바람의 저항을 줄이고 두 손으로 목덜미의 털을 쥐었다. 어지럽고 정신이 하나도 없었다. 멈추라고 아무리 소리쳐도 얀은 들은 척하지 않았다.

'나 혼자는 갈 수 없어.'

사납고 위험한 괴물이었다. 정령이 보여 준 기억에 의하면 어둠과 하나가 된 카발은 대마법사 하란조차도 당해 내지 못했다. 론이 다칠 거다. 죽을지도 모른다. 오한이 들고 심장이 덜컹 내려앉았다.

'안 돼!'

아델은 상체를 세우며 늑대의 목덜미를 잡은 손을 놓았다. 몸에 힘을 빼자 순식간에 몸이 부웅 떠올라 늑대의 등에서 떨어졌다. 말을 듣지 않는 늑대에게 저항하는 유일한 방법이었다.

등이 가벼워지는 느낌을 늑대는 예민하게 깨닫고 빠르게 반응했다. 바닥에 떨어지기 직전의 아델을 입으로 낚아챘다. 힘을 주지 않도록 입을 크게 벌린 채 속도를 줄여 멈추어 섰다. 늑대는 아델을 조심스레 내려놓았다.

아델은 꼭 감고 있던 눈을 떴다. 얀이 그녀에게 주둥이를 들이밀며 끙끙거렸다.

"고마워. 얀."

아델은 얀의 콧등을 쓰다듬다가 두 손으로 얀의 입을 꽉 잡아 눈을 맞췄다.

"얀. 론에게 데려다줘."

얀이 잡힌 입을 빼내며 눈을 피했다.

"너도 그 괴물을 봤잖아. 론이 다칠 거야. 네 주인이 죽을지도 모른다고."

늑대는 눈동자만 데구루루 굴렸다.

"좋아. 나 혼자서라도 갈 거야."

아델은 씩씩대며 벌떡 일어났다. 그녀는 주변을 보며 잠시 곤혹스러워했다. 그새 멀리도 왔다. 주변이 조용했다. 여기가 어딘지 모르겠다.

'우선 가자.'

그녀는 무작정 걷기 시작했다. 하지만 몇 걸음 걷지 못하고 늑대에게 길이 가로막혔다. 아델은 제 앞을 막은 얀을 노려보다가 늑대를 피해 옆으로 방향을 틀었다. 그러자 또다시 늑대가 그 앞을 가로막았다. 말은 하지 못하지만, 늑대는 아델을 보내지 않겠다는 의사를 확실히 표현했다.

"바보야! 네 주인이 다친다니까!"

속상해서 버럭 소리쳤더니 눈물이 났다. 그녀는 있는 힘껏 달려갔지만, 금방 잡혔다. 얀이 그녀의 치맛자락을 물고 놓아주지 않았다. 아델은 손이 닿는 대로 늑대의 얼굴을 마구 때렸다.

"봐! 네가 똑똑하다고 했던 말 다 취소야. 어떻게 네가 이럴 수 있어? 네 주인이 위험한데 그걸 왜 모른 척해!"

아델은 바닥에 주저앉아 울음을 터뜨렸다.

"나 때문이야. 내가 여기 오자고 해서."

서럽게 우는 아델의 곁에서 늑대는 안절부절못했다.

얀도 알고 있다. 아델이 무슨 말을 하는지, 자신의 주인이 위험하다는 것도.

하지만 얀은 주인이 진심으로 바라는 것을 알기 때문에 갈 수 없었다. 아델을 지키라고 했다. 그 괴물과 싸워 주인을 보호하는 것은 주인이 원하는 일이 아니었다.

울던 아델이 고개를 위로 들었다. 새파랗게 분노한 눈으로 공중을 노려보며 소리쳤다.

"나와 봐! 날 여기까지 끌고 온 게 너잖아! 책임져! 책임지라고!"

그녀의 분노는 정령에게 향했다. 정령은 붉은 호수가 있는 숲으로 데려다주면 된다고 했다. 그런데 정령은 나타나지 않고 약속도 지키지 않았다.

잘못 찾아온 게 아니다. 여기가 틀림없었다. 붉은 호수의 숲에 얽힌 오래된 전설을 들었을 때 확신했다. 숲에서 왕에게 발견되어 왕비가 되었다는 론의 어머니 세레니티는 빛의 정령이 남겨 둔 삼나무의 정령일 것이다.

"론이 다치면 널 저주할 거야. 널 증오할 거야!"

아델은 목이 따갑도록 악에 받쳐 소리쳤다.

론이 죽을지도 모른다. 그를 다시는 못 볼지도 모른다. 온몸이 부들부들 떨리고 저절로 눈물이 뚝뚝 떨어졌다.

'당신은 어떻게 그게 가능했지?'

르웨나.

그녀는 카발을 잃고 어떻게 견딜 수 있었을까. 르웨나가 느꼈을 슬픔과 세상을 향한 원망, 고통스러운 외로움이 상상이 되더니 마치 아델 자신의 감정인 것처럼 동조하기 시작했다. 머릿속이 끓어오르고 심장이 터질 것 같다. 거칠게 숨을 내쉬는 아델의 파란 눈동자 속 확대된 동공에 짙은 그림자가 생겨났다.

『안 된다!』

외침이 아델의 머릿속에서 터졌다. 뭔가에 얻어맞은 것처럼 순간 몸을 경직한 아델이 풀썩 쓰러졌다. 깜짝 놀란 늑대가 끙끙거리며 아델의 주변을 빙빙 돌았다.

쓰러진 아델의 주변을 은은한 빛이 감쌌다. 희미한 빛은 점점 강해져 샛노란 빛을 띠었다. 스스로 빛을 내는 태양처럼 그녀의 몸에서 빛이 뿜어 나왔다.

천천히 일어나 앉은 아델이 고개를 들었다. 그녀의 파란 눈동자가 황금색으로 빛났다. 그녀는 늑대를 바라보며 손짓했다.

『이리 오너라.』

목소리가 메아리치듯 울렸다.

늑대는 아델이 다른 존재로 뒤바뀐 사실을 알아차렸다. 짐승은 인간과 다르게 눈에 보이는 것만으로 상황을 판단하지 않기 때문이다. 하지만 거역할 수 없었다. 늑대는 홀린 것처럼 아델에게 다가가 고개를 숙였다.

아델의 손이 늑대의 머리를 쓰다듬었다. 그녀의 몸에서 흘러나오는 빛이 늑대에게 옮겨져 늑대의 몸 전부를 감쌌다.

『네가 마지막이로구나.』

아델의 몸을 빌린 정령은 쓸쓸하게 중얼거렸다. 봉인된 세월은 아주 길었다. 그리고 세상은 바뀌었다.

이 세상에는 이미 빛의 정령에게 남은 자리가 없었다. 존재하되 흔적만 남았다.

거대 늑대의 유일한 후손은 정령의 처지를 상징했다. 수명이 다하는 날, 단 한 마리의 늑대는 후손을 남기지 못하고 세상에서 사라질 것이며 거대 늑대는 옛 전설로만 남을 것이다.

## 「나는 인간의 감정을, 그들의 운명을 너무 가벼이 보았다.」

정령은 아델의 몸에 깃들어 긴 꿈을 꾸었다. 기억을 거슬러 올라가는 여행을 했다.

동부의 숲에서 르웨나의 힘을 돌려받았을 때 르웨나가 가진 기억도 함께 받았다. 그래서 정령은 몰랐던 사실을 알게 되었다.

어둠에 사로잡힌 것은 카발이 아니었다. 르웨나였다.

카발은 자신이 지닌 어둠을 극복했다. 카발이 자신의 고통을 극복하는 동안 곁에서 지켜보는 르웨나가 상처를 받았다.

어둠은 르웨나를 유혹했다. 르웨나는 카발이 겪는 마음의 고통을 자신의 것으로 받아들일 만큼 카발을 사랑했다.

인간과 다르게 정령은 어둠에 오염되면 소멸한다. 그래서 카발이 다시 어둠과 거래했다. 자신의 몸을 대신 내주었다.

둘이 서로를 생각하며 택한 선택은 오히려 비극을 낳았다. 카발은 어둠에 잡혀 버렸고 르웨나는 죄책감에 괴로워하다가 또 다시 어둠의 제안에 응했다. 카발의 유일한 약점, 심장을 받아 숨기고 아무에게도 말하지 않았다.

정령은 르웨나가 자신을 찾아온 날을 기억했다. 할 말이 가득한 표정으로 머뭇거렸다. 그날 르웨나에게 잉태된 새 생명의 기운을 보았다. 정령은 실망했고 노여웠다.

「그 아이는, 그리고 후손들은 대대로 고독한 운명을 타고날 것이다.」

르웨나는 울음을 터뜨릴 것 같은 눈으로 바라보며 말했다.

「제게 해 주실 말씀은 그것뿐입니까?」

그날 르웨나는 숨겨 둔 심장에 대해 말하려고 했다. 하지만 끝내 말하지 않고 돌아섰다.

『너를 르웨나처럼 만들 수는 없지. 이 세상에 또 다른 재앙이 될 것이니.』

정령은 한때 자신과 하나였으나 이제 별개의 존재가 되어, 지금은 의식이 깊이 잠든 아델에게 말했다.

『가자.』

얀이 그녀에게 등을 내밀며 엎드렸다. 아델의 몸이 떠올라 늑대의 등에 올라탔다. 늑대와 늑대의 등에 올라탄 아델의 몸 전부가 얇은 막에 싸인 것처럼 빛이 났다.

늑대가 온 길을 되돌아 달리기 시작했다.

*　　　*　　　*

줄리오의 마법 지팡이에서 뿜어 나간 마력이 괴물의 두 다리에 명중했다. 석화 마법에 걸린 괴물의 다리가 돌처럼 굳었다.

괴물의 옆구리 쪽에서 파고든 앨런이 뛰어올랐다. 군더더기 없는 깔끔한 동작으로 단번에 검을 내리그었다.

"좋아!"

바닥에 데굴데굴 굴러가는 괴물의 팔을 보며 줄리오가 주먹을 불끈 쥐었다. 합동 작전이 성공했다.

괴물의 관심이 잘린 팔에 쏠린 사이에 또 다른 팔에 밧줄이 날아와 휘리릭 감겼다. 솜씨 좋게 칭칭 휘감아 묶은 밧줄을 기사 여럿이 팽팽하게 잡아당겨 움직임을 제한했다.

괴물이 몸을 틀려고 꿈틀대는 순간 뒤에서 달려든 기사가 어깻죽지에 검을 박았다. 그리고 검을 그대로 박아 둔 채 재빠르게 뒤로 물러났다.

"이거나 먹어라!"

줄리오가 검을 피뢰침으로 삼아 마법 공격을 퍼부었다.

파지직! 벼락을 맞은 것처럼 타는 소리가 났다. 괴물의 몸이 부르르르 떨리며 경직했다. 숨을 한 번 내쉴 정도의 짧은 기회를 놓치지 않고 론이 달려갔다.

기사들이 밧줄로 묶어 잡아당기는 팔 윗부분을 온몸의 무게를 실어 내리쳤다. 잘린 팔이 떨어지며 있는 힘껏 당기고 있던 기사들이 엉덩방아를 찧었다.

"와아!"

기사들은 함성을 지르며 자축했다. 괴물의 다리를 묶고 두 팔을 잘라 내는 데 성공했다. 기사들의 표정에 이미 공포는 사라졌다. 강한 자신감과 맹렬한 투쟁심이 넘쳤다.

'할 만해.'

괴물과 안전거리를 유지하며 론이 숨을 몰아쉬었다. 두려움이 아닌 희열을 느꼈다.

과거와 모든 것이 달랐다. 그때처럼 론은 도망쳐야 하는 힘없는 어린아이가 아니었다. 직접 검을 쥐고 괴물과 대항해 싸울 수 있다는 사실이 그의 오래된 악몽을 흩어지게 했다.

당시에 사절단 대부분은 무기를 다루지 못하는 하급 관료와 시중을 드는 일꾼들이었다. 제대로 싸울 수 있는 숙련된 기사는 지크 하워드뿐이었다.

그런데 오늘은 달랐다. 레바스의 기사들도 알시온의 기사들도 모두 정예들이었다. 최고의 실력자들이다. 괴물이 맹수라면 기사들도 맹수였다.

더구나 모두 괴물에 맞서 싸워 주인을 지키고자 하는 의지가 굳건했다. 전혀 다른 곳에 소속되어 있고 제대로 대화도 나누어 본 적이 없는 두 집단의 기사들은 척척 손발이 맞았다.

"놈을 조각조각 잘라 내자!"

"되살아나지 못하게 가루로 만들어 버리자!"

누군가가 외치고 누군가가 동조했다. 기사들은 서로를 격려하고 용기를 북돋웠다.

"폐하. 지금이라도 어서 피하십시오."

시종장은 끈질기게 왕을 설득했다. 왕은 처음에는 순순히 말에 오르는가 싶더니 다시 내리겠다고 고집을 부렸다. 아무리 곁에서 간언해도 꼼짝하지 않았다.

"여기 있겠다."

"폐하."

기사들과 시종장이 발을 동동 굴렀다. 몸을 피하려면 괴물의 시선이 다른 곳에 쏠려 있는 지금이 기회였다.

"짐이 혼자 살겠노라 어찌 기사들을 버리고 달아난단 말이냐. 저런 사악한 괴물이 두려워 도망치는 추한 꼴을 보일 수 없다. 저쪽은 도망은커녕 직접 기사들과 함께 싸우고 있지 않으냐."

베르너는 아까부터 오직 한 사람에게서만 눈을 떼지 못했다. 아슬아슬해 보일 때마다 자기도 모르게 '으음.' 하고 탄식했다. 꼭 쥔 주먹에서는 땀이 났다.

"버리고 갈 수 없다. 짐이 아무리 형편없어도 두 번 버릴 수는 없다."

오직 시종장만이 왕의 말을 이해했다. 시종장은 긴 한숨을 내쉬며 입을 다물었다. 절대 왕의 결심을 바꿀 수 없을 것이다.


이 버러지들이!

귀찮은 파리떼들인 줄 알았더니 성가신 벌떼들이었다.

카발은 자신의 힘을 과신했다. 예전과 상황이 다르다는 사실을 간과했다.

키메라는 오랫동안 물속에 잠겨 방치되었다. 기사들의 검에 몸이 쉽게 썰릴 정도로 뼈대가 삭았다. 마법 저항도 형편없었다.

자만했다. 지난 사냥의 손쉬웠던 경험만 생각해 이번에도 쉽게 해치울 수 있을 줄 알았더니.

잠깐의 방심이 모든 것을 어그러뜨렸다. 먹잇감이 둘이었는데 그새 하나가 사라졌다.

괴물의 붉은 눈이 빠르게 주변을 훑었다. 모조리 다 죽여 흔적을 남기지 않고 깔끔하게 처리하는 건 급하지 않다. 목적부터 달성해야 한다. 카발이 굳이 버린 키메라를 재활용한 이유는 12년 전에 실패한 사냥을 마무리하기 위해서였다.

어둠의 기사로 만든 인간의 진짜 주인이 존재해서는 안 된다. 어둠의 기사를 만들기 위해 많은 힘을 쏟아부었다. 잃으면 타격이 클 것이다.

정령은 잡지 못하더라도 기사의 원래 주인은 처리해야 한다.


**—크아아아!**

사람들이 몸을 움츠리며 귀를 막았다. 거친 괴물의 괴성이 고막을 찔렀다. 머릿속이 쩌렁쩌렁 울리는 타격이 있었다.

붉은 안광이 불덩이처럼 활활 타올랐다. 카발은 본체에 남겨 둔 어둠의 기운을 대부분 끌어왔다. 괴물의 몸에 새까만 기운이 뭉클뭉클 솟아올랐다. 마법으로 굳어 있었던 괴물의 다리가 쿵 소리를 내며 한 걸음 내디뎠다.

"조심해! 움직인다!"

기사들이 주춤 물러섰다. 잘린 괴물의 두 팔에서 까만 것이 쑤욱 솟아났다. 시커먼 안개를 뭉쳐 만든 두 팔이 길게 늘어나 빠르게 휘둘러졌다.

"으윽!"

"아악!"

가까이에서 주변을 에워싼 기사들이 채찍 같은 검은 기운에 얻어맞고 비명을 지르며 날아갔다. 무시무시한 힘이었다. 기사들이 공중을 날아 멀찍이 숲에 떨어지거나 나무에 부딪혀 떨어졌다. 그들은 고통스럽게 기침하며 피를 토했다.

"이야아앗!"

누군가의 외침이 신호가 되었다. 미리 말을 맞춘 것처럼 기사 여럿이 사방에서 괴물에게 달려갔다. 또다시 검은 채찍이 기사들을 내리쳤다.

휘익! 제대로 보이지 않을 정도로 빨랐다. 기사가 놀라운 반사 신경을 발휘해 검으로 방어했으나 소용없었다. 투명한 공기를 베듯 그냥 통과해 버렸다. 기사들의 공격은 먹히지 않지만, 그 반대는 아니었다.

"커헉!"

얻어맞은 기사들이 나가떨어졌다.

사람들의 얼굴에 당혹스러움이 떠올랐다. 승기를 잡던 분위기가 순식간에 뒤집혔다.

론은 괴물의 붉은 눈이 자신에게 향하는 것을 보았다. 오싹, 소름이 돋아 본능적으로 몸을 굴렸다.

콱! 원래 그가 서 있던 자리에 길게 늘어난 검은 팔이 박혔다.

론은 또다시 옆으로 굴렀다. 생각할 여유가 없이 본능이 시키는 대로 정신없이 움직였다.

콱, 콱, 콱! 론이 있던 자리마다 검은 팔이 박혔다.

"성주님!"

괴물이 노골적으로 성주를 노리고 있었다. 레바스의 기사들이 일제히 달려왔다.

앨런이 날아오는 채찍에 검을 휘둘렀다. 빈 허공만 베였다. 고개를 뒤로 젖히자 채찍이 아슬아슬하게 그의 얼굴을 스쳐 지나갔다. 따끔한 통증, 베인 뺨에서 피가 흘렀다.

펑! 괴물의 머리에서 폭발이 일어났다. 줄리오가 던진 마법의 불꽃이 머리 전체를 덮고 활활 타올랐다. 괴물의 움직임이 잠시 주춤한 사이에 기사가 괴물의 다리에 검을 박았다.

휘리릭! 괴물의 잘린 두 팔에서 뻗어 나온 검은 채찍이 유연하게 방향을 틀었다.

줄리오의 곁에 있던 기사가 있는 힘껏 줄리오를 밀치며 함께 뒹굴었다. 줄리오가 서 있던 자리는 채찍이 검날처럼 베고 지나갔다.

다리를 공격한 기사는 피하지 못했다. 채찍이 지나간 자리에 기사의 목이 사라졌다. 멀리 날아가 땅에 떨어진 머리가 데굴데굴 굴러갔다.

줄리오가 일그러진 얼굴로 이를 악물었다. 마법의 불꽃이 사라진 자리에 괴물의 머리는 멀쩡했다. 괴물의 주변을 감싼 찐득한 검은 연기가 방패가 되었다.

\* \* \*

아이작은 기사들과 함께 구경꾼이 되어 방해되지 않도록 한쪽 구석에 모였다. 로브를 입은 마법사들이 아까부터 별채 주변을 돌아다니며 뭔가를 설치하는 모습이 신기했다.

"저들이 정말 하란의 마법사인가? 겉보기에는 별로 대단해 보이지 않는데."

"뭘 하려는 거지?"

기사들이 웅성거렸다. 오늘 하란의 마법사를 처음으로 직접 본 사람이 대부분이었다.

체면 때문에 호기심을 노골적으로 드러내지 못할 뿐 아이작
도 기사들의 기분과 크게 다르지 않았다.

"하란의 마법사들을 이렇게 많이 보는 건 처음이오."

에릭이 곁에서 대답했다.

"저도 처음입니다."

"하란에서는 마법사를 흔히 보는 게 아니었소?"

"마법사들은 폐쇄적인 집단에 속해 있습니다. 보통 사람들은
흔히 볼 수 없습니다. 특히 이렇게 한꺼번에 모인 마법사들이 마
법을 쓰는 광경은 굉장히 보기 드물죠."

데보라는 에릭이 예상한 대로 소식을 전하자마자 바로 달려
왔다. 말콤의 저택 별채를 보여 주었더니 심각한 표정으로 주변
을 살폈다.


「결계로군. 고대 마법이야.」


저택의 금고에서 꺼낸 보라색 티움을 보여 주었더니 더 심각
한 표정이 되었다. 그리고 즉시 마탑에 연락해 다수의 마법사를
불러 왔다.

"자, 이제 시작하세."

"예. 대현자님."

마법사들이 데보라의 지시에 따라 별채의 주변을 빙 둘러섰
다. 그들은 별채를 향해 일제히 두 손을 들어 올렸다.

그들의 두 손에서 빛이 터져 나왔다. '오오!' 하며 두런두런 떠들던 좌중들은 빛이 점점 커다란 원형의 덩어리로 덩치를 불리자 입을 다물었다. 눈앞에서 벌어지는 신기한 광경에 완전히 정신을 빼앗겼다.

마법사의 손을 떠난 수십 개의 빛덩어리가 별채를 향해 날아갔다. 빛덩어리는 건물에 닿기 전에 공중에서 펑펑 터졌다.

"저건! 봤나?"

"나도 봤어."

선명히 보였다. 마치 거대한 뚜껑처럼 투명한 돔 형태의 막이 별채를 덮고 있었다.

*　　*　　*

침입자다.

괴물의 붉은 눈이 번뜩이며 저택이 있는 방향을 보았다. 저택의 별채에는 카발의 본체가 있었다. 누구도 접근하지 못하도록 강력한 경계를 쳐 두었는데 마력이 방어막을 깨뜨리려고 지속적인 공격을 하고 있다.

보통의 인간들이 할 수 없는 일이다.

'하란의 마법사들인가.'

카발은 이를 아득 갈았다. 그것들이 또 방해다.

일에 차질이 생겼다. 여기서 더 시간을 지체할 여유가 없었다.

결계가 깨지고 마법사들이 안으로 난입해 무력한 본체를 건드리기 전에 돌아가야 한다.

카발은 론을 노려보았다.

'저걸 잡아야 하거늘.'

방해하는 인간들과 드잡이할 시간이 없다.

붉은 눈이 인간들을 스윽 훑었다. 저만치 멀리 떨어져 있는 나이 든 인간이 꽤 중요한 위치에 있다는 건 알고 있었다. 다른 인간들이 주변을 지키며 전전긍긍하는 게 빤히 보였다.

아까 잘려 나간 괴물의 팔이 슬금슬금 움직이는 것을 누구도 눈치채지 못했다. 왕의 발치까지 기어간 손이 공중으로 뛰어올라 왕의 목을 쥐었다.

"컥!"

"폐하!"


**―누구라도 움직이면 이 인간은 죽는다.**


괴물이 말을 한다. 사람들은 경악했다.

"폐…… 폐하."

왕의 곁에 붙어 있는 기사들의 검을 쥔 손이 부들부들 떨렸다.

"원하는 게 뭐냐!"

기사단장이 소리쳤다.

**—나는 인간 하나의 목숨만 가져가면 된다. 그 인간만
내놓으면 너희는 무사히 돌아가게 해 주지.**

"네가 바라는 목숨이 내 것인가."

모두의 시선이 목소리의 주인공에게 쏠렸다. 론은 담담하게
괴물을 바라보았다.

괴물이 쇠를 긁는 음성으로 클클 웃었다.

"처음부터 목표는 나였나?"

**—그렇다.**

"내 목숨만으로 다른 희생자는 없다는 말을 어떻게 믿지?"

"성주님! 안 됩니다!"

"야, 이 미친놈아! 엉뚱한 생각하지 마!"

앨런과 줄리오가 동시에 소리쳤다.

**—움직이지 말라고 했다!**

목이 더 죄어지는지 왕이 고통스러운 신음을 흘렸다.

"앨런. 움직이지 마!"

론이 단호하게 지시했다. 성주의 곁으로 달려가려던 앨런이
멈추었다. 손톱이 파고들도록 주먹을 쥐었다. 왕의 목숨 따위는

어찌 되든 상관없다. 그런데 성주를 지킬 다른 방법도 생각나지
않았다.

　ー믿건 안 믿건. 난 네놈들을 모조리 죽일 수 있다. 그
런데 갑자기 귀찮아졌을 뿐이다. 내가 필요한 것은 네 목
하나이고 내가 베푸는 관용은 그저 변덕이라고 말해 두
지.

"십이 년 전에 나와 사절단을 공격한 것도 너였군."

　ー그랬지.

"이유가 뭐냐. 너 같은 괴물에게 원한을 산 기억이 없다."

　ー네게 원한을 가진 누군가는 있다.

"십이 년 전에도 오늘도 내가 죽기를 바라는 사람은 동일인인
가."

　ー크하하하! 머리를 굴리는구나. 오냐. 바라는 게 그거
라면 말해 주마. 널 죽여 달라는 사람은 이 나라의 왕비
다!

괴물이 몸을 수그리면서 바닥을 차고 뛰어올랐다. 알시온의 기사들은 왕의 안전 때문에 누구도 움직이지 않았다. 괴물은 그 공백이 주는 빈틈을 놓치지 않았다.

길게 뻗어 나오는 검은 기운이 커다란 손이 되어 론의 몸을 거머쥐었다. 레바스의 기사들이 애타게 부르짖었다.

"성주님!"

론은 눈앞이 어지러울 정도로 불쾌감을 느꼈다. 코가 아니라 온몸으로 악취를 맡는 기분이었다. 몸을 힘껏 뒤틀었지만, 꽁꽁 그를 묶은 검은 기운은 견고했다. 론의 몸을 쥔 검은 손이 그를 들어 올렸다.

왕의 목을 압박하던 괴물의 팔이 툭 바닥으로 떨어졌다. 베르너가 엎드려 기침하는 동안 기사들은 괴물의 팔에 달려들어 짓이겼다.

"안……돼. 왕자를…… 왕자를 구해라. 로건! 로건!"

왕의 절규를 들으며 기사들의 눈동자가 혼란스럽게 흔들렸다.

카발은 막상 론을 죽이려니까 아까웠다. 놈을 먹어 치울 시간이 없으니 죽이는 방법밖에는 없지만.


—음?

몸을 뒤트는 론의 목에 걸려 있는 목걸이가 드러났다. 목걸이에 매달린 반지가 카발의 관심을 끌었다. 눈에 익었다. 생각이 날 듯 말 듯 옛 기억을 자극했다. 검은 기운이 반지를 잡아당겨 목걸이 줄을 끊었다.

—이건······.

그때 숲에서 튀어나오는 빛이 카발에게 달려들었다. 콰직. 늑대의 거대한 송곳니가 괴물의 어깨를 물었다.

물리적인 공격은 카발에게 어떤 타격도 주지 못한다. 하지만 있을 수 없는 일이 벌어졌다. 늑대의 이빨 주변에서 검은 기운이 흩어져 사라졌다.

바닥에 있는 수풀이 빠르게 괴물의 다리를 타고 올라갔다. 근처의 나무들이 길게 괴물을 향해 가지를 뻗었다.

—크윽!

숲의 안쪽에서 긴 빛의 창이 날아와 괴물의 머리를 관통했다. 괴물의 머리를 뭉클거리며 감싸고 있던 검은 기운이 사라졌다.

론을 붙들고 있던 검은 손이 허물어졌다. 기사들이 재빠르게 바닥에 떨어진 론을 부축해 괴물로부터 가급적 멀리 떨어뜨렸다.

"성주님. 괜찮으십니까?"

론은 눈살을 찌푸리며 날뛰는 짐승을 바라보았다.

"……얀?"

나무와 수풀이 괴물의 몸을 꽁꽁 묶었다. 괴물이 벗어나려고 힘껏 몸을 비틀수록 나뭇가지는 밧줄처럼 더욱 강하게 옥죄었다.

얀이 날렵하게 이리저리 뛰며 괴물의 몸을 물고 흔들었다. 괴물의 몸에서 솟아나던 검은 기운이 얀의 공격에 무력하게 흩어졌다. 반복적으로 일어나는 현상을 모두 보았다. 누가 봐도 늑대가 우위에 있었다.

사람들은 괴물과 늑대의 싸움을 경이롭게 바라보았다. 도무지 틈이 보이지 않던 괴물이 늑대에게 농락당하고 있었다.

오직 론의 표정만이 어두웠다. 얀이 왔다면 아델은? 설마 아델도 함께 온 건가?

'이 위험한 곳에 왜!'

쉬익! 또다시 숲에서 쏘아진 빛의 창이 괴물에게 날아가 복부를 관통해 지나갔다.

첫 공격은 경황이 없어 몰랐지만, 이번에는 똑똑히 보았다. 사람들의 시선이 숲으로 향했다.

주변이 꽤 어둑어둑해졌다. 어두운 숲 안쪽에서 빛이 흘러나왔다. 점점 커지는 빛을 보며 긴장했다.

"뭔가 온다……."

누군가 중얼거렸다. 목소리에 두려움이 가득했다.

커다란 빛덩어리가 모습을 드러냈다. 공중에 둥둥 떠 강렬한 빛을 뿜어냈다. 숲의 어둑함에 적응한 사람들이 눈이 부셔서 고개를 돌렸다.

조금씩 눈에 익기 시작하자 여기저기서 사람들이 탄식했다. 빛덩어리 안에 사람이 있었다.

론의 머릿속이 하얗게 비었다. 그녀가 왜 저런 모습으로.

몇 번을 확인해도 아델이 틀림없었다.


카발은 더 버티지 못했다. 옴짝달싹하지 못하는 괴물의 몸으로는 어차피 할 수 있는 일이 없었다. 괴물의 머리 위로 검은 기운이 쑤욱 빠져나가 빙글빙글 회전했다.

괴물의 몸은 축 늘어졌다. 누구나 한 번쯤은 상상해 보았을, 육체에서 영혼이 빠져나가는 모습이 이와 같을 것이다.

크르르릉. 얀이 괴물의 머리를 타고 올라 검은 안개를 찢어발길 것처럼 콱콱 이빨질했다. 그러나 늑대의 이빨은 허공만 씹어댔다.

빙빙 돌던 검은 안개가 덩어리로 뭉쳤다. 윗부분에 자리 잡은 두 개의 붉은 덩어리가 번뜩였다.

"악마다."

"저건 악마가 틀림없어."

몇몇 사람이 창백한 안색으로 중얼거렸다. 실체가 존재하는 괴물이 날뛰는 것과 육체를 조종하는 영적인 존재를 직접 목격하는 기분은 전혀 달랐다.

때로는 미지의 상상력이 극한의 공포를 불러일으킨다. 뭇사람들이 한 번도 보지 못한 유령을 두려워하는 것처럼.

참혹하게 죽어 가는 기사들을 보면서도 꿋꿋이 왕의 곁을 지켰던 시종들이 부들부들 떨며 주저앉았다. 오래된 옛 전설을 신화가 아닌 진실로 받아들이는 사람들은 신을 믿는 만큼 대적하는 악의 존재를 믿었다.

**—이렇게까지 날 방해하는 이유가 뭐냐!**

붉은 두 개의 눈이 아델을 노려보았다. 금색으로 빛나는 그녀의 눈동자가 무심하게 검은 덩어리를 응시했다.

『**내가 널 쫓아다니며 괴롭히는 것처럼 말하는구나.**』
**—상호 불간섭의 약정을 깨지 마라!**
『**우습다. 내 숲을 엉망으로 만들어 놓고 되레 큰소리치는가.**』
**—내 땅을 먼저 건드린 건 너다!**

어둠은 분노했다. 어둠에게도 터전이 있었다. 그걸 인간이 빼앗아 갔다. 그리고 인간의 뒤에 빛이 있었다.

『……』

하란은 인간들을 이끌고 버려진 땅에 나라를 세웠다. 이미 세상의 대부분 땅에는 자리 잡은 주인이 있었다. 하란은 그들과 싸워 그들의 것을 약탈하기를 바라지 않았다. 그래서 지나치게 척박하여 인간들에게 외면당한 땅을 개척하러 갔다.

붉은 호수의 숲이 빛의 터전이었던 것처럼 하란이 나라를 세운 그 땅은 어둠의 터전이었다.

인간들은 포기하지 않고 끝내 그 메마른 땅에 뿌리를 내렸다. 빛이 그런 상황을 적극적으로 유도한 적은 없었다. 하지만 빛이 밟고 지나가는 것만으로도 땅은 정화되었다. 본의 아니게 도움을 준 격이 되었다.

늦든 빠르든 그 땅은 결국 인간들의 차지가 되었을 것이다. 세상에 인간들의 수는 점점 늘어났고 그들은 땅이 필요했으니까.

그게 세상의 순리라고 해 봤자 어둠은 이해하지 못할 것이다. 타락한 어둠은 현명함을 잊었다.

『선후를 논하는 것이 무슨 의미가 있나. 어차피 너와 나의 양립은 불가능하다.』

거칠게 긁히는 음성과 무감정한 맑은 음성이 거대한 북을 치는 것처럼 숲에서 메아리쳤다.

지켜보는 사람들의 감정이 다양하게 변화했다. 처음에는 공포, 그리고 놀라움, 이어지는 경외.

괴물을 조종하며 불길함을 물씬 풍기는 검은 기운과 성스러운 느낌을 자아내며 황금색의 빛을 뿜어내는 여인은 명백히 대조적이었다.

누가 봐도 선과 악의 대결이다. 사람들은 신들의 대화를 지켜본다는 황홀감에 빠졌다.

『네 꼴이 우습구나. 큰소리칠 처지가 아닐 텐데.』

인제 와서 부질없지만, 정령은 과거에 방관자인 척하려던 자신의 선택을 후회했다. 적극적으로 간섭했어야 했다. 또다시 같은 실수를 반복할 생각이 없었다.

마주 잡은 두 손 안에서 빛이 넘실거렸다. 손을 떼어 점점 벌어지는 간격만큼 긴 빛의 창이 만들어졌다.

『지금 너는. 나를 당해 내지 못한다.』

먼 옛날, 그들의 싸움은 어둠에게 승기가 있었다. 봉인이 더 유지되었다면 결국 빛은 어둠에 잠식되었을 것이다. 어둠은 온전한 힘으로 봉인을 깨고 세상에 등장했을 것이다.

갑자기 나타난 마법사 아그릿이 아니었다면. 그래서 억지로 봉인이 깨지지 않았더라면.

모든 것이 거대한 질서 안에 있었다. 만약 유리한 입장이 빛이었다면 다른 방식으로 균형을 맞추었을 것이다.

빛의 정령은 자신이 세계의 일부에 불과하다는 사실을 깨달았다. 방관자로 있겠다는 생각이 건방졌다. 있는 힘껏 발버둥을 쳐도 세상이 뒤집히기는커녕 고고한 물결처럼 흘러갈 것이다.

봉인이 깨졌을 때 빛의 정령은 압도적으로 불리한 상태에 있었다. 어둠은 빛을 찾아내 소멸시키려고 혈안이 되었다.

빛이 자신의 터전으로 돌아갔다면 어둠에게 잡아먹혔을 것이다. 하지만 가는 도중에 인간의 원념에 붙잡혔다. 그게 또 다른 인연으로 연결되어 르웨나의 후손과 만났다. 르웨나에게 주었던 힘을 되찾으며 더 강력해졌다.

그리고 '아델'이라는 새로운 존재가 떨어져 나가면서 완성에 이르지 못하게 되었다. 빛의 정령은 강해졌지만, 약해졌다. 눈앞의 어둠을 이겨 낼 정도의 아슬아슬한 강함이었다.


─음?


사람이 고개를 돌리듯 붉은 눈이 휙 돌아갔다.

별채의 결계에 쩍쩍 금이 가기 시작했다. 끈질긴 마법사들의 공격이 막바지에 다다랐다. 빌어먹을 마법사 놈들! 본체를 잃으면 끝이다.

검은 덩어리가 도주를 택했다. 쉬익! 그 뒤를 빛의 창이 따라붙었다.

—으윽!

빛의 창이 어둠을 스치고 지나갔다. 검은 덩어리 일부분이 흩어지며 소멸했다.

—이대로 내가 끝날 것 같으냐!

어둠은 더 빠른 속도로 숲의 그림자 속에 숨어들어 사라졌다.

또다시 새로 만든 빛의 창을 들어 올리던 정령이 미간을 찡그리며 손을 내렸다. 자취를 놓쳤다. 어차피 본체도 아닌 놈을 잡을 수 없다는 건 알고 있었다.

주변이 조용했다. 모두 숨소리도 죽였다. 그래서 나뭇잎을 밟는 버석거리는 소리가 유난히 컸다. 모두의 시선이 움직이는 론에게 향했다.

론은 공중에 떠 있는 그녀의 앞에 멈추어 서서 고개를 들었다. 금색의 눈이 시선을 내려 론을 보았다. 무감한 금색 눈동자를 보며 그는 이를 악물었다.

겉모습은 아델이지만, 절대 그녀가 아니었다.

"아델은 어디 있습니까? 무사한 겁니까?"

『**무사하다. 자고 있을 뿐**』

가까이에서 보니까 입술이 전혀 움직이지 않았다. 들리는 음성은 주변에서 울렸다.

"아델을 돌려주십시오."

『**이 아이는 평범한 운명을 지니지 않았다. 너는 이 아이를 감당할 수 있느냐**』

일종의 시험인가. 론은 신중하게 대답을 골랐다.

"제 자신을 짊어지고 똑바로 걷는 것만으로도 버겁습니다. 누군가의 운명을 책임진다는 건방진 생각은 하지 않습니다. 아델이 허락하는 한 곁에 있을 겁니다. 아델도 내 곁에 있어 주기를 바랄 뿐입니다."

감정이 없는 인형처럼 차갑던 표정에 흐릿한 미소가 떠올랐다. 아델의 몸을 감싸고 있던 빛이 전부 사라졌다. 정신을 잃은 사람처럼 축 늘어진 아델의 몸이 천천히 아래로 내려왔다. 론이 두 팔을 벌려 그녀를 받았다.

두 팔에 묵직한 무게가 느껴지고 나서야 론은 그녀를 품 안으로 꽉 끌어안으며 바닥에 무릎을 대고 앉았다.

"하아……."

안도의 긴 한숨이 터져 나왔다. 부드러운 이 몸을 다시는 안아 보지 못하는 줄 알았다. 이제야 살아 있다는 실감이 난다.

*　　　*　　　*

유리가 깨지는 요란한 소리가 났다. 현장에 있던 사람들은 모두 그 소리를 들었다. 마법사들이 퍼붓던 공격을 멈추었다.

"된 건가?"

아이작의 중얼거림에 에릭이 고개를 끄덕였다.

"그런 것 같습니다."

에릭이 마법사와 이야기를 나누는 데보라에게 다가갔다. 아이작이 기사들에게 손짓해서 그 뒤를 따라갔다.

"대현자님. 어찌 되었습니까?"

"음. 결계는 깨뜨렸네."

"고생이 많으셨습니다."

"좋은 경험이었네. 이렇게 지닌 마력을 모두 쏟아내는 일은 좀처럼 하기 힘드니까. 지금 들어가 보려는가?"

데보라는 몰려온 기사들을 보며 물었다.

"예. 준비가 더 필요합니까?"

"상대는 엄청난 마력을 지닌 마법사이네. 조심해야 하네. 더구나 날도 저물었으니 아침에 해가 뜨면 들어가는 게 어떤가?"

아이작이 끼어들어 대답했다.

"지체할 수 없습니다. 저 안에 어떤 중요한 증거가 있을지 모릅니다."

"으음. 우리도 함께 들어가면 좋겠는데 지금 다들 마력을 대부분 소진한 상태라……."

곤란해하던 데보라가 손가락을 튕겼다.

"티움! 그게 있었지."

데보라는 말콤의 집무실에서 발견한 보라색 티움을 달라고 했다. 중요한 증거품이지만, 대강의 사정을 들은 아이작은 흔쾌히 사용을 허락했다.

티움을 이용해 마법사들은 마력을 채운 후 데보라는 기사들의 갑옷에 저항 마법을 걸어 주었다. 기사들과 마법사들은 작전을 세우고 조를 짜서 별채 안으로의 진입을 시작했다.

기사가 닫힌 문을 밀었다. 끼이익 소리가 나며 열리는 1층의 홀은 창문을 모두 막았는지 빛 한 점도 없이 어두웠다. 조심스럽게 문을 활짝 열고 들어갔다. 마법사의 손이 환하게 빛나며 안을 밝혔다.

"저기!"

뭔가를 발견했다. 마법사가 작은 빛 덩어리를 만들어 던졌다. 누군가가 쓰러져 있었다. 아이작이 기사 몇 명과 함께 가서 살펴보았다. 나머지 기사들은 몇 명씩 무리 지어 주변으로 넓게 흩어졌다.

"여인입니다."

"죽지는 않았습니다. 맥박이 정상입니다."

마법사가 빛으로 얼굴을 비쳤다. 아이작은 기절해 있는 여자
가 저택에서 납치된, 아델의 역할을 맡은 대역이라는 것을 확인
했다. 이로써 말콤이 후작가에 침입해 사람을 납치했다는 정황
이 확실해졌다. 명분을 챙기게 되었으니 잘 되었다.

'기껏 납치해서 묶지도 가두지도 않다니. 일 처리가 이상하
군.'

"크억!"

비명이 터졌다. 아이작이 흠칫 놀라 일어났다.

"공격이다!"

챙, 챙 검이 맞부딪치는 소리가 들렸다. 어둠 속에서 검이 충
돌할 때마다 번쩍번쩍 빛이 났다.

"제길, 어두워서 안 보여!"

"적이 몇 명이냐!"

마법사들이 빛의 덩어리를 만들어 전투가 벌어지는 현장으로
던졌다. 홀을 감싸고 있는 어둠은 이상하게 짙었다. 아무리 창
문이 없다고 해도 사방이 암흑이었다. 마법사들이 만들어 낸 빛
으로 밝히는 범위가 빛의 사방으로 반 뼘도 안 되었다.

그래도 수십 개의 빛의 구가 공중을 떠다니자 격렬한 전투의
현장이 희끗희끗 보였다. 적은 고작 한 명이었다. 사내는 어둠

속을 볼 수 있는 것처럼 기사들 사이를 종횡무진 움직이며 검을
휘둘렀다.

"아악!"

"커억!"

기사들이 속수무책으로 당했다. 희생자가 빠르게 늘어났다.
검술에 문외한인 아이작의 눈에도 기사들을 공격하는 자의 뛰어
난 실력이 보였다. 일 대 다수의 불리한 상황에서 압도적으로 현
장을 주도했다.

'이상해. 눈에 익어.'

아이작은 마법사에게 부탁했다.

"저자의 얼굴을 확인할 수 있도록 도와주시겠습니까?"

"음. 해 보지요."

마법사들이 마력을 연동해 커다란 빛을 만들었다.

# 4장
## 시작에서 끝으로, 끝은 시작으로

어두워진 숲에서 이동할 수 없기에 어쩔 수 없이 격전이 벌어진 현장에서 밤을 지새웠다. 아침 해를 맞이하는 사람들의 눈이 하나같이 벌겋게 충혈된 모습이었다. 한숨도 자지 못한 것 같았다.

론 역시 깨어나지 않는 아델을 안고 밤을 뜬눈으로 보냈다.

"아델."

그는 그녀의 이마를 쓸어 넘기다가 손등으로 그녀의 볼을 쓸었다. 조심스레 이름을 반복해서 불러도 감긴 눈은 떠지지 않았다. 그에게 완전히 기댄 상태로 의식 없이 늘어진 몸은 변함이 없었다.

식사도 마다하고 아델에게서 눈을 떼지 못하는 성주를 보다 못해 앨런이 왕의 일행을 찾아가 의사를 데려왔다.

"딱히 이상은 없습니다. 호흡도 맥박도 문제가 없고. 그저 깊이 잠든 사람 같군요."

언제 일어날지 답은 주지 못해도 의사의 진단은 그나마 불안을 덜어 주었다.

돌아가는 길은 조용했다. 다들 반쯤 혼이 나간 기분에서 회복하지 못했다. 많은 희생자가 발생한 것도 분위기를 우울하게 했다. 시체를 당장 수습할 수 없으므로 현장에 묘를 만들어 매장했다.

그런데 두 집단의 분위기가 미묘하게 달랐다. 왕의 일행은 계속 론을 흘끔거렸다. 서로 쳐다보지도, 한마디 말도 나누지 않는 왕과 론을 번갈아 보며 묘한 표정을 짓기도 했다.

"정말 저분이······."

"로건 왕자······."

"······하지만 그분은 오래전에······."

시종들이 속닥이다가 시종장의 매서운 눈초리에 입을 다물었다.

가장 앞에서 걸어가던 늑대가 갑자기 몸을 낮추며 으르렁거렸다.

"멈춰!"

앨런의 지시로 모두 전부 그 자리에 정지했다. 사람들의 표정에 긴장이 떠올랐다.

달려오던 기사들이 버티고 서 있는 늑대를 보자마자 멈칫했다. 잘 훈련된 기사들은 일사불란하게 늑대와 맞서 싸울 준비 자세를 취했다.

늑대가 적의를 보이는 인간들에게 이를 드러냈다. 그러나 대치는 짧았다.

"얀."

론이 이름을 부르자 늑대는 경계를 거두었다. 아예 고개를 돌려 기사들을 외면했다.

사령관은 빠르게 눈으로 주변을 훑었다. 사람들의 표정과 분위기로 늑대가 적이 아니라고 판단했다. 사령관이 검에서 손을 떼자 기사들도 전부 기세를 풀었다. 사령관은 곧바로 왕의 앞으로 가서 한쪽 무릎을 꿇었다.

"폐하."

"그대가 어쩐 일인가?"

"폐하의 안위가 걱정되어 모시러 왔습니다. 수도에서 불미스러운 사건이 있었습니다. 환궁하시면 자세한 보고 드리겠습니다."

베르너는 불편한 심기를 드러내며 '음.' 하고 중얼거렸다.

이동하는 내내 왕은 생각하고 또 생각했다. 정체 모를 암살자의 공격, 괴물의 등장, 로건과 괴물의 대화, 괴물이 클라라를 언급한 것, 무엇 하나 그냥 넘어갈 수 없었다. 사령관이 의미심장한 말까지 하자 왕은 모든 의혹을 낱낱이 파헤치겠다고 결심을 굳혔다.

　사령관은 앞서가는 론의 일행을 마땅치 않은 눈으로 보았다.
왕께서 누군가의 뒤를 따르다니. 이치에 맞지 않았다. 기사단장
의 곁에 붙으며 넌지시 말했다.

　"우리가 앞으로 가야 하지 않나?"

　"왜 그래야 하나?"

　사령관은 딱 자르는 기사단장의 말에 당황했다. 당연히 자신
의 말에 찬성할 줄 알았다.

　"그야 폐하께서 당연히 이끌고 가셔야……."

　"되었네. 폐하께서도 바라지 않으실 것이니."

　"……기사들의 수가 내가 알고 있던 것보다 적은 것 같군. 무
슨 일 있었나?"

　사령관은 슬쩍 말을 돌렸다. 뭔가 이상했다. 분위기는 가라앉
아 있었고 지나치게 조용했다. 격한 전투를 치른 것처럼 행색이
엉망인 기사들의 몰골이 신경 쓰였다. 부상자도 있었다.

　"나중에…… 환궁하면 자네도 알게 되겠지."

　사령관은 쩝, 입맛만 다셨다. 겸연쩍어 괜히 주변을 살피다가
앞에 가는 일행들을 보며 인상을 찌푸렸다.

　"저 늑대는 수도를 뒤집어 놓고 여기 와 있었군. 짐승 때문에
폐하께서 놀라시지는 않으셨나? 혹시 자네가 말을 아끼는 게 저
자들 때문인가? 혹시 저자들이 폐하께 무례하게 군 건 아니겠

지?"

기사단장이 길게 한숨을 쉬었다.

"우리는 모두 저 늑대에게 고마워해야 하네. 자네가 생각하는 그런 일은 전혀 없었네. 그리고 저분은……. 아니, 이건 함부로 말할 수 없군."

사령관은 말을 하다가 마는 기사단장을 불만스럽게 쏘아보았다. 하지만 굳게 입을 다문 표정이 심각해서 도무지 캐물을 수가 없었다.

사령관뿐만 아니라 새로 합류한 기사들의 사정이 전부 비슷했다. 무슨 일이 있었던 건 확실한데 왕과 동행했던 모두가 말을 아꼈다. 억지로 말하게 할 수는 없으니 궁금해 미칠 지경이었다.

왕이 입단속을 시켜서가 아니었다. 다들 남이 '이러저러한 일이 있었다.'라고 하면 '꿈이라도 꿨냐?'라고 핀잔할 일을 자신이 겪었다. 어떻게 설명해야 할지 정리가 되지 않았다.

그리고 조심스러웠다. 저분은 왕의 아들일지도 모른다. 아니, 틀림없는 왕자님이다.

나이가 지긋한 시종들은 표정이 상기되었다. 요즘 젊은이는 케케묵은 구전으로 치부하지만, 여신께서 인세에 강림한다는 전설은 여전히 강력한 영향력을 발휘했다.

그들이 론을 보는 시선에 경외가 깃들었다. 소중히 품에 안은 금발의 여인을 보는 눈도 심상치 않았다.

가벼운 마음으로 시작한 나흘에 걸친 여정이 목숨을 건 험난한 대장정이 될 거라고는 누구도 예측하지 못했을 것이다. 마차가 무사히 펠릭스 후작가에 도착했을 때 사람들은 약속한 것처럼 안도의 숨을 내쉬었다.

줄리오는 마차에서 내리려다가 돌아보았다. 귀한 보물처럼 론이 아델을 보듬어 안고 있었다. 기나긴 잠에 빠져 버린 아델은 아직 눈을 뜨지 않았다.

"너무 걱정하지 마. 스톤 양은 아무 일도 없었던 것처럼 깨어날 테니까."

위로이자 그래야 한다는 간절한 바람이었다. 론이 레온을 잃고 고통스러워하는 모습을 곁에서 지켜보았을 때 아슬아슬하다는 느낌을 여러 번 받았다. 또 같은 일을 겪으면 이번에는 론이 견디어 내지 못할 것 같았다.

말없이 고개만 끄덕이는 론에게 말을 더 붙이려다가 입을 다물었다. 지금은 무슨 말을 해도 귀에 들어가지 않을 테니까.

'난 우선 놈들의 기억부터 읽어 보고.'

줄리오는 마차에서 내리며 당장 할 일을 생각했다.

난리 통에 말들이 전부 놀라서 달아났다. 다행히 멀리 가지 않아 근처에서 찾았지만, 끝내 한 마리는 찾지 못했다. 말이 아까운 게 아니라 말 허리에 암살자들의 머리통 두 개를 매어 놓았다. 그걸 잃어버린 것이다.

'남은 머리통 중에 뭔가 제대로 아는 자가 있어야 할 텐데.'

주변을 둘러보며 후작이든 집사든 제대로 말을 나눌 수 있을 사람을 찾았다. 죽은 자의 뇌를 헤집는 흉측한 짓을 할 만한 장소가 필요했다.

론은 아델을 침실에 데려다 눕혔다. 눈을 감은 그녀의 표정은 평온했다. 하지만 그녀를 바라보는 그의 속은 수시로 오르락내리락 요동쳤다. 아델이 제대로 숨을 쉬고 있는지 몇 번이나 확인했는지 모른다.

'어서 일어나서 설명해 줘. 아델.'

아델에게 묻고 싶은 게 많았다. 한편으로 영원히 알고 싶지 않았다. 그는 내내 아델이 보통 사람과 다른 부분을 외면했다.

그가 어릴 때 읽은 전래동화 중에 사람인 척 사냥꾼의 아내가 된 신비한 존재에 관한 이야기가 있었다. 사내가 자신의 호기심만 참았으면 영원히 아내와 행복할 수 있었는데 끝내 비밀의 문을 열어 아내를 잃었다.

그는 아델을 보면 가끔 그 동화가 떠올랐다. 그래서 그는 예전에 아델이 태어나 자란 마을을 조사하다가 알게 된 내용도 그냥 덮었다.

「정확한 시기는 모르지만, 십 년이 넘은 것은 확실하다고 합니다.」

　조사원이 보낸 보고서에 따르면 마을에서 한때 살았던 여자는 자신이 마을을 떠난 지 십 년이라고 했다.

　아델이 레바스 성에 왔을 때가 일곱 살이라고 들었다. 나이가 맞지 않았다.

　아델의 나이는 스무 살보다 훨씬 많을지도 모른다. 그녀는 사람이 아닐지도 모른다. 하지만 그녀는 성년의 생일을 앞둔 아델 스톤이어야 했다. 그 외에 다른 것은 알고 싶지도 않고 상관없었다.

　똑똑. 문을 두드리는 소리에 대답했다. 후작가의 집사가 열린 문 앞에서 말했다.

　"주인님이 귀가하셨습니다."

　돌아왔을 때 아이작은 출타 중이었고 집사는 어쩐지 다급한 표정으로 당장 사람을 보내 후작을 불러오겠다고 했다.

　"알겠네. 곧 가지."

　문이 다시 닫힌 후 론은 테라스의 창을 활짝 열었다. 잠시 후 테라스로 뛰어오른 늑대가 안으로 들어왔다.

　론은 침대 곁에 서서 아델을 바라보았다. 그녀의 이마를 쓸어 올리고 손을 잡아 입을 맞추었다. 잠시도 눈을 떼고 싶지 않지만, 할 일이 많다.

　숲에서 다시 만난 괴물을 보고 확신했다. 레온의 죽음에 그 괴물은 직접적인 관련이 없었다. 알시온에서 사울 왕국의 백작령까지는 매우 멀다. 그만한 괴물이 이동하면 눈에 띄지 않을 수가 없다.

하지만 동시에 어떤 방식으로든 관련이 있다는 것 또한 확신했다. 괴물이 클라라를 직접 언급했으니 혹시 클라라가 용병들의 떼죽음에 관여했는지 알아봐야겠다.

"네가 여기서 아델을 지켜. 너만 믿는다. 얀."

**―걱정 마. 주인.**

론이 놀라 뒤돌았다. 눈이 마주친 늑대는 평소처럼 천진한 표정으로 고개를 갸우뚱했다.

'잠을 못 잤더니 환청을 듣나.'

나가려다가 멈칫, 그는 일부러 말을 붙였다.

"아무도 근처에 얼씬하지 못하게 해."

**―알았다. 주인.**

"……"

사람이 말하는 것과는 달랐다. 머릿속에서 소리가 울린다고나 할까. 약간 중성적이면서 남자의 음성에 가까웠다. 수컷이니 당연하겠지만.

"지금 네가 말한 거야. 얀?"

**—언제나 말했다. 들리게 하는 걸 알았다.**

마치 새로운 언어를 막 배우기 시작한 사람처럼 문장의 사용에 어색함이 있었다.

'놀랍긴 한데……'

론은 이 상황을 덤덤히 받아들이는 자신이 이상했다. 더는 놀랄 기운이 남지 않았나 보다. 죽은 줄 알았던 늑대가 되살아나고 아델이 다른 모습으로 변해 괴물을 처치하는 광경을 본 마당에 늑대가 말하는 것 정도가 뭐가 대수로운가.

늑대의 영민함이 워낙 특별해서 거죽을 벗기면 안에 사람이 들어 있지는 않을까 생각한 적이 종종 있었다. 그래서 그런지 '이 녀석이라면 언젠가는 말할 줄 알았어.'라고 납득하게 되었다.

돌아서서 나가는 등 뒤로 늑대의 경쾌한 목소리가 들렸다.

**—올 때 밥. 배고프다.**

론은 고개를 설레설레 내저으며 문을 열었다.

'저 녀석이 이제 말까지 한다고?'

말썽부리는 거로 끝나지 않고 말로 대거리까지 해대겠구나.

장차 벌어질 일을 생각하니 벌써 뒷골이 쑤셨다.

론은 응접실로 들어갔다. 그를 보자마자 소파에서 일어나는 아이작과 에릭, 두 사람을 보며 기분이 이상했다. 자신이 집주인이고 저들이 손님인 것 같다.

"에릭. 언제 왔나?"

"며칠 되었습니다. 험한 일을 겪으셨다고 들었습니다. 무사하셔서 다행입니다."

두 사람은 들어오는 길에 줄리오를 만났다. 줄리오는 모든 복잡한 정황을 단 5분 만에 핵심만 뽑아 정리하는 재주를 선보였다. 그리고 에릭이 전해 주는 이야기를 듣더니 말콤의 저택으로 달려갔다.

"성주님. 긴히 보고드릴……."

"괜찮다면 내가 설명해 드려도 되겠소?"

"아, 예. 그러십시오."

에릭은 아이작에게 양보하고 물러섰다.

"성주님께서 안 계신 동안 후작가에 침입자가 있었습니다."

아이작이 모든 상황을 시간의 순서에 따라 설명했다. 에릭은 일목요연하게 정리하는 후작의 말솜씨가 훌륭하다고 생각하는 한편으로 점점 뻘쭘한 기분이 들어 아이작과 론을 번갈아 보았다.

'어째 좀 묘하네…….'

분명히 성주님은 자신의 주군인데 마치 두 사람이 군신 관계인 것 같았다.

아이작의 태도는 좋게 말해 정중했고 삐딱하게 보면 저자세였다. 아이작을 아랫사람으로 대하는 성주의 태도도 자연스러웠다.

"그래서 지금 그 한 사람을 어찌하지 못하고 마법사들과 기사들이 대치하고 있다는 거요?"

"예. 안으로 들어가려 하지 않으면 먼저 덤비지 않습니다. 아직 총공격은 하지 않고 성주님을 기다렸습니다."

"나를?"

"성주님. 그자가……."

아이작은 잠시 말을 끊었다. 에릭은 솔깃한 표정으로 이어질 말을 기다렸다. 안 그래도 후작이 아는 사람인 것 같은 느낌은 받았지만, 도통 말을 하지 않아 궁금했다.

"하워드 경 같습니다. 아니, 틀림없습니다."

론은 빤히 아이작을 쳐다보았다. 자신의 귀를 의심했다.

"……지크?"

"예."

"지크 하워드. 하워드 경 말하는 건가?"

"예."

"정말 하워드 경이 살아……. 직접 가서 봐야겠다."

론이 벌떡 일어났다.

"그런데 알아두셔야 할 것이 있습니다. 하워드 경이 생각하시던 모습과 다를 겁니다. 제가 기억하던 하워드 경의 모습에서 전혀 달라지지 않았습니다. 실종된 때 그대로 이십 대 초반의 청년입니다."

인상을 쓰는 론을 보며 아이작이 말을 덧붙였다.

"하란의 마법사들 말로는 흑마법에 관련된 것 같다고 합니다."

마법에 대해서는 잘 모른다. 론은 적절한 조언을 줄 사람을 떠올렸다.

"줄리오는 어딨지?"

계속 소외되었던 에릭이 끼어들어 대답했다.

"현자님은 하란의 마법사들이 와 있다는 사정 이야기를 들으시더니 그쪽으로 가셨습니다."

세 사람은 그 자리에서 바로 일어나 말콤의 저택으로 향했다.

*　　*　　*

빛 한 점이 들어오지 않은 새카만 방. 원래 한 치 앞도 보이지 말아야 할 곳에 빛이 있었다. 완벽한 어둠 속에 작은 빛은 더욱 파괴적이었다.

—으으…….

카발은 어깨를 움켜쥔 채 거친 신음을 뱉으며 헐떡였다. 마치 깨지기 직전의 유리처럼 어깨부터 허리 부근까지 긴 실금이 그어져 그 사이에서 빛이 새어 나왔다.

**—이대로 끝날 순 없지. 이렇게는!**

카발은 분노를 담아 포효했다. 얼마나 오랜 시간을 인내하고 준비했던가. 사방이 낭떠러지인 좁은 길을 걷는 심정이었다. 딱 한 발만 더 가면 되는데 다리가 흔들리고 말았다.

카발이 고개를 들었다. 붉은 눈이 마력이 느껴지는 방향을 응시했다. 대단한 마법사들이 잔뜩 몰려왔나 보다. 마력의 흐름이 전혀 줄지 않았다.

마법사들은 카발이 만든 티움의 원석을 매우 요긴하게 사용 중이었으니 카발은 결과적으로 제 발등을 제가 찧은 셈이었다.

**—힘을 너무 소진했다.**

어둠의 기사를 만드느라 쓴 힘, 손상된 괴물의 육체를 조종하기 위해 억지로 더 끌어내 쓴 힘, 무엇보다도 빛의 공격이 가장 치명적이었다. 지금도 서서히 카발의 몸을 잠식하며 어둠의 기운을 모으는 것을 방해하고 있었다.

바깥에 모인 마법사들을 상대할 힘이 없다. 즉, 도망갈 길이 막혔다. 인간의 도움을 받아야 하는데 말콤은 지금 상황에서 아무것도 할 수 없을 것이다.

쉽게 조종하기 위해 별 볼 일 없는 자를 고른 게 패착이었나. 강력한 권력을 가진 인간을 부렸어야 했다.

**—마지막 방법은 육체 소멸인가.**

카발은 부들부들 떨리는 두 손을 꽉 쥐었다. 카발과 하나가 되기 전, 어둠은 인간의 욕망을 이용해 그들의 육체를 손에 넣기를 반복했다. 육체를 바꿔 타는 일은 계속 있었다.

이 육체는 그중 최고였다. 어둠에 굴복하지 않은 강인하고 깨끗한 영혼을 끝내 정복했을 때 어둠은 강력한 힘을 얻었다. 강대한 마력과 마법사로서의 지식이 모두 카발과 동화된 어둠의 것이 되었다.

하지만 어둠은 알지 못했다. 그 강력함이 오히려 독이 되었다는 것을. 어둠은 카발의 육체를 얻으며 정체성이 모호해졌다. 자신도 모르는 사이에 어둠은 자기 자신의 본질을 잊었다. 강력한 힘을 쥔 흑마법사에 가까운 존재가 되었다.

세상을 지배하는 가장 큰 질서, 빛과 어둠. 어둠이 그 자리를 잃으면서 세상의 질서에 종속되었다. 그 의미를 깨닫지 못한 게 가장 큰 패착이었다.

**—심장만 무사하면 된다.**

심장이 존재하는 한 신체는 소멸해도 언제나 재구성할 수 있다. 무척 많은 시간이 필요하지만, 더 완벽히 준비해서 다시 시작하면 그만이다.

**—이 몸이 마법사였으니 네놈들의 최후는 마법으로 장식해 주지.**

붉은 안광에 잔혹한 빛이 넘실거렸다.

*　　*　　*

**—지켜라.**

지크는 들려오는 명령에 복종했다.

**—나를 지켜라. 나의 기사 지크. 내가 너의 주인이다.**

"당신을 지킵니다. 무슨 일이 있어도."
나의 주군. 그분을 위해서는 목숨이 아깝지 않았다.
지인들은 그의 맹목적인 충성심을 이해하지 못했다. 그러거나 말거나 그들을 설득하려고 노력하지 않았다. 설득할 만한 거창한 이유 따위는 없었다. 주군으로 모시겠다고 마음을 정했고 정해진 주인은 끝까지 따른다. 그게 지크의 신조였다.

그는 양손에 각각 검을 쥐고 신전의 입구를 지키는 수호 석상처럼 굳건히 섰다. 적이 경계선을 침범하는 순간 그의 검은 자비가 없을 것이다.

그는 어둠을 꿰뚫어 저만치 떨어져 모여 있는 적들을 노려보았다. 아까부터 계속 정체 모를 덩어리가 돌아다니며 시야를 어지럽혔다.

지크는 이곳이 암흑이라는 것도, 돌아다니는 덩어리가 자신의 주변을 맴도는 빛이라는 것도 알아차리지 못했다.

"하워드 경!"

지크의 미간이 꿈틀했다.

'또 그자인가.'

알시온으로 돌아올 수 있도록 도움을 준 용병을 떠올렸다. 그자가 적의 편이 되어 나타나 아는 척을 할 때는 적잖이 유감이었다. 괜찮은 사람이라고 생각했는데.

적의 교활함에 이가 갈렸다. 짧은 인연까지 끌어내 자신을 회유하려 하다니. 줄리오에게 도와준 은혜를 갚겠다고 말했지만, 이런 식은 아니었다. 주군을 지키는 일보다 우선할 수 있는 것은 없었다.

"하워드 경. 오랜만입니다."

적의 수작에 말려들지 않기 위해 지크는 전혀 대응하지 않았다. 그런데 목소리가 달랐다. 줄리오가 아니라 다른 사람인 것 같다.

"하워드 경. 기억하십니까? 아이작입니다."

"……아이작? 후작가의 애송이 도련님?"

조용하던 적들이 웅성거렸다.

"말을 하다니."

"대화가 통하는 건가?"

"조종당하는 게 아니었어?"

잔뜩 긴장했던 아이작은 헛웃음을 흘렸다.

"애송이라니요. 말이 심합니다. 이제 그런 말을 들을 나이가 아닙니다."

"그래 봤자……."

"우리는 십이 년 만에 보는 겁니다. 그동안 어디 계셨습니까?"

"……."

지크는 입술을 꽉 물었다. 두근두근, 심장이 뛰었다. 갑자기 혼란스러워졌다. 무척 오랜만에 알시온으로 돌아왔다. 그런데 그게 12년이나 되었나. 알시온을 떠나 있는 동안 어디에 있었더라. 아이작의 질문에 답할 말이 떠오르지 않았다.

"아버지의 뒤를 이어 내가 후작이 되었습니다. 이젠 하워드 경이 날 윗사람으로 대해야 할 겁니다."

농담 같은 말에도 지크는 웃을 수 없었다. 주군을 졸졸 따라

다니던 펠릭스 후작의 아들이 후작이 되었다고 하니 세월의 흐름이 실감 났다. 혼란은 잠깐이었고 분노가 치밀었다.

"너. 배신한 건가?"

"무슨 말입니까?"

"왜 그쪽에 있나. 놈들 편에 서서 무슨 수작을 부리는 거냐. 네가 신의는 아는 사람이라고 믿었다."

"그러는 하워드 경은 왜 그쪽에 있습니까?"

"무슨 헛소리냐?"

"대답해 보시지요. 무엇을 지키려는 겁니까?"

"당연히 내 주인을 지키는 것이지!"

"주인이 누군데요?"

"객쩍은 소리 지껄이지 말고!"

지크는 버럭 소리쳤지만, 그의 눈동자는 사정없이 흔들리고 있었다. 그의 한쪽 손이 검을 놓쳤다. 그 손으로 숨이 막힐 것처럼 답답한 가슴을 움켜쥐었다.

또 시작이다. 주인의 모습을 구체적으로 떠올리려 하면 머릿속이 안개가 낀 것처럼 어지러웠다. 그는 가쁘게 호흡했다.

"내 주인은……."

"우리는 같은 분을 주인으로 모셨습니다. 하워드 경의 마음은 변했습니까?"

"변하지…… 않았다."

아이작이 한 발 앞으로 다가오는 모습을 보고 지크는 재빠르게 떨어진 검을 주워 공격하려는 자세를 취했다. 그의 동공에 아주 희미하게 보라색 기운이 감돌다가 사라졌다.

"오면 죽인다."

"하워드 경. 경이 지켜야 할 분은 여기 계십니다."

아이작이 물러서며 다른 사내가 앞으로 나왔다. 지크는 검을 겨눈 채 눈살을 찌푸렸다. 얇은 막을 덧씌운 것처럼 제대로 보이지 않았다.

다시 혼란이 찾아왔다. 지금껏 적들을 앞에 두고 있었다고 생각했는데 적이 누군지 모르겠다. 모여 있는 무리의 전체적인 형태만 보일 뿐 생김새가 또렷이 보이지 않았다.

"하워드 경."

새로 등장한 사내가 말했다. 목소리는 낯설었다.

론은 어둠 속에 홀로 서 있는 기사가 지크라는 사실이 놀라우면서 서글펐다.

'대체 무슨 일이 있었던 거지? 지크.'

바깥이 대낮인데도 이곳은 여전히 빛이 새어 들지 않는 깊은 땅속의 갱도처럼 깜깜했다. 마법사들이 던지는 빛의 구는 주변을 밝히지 못하고 반딧불처럼 돌아다녔다. 수십 개의 빛이 지크의 주변을 맴도는데도 간신히 얼굴의 일부분만 드러났다.

하지만 그것만으로 충분히 알아볼 수 있었다. 아이작의 말처럼 지크는 마지막으로 기억했던 모습 그대로였다.

론은 목이 메어서 마른침을 삼켰다. 살아 있는 지크를 다시 만나게 되다니.

"나는 그대에게 가끔 물은 적이 있지."

왕국 최고의 기사가 자신의 곁에 있다는 게 믿기지 않았다. 고마우면서도 안타까웠다. 대단한 인재가 자신의 곁에서 제대로 피지 못하고 봉우리로 시들어 버릴까 봐 걱정되었다.

「하워드 경. 내 이름이 뭔가?」

왕실의 애물단지에 불과한 자신의 처지를 알고 있는 거냐고, 난 너에게 부와 명예를 주지 못한다는 이죽거림이자 퉁명스러운 어리광이었다.

그러면 지크는 '감히 왕자님의 존함을 어찌……' 하면서 발을 뺀 적이 한 번도 없었다. 뻔뻔스러울 정도로 당당하게 대답했다.

「로건 밀라우스.」

"하워드 경. 내 이름이 뭔가?"

"……."

지크는 와락 인상을 찡그렸다.

'기억나.'

어렴풋이, 아니 더욱 뚜렷이 살아났다. 남들이 들으면 알지 못하는 짧은 선문답이었다.

대화에 담긴 의미는 두 사람만 알았다.

'그때 내 대답은…….'

지크는 들고 있던 검을 모두 놓쳤다. 두 손으로 머리를 움켜쥐며 바닥에 무릎을 꿇었다. 머릿속이 터질 것 같았다. 기억해라, 기억하지 마라, 두 개의 강렬한 명령이 충돌했다.

"모두 조심해!"

데보라가 경고했다. 지크의 주변을 도는 빛의 구가 하나씩 어둠에 덥석덥석 삼켜지는 모습이 보였다. 암흑보다 더 새카만 암흑이다. 논리적으로 가능하지 않지만, 그게 느껴졌다.

예민한 일부의 마법사들이 코를 움켜쥐고 뒷걸음질 쳤다. 하지만 곧 소용없다는 걸 알게 되었다. 후각으로 느끼는 악취가 아니었다.

"성주님. 위험합니다."

"뒤쪽으로 피하셔야 합니다."

론은 여러 명이 동시에 달려들어 잡아끄는 힘을 뿌리칠 수 없었다. 지크를 구하고 싶다. 겨우 다시 찾은 기사를 또다시 잃을 수는 없었다. 하지만 방법을 모르겠다. 로건은 애타는 마음으로 소리쳤다.

"로건 밀라우스! 내가 너의 주인이다, 지크!"

고통스럽게 몸부림치던 지크의 움직임이 멈추었다. 천천히 고개를 드는 지크의 눈동자 속에는 사막에서 오아시스를 찾은 자처럼 희열이 가득했다. 드디어 기억이 났다.

"로건 밀라우스……."

론을 잡아끌던 사람들이 멈칫했다. 론은 그들을 뿌리치고 지크에게 성큼성큼 다가갔다. 뒤에서 다급히 그를 부르는 소리가 들렸지만, 지금 론은 아무것도 두렵지 않았다. 지크가 절대 자신을 해칠 리 없다는 강한 믿음이 있었다.

지크는 바닥에 무릎을 꿇은 자세로 자신에게 다가오는 사내의 모습을 아래부터 위까지 시선을 따라 훑으며 고개를 들었다. 올려 봐서 그런지 장신의 사내는 더 커 보였다. 지크가 기억하는 주인은 작고 약한 소년이었다.

"……제가 기억하는 모습이 아니군요."

론은 피식 웃었다.

"십이 년이 지났다고. 날 둘러업고 뛰던 그 날의 그대보다 이제 내 나이가 더 많아."

지크의 동공이 크게 확장되었다. 그는 머릿속에서 쩡, 하고 깨지는 소리를 들었다. 멍하게 론을 바라보는 지크의 주변에서 서서히 어둠이 흩어졌다.

사람들은 가시거리가 점점 넓어지는 것을 느끼며 두리번거렸다. 자신의 손바닥이 보이는 게 신기해서 들여다보는 자도 있었다.

눈을 꽉 감은 지크의 온몸이 부르르 떨렸다. 머릿속을 잔뜩 채우고 있던 안개가 사라지는 느낌이 왔다.

지크는 눈을 떴다. 드디어 모든 게 또렷이 보였다. 체한 것처럼 답답한 가슴속이 뻥 뚫렸다. 기억하는 모습에서 많이 달라졌지만, 눈앞의 사내는 자신의 주인이 틀림없었다.

*　　*　　*

　—크억!

　비명을 지르며 카발은 풀썩 쓰러졌다. 잠시 후 카발은 느릿하게 몸을 일으켰다. 머리를 움켜쥐고 으으, 하고 신음을 흘렸다.

　"꼴좋다. 놈."

　카발은 킬킬거렸다. 애써 만든 어둠의 기사가 속박에서 벗어났다. 강대한 힘을 잃은 충격으로 어둠이 잠시 약해진 틈을 타 카발의 영혼이 비집고 나올 수 있었다.

　카발의 영혼은 어둠이 눈치채지 못하게 깊은 밑바닥 속에 숨을 죽이고 숨어 있었다. 어둠이 자신의 존재를 눈치챘다면 진즉 소멸당했을 것이다.

　그는 제 두 손을 내려다보며 음울하게 중얼거렸다.

　"돌이키기엔 늦었지."

　몸은 빼앗기고 영혼은 강제로 어둠에 먹혔다. 기적처럼 어둠을 떼어내는 데 성공해 봤자 너덜너덜해진 육체와 영혼으로는 고작해야 숨 한 번 쉴 시간도 견디지 못할 것이다.

　구차하게 삶에 미련은 없었다. 오직 원하는 것은 한 가지.

"르웨나……."

아주 사소한 것이라도 좋다. 그녀의 소식을 들을 수 있다면 바랄 게 없었다.

그녀는 어떤 삶을 살았을까. 그녀가 모두 다 잊고 행복해지기만 바랐던 간절한 기도를 하늘이 들어주었을까. 이제 와 그것은 알아 봤자 자기만족일 뿐이라는 것은 안다. 어리석다고 해도 할 수 없지만, 카발에게 남은 유일한 소망이었다.

카발은 고개를 들어 주변을 둘러보며 혀를 찼다.

"또 무슨 흉악한 짓을 꾸미는 거냐."

독특한 형태의 문자가 실체를 갖추어 공중에 둥둥 떠다녔다. 한 글자, 혹은 단어, 혹은 긴 문장이기도 했다. 그들은 긴 띠의 형태를 이루어 방 안을 가득 채웠다.

"소멸 마법."

고차원적인 흑마법이다. 다른 갈래의 마법으로는 구현할 수 없는, 매우 파괴적인 위력을 지녔다. 이 마법의 무서운 점은 대상을 흔적 없이 소멸시킨다는 것이다. 흔적이 없으니 증거도 없다.

이 방 안을 가득 채울 정도로 복잡하고 긴 주문이라면 아마 이 방을 중심으로 도시 하나 정도는 날아갈 것이다. 셀 수 없이 많은 인간이 죽을 것이고 그들의 죽음으로 파생되는 고통과 절망은 어둠에 힘을 보태 줄 것이다.

"내 마법을 멋대로 쓰는군."

카발은 한숨을 내쉬었다. 얼마나 많은 인간이 죽건 감흥이 없었다. 살아생전에도 어쭙잖은 영웅 놀이를 같잖다고 생각했다. 산 것도 죽은 것도 아닌 상태가 된 지금에 이르러 새삼 구세주가 되려는 마음은 없었다.

그의 품에서 뭔가가 툭 떨어져 바닥에 또르르륵 굴러갔다. 카발이 그것을 주워 들여다보았다.

"아⋯⋯."

그의 호흡이 거칠어졌다.

「나중에 더 근사하게 만들어 줄게.」

멋쩍게 내민 반지를 받은 그녀가 활짝 웃었다.

「이것도 아주 근사한걸.」

그녀는 바로 손가락에 끼웠다. 하얗고 가느다란 손가락에 멋없이 밋밋한 까만 반지가 무척 투박해 보였다. 기뻐하는 그녀의 반응이 오히려 민망했다.

「그냥 다시 만들어서⋯⋯.」

그녀는 손을 잽싸게 피해 등 뒤로 돌렸다.

「정말 마음에 들어. 고마워. 이렇게 멋진 선물은 처음이야.」

카발은 두 손으로 반지를 쥐어 가슴으로 끌어안고 눈물을 뚝뚝 흘렸다. 이 반지를 목에 걸고 있었던 청년이 떠올랐다. 청년이 누구인지는 모르지만, 반지를 갖고 있다는 건 르웨나와 관련이 있다는 뜻이다.

카발은 반지를 다시 살펴보았다. 반지에 걸려 있는 마력의 흐름이 눈에 보였다. 카발은 대마법사로 불리는 하란이 감탄할 정도의 재능과 능력을 지닌 마법사였다. 하란은 카발이 같은 나이 때의 자신을 이미 훨씬 뛰어넘었다고 인정했다. 더구나 마법 물품의 제작은 카발의 특기였다.

그는 반지에 자격을 제한하는 마법이 걸려 있음을 눈치챘다. 그게 의미하는 것이 무엇인지도 알아차렸다.

"나와 르웨나의 아이들이 살아가고 있는 건가."

가슴이 벅차올랐다. 그리고 만날 수 없는 자신의 처지를 떠올리며 안타까운 한숨을 내쉬었다.

"봉인 마법……."

그는 반지에 걸린 또 다른 마법도 읽었다. 손으로 왼쪽 가슴께를 문지르며 중얼거렸다.

"심장."

그녀에게 준 자신의 심장. 어둠의 유일한 약점. 이 반지에 연동된 봉인 마법을 거슬러 타고 가면 심장의 위치에 닿을 수 있다.

카발은 반지를 바라보며 회한에 빠져들었다. 르웨나는 마법을 쓰지 못하니 르웨나가 살아갈 수 있도록 뒤를 봐준 사람이 누구인지 알 수 있었다.

"아버지……."

끝내 한 번도 아버지라고 부르지 않은 그때 자신의 고집스러움이 원망스러웠다. 왜 그렇게 아집에 사로잡혀 있었을까.

카발은 지금 자신이 해야 할 일을 깨달았다. 이 세상 어딘가에 그녀의 아이가 살아가고 있다. 어둠이 세상을 파괴하도록 내버려 둘 수 없었다.

그는 공중에 떠다니는 마법 주문을 훑어보며 의미심장하게 웃었다. 어둠이 눈치채지 못하도록 주문에 살짝 손대는 것은 아주 간단했다.

소멸 마법의 대상을 심장으로 바꿀 것이다. 그게 영원한 자신의 소멸로 이어진다고 해도 상관없었다.

"드디어 찾았다. 내가 지금껏 끈질기게 버틴 이유를."

바로 이 순간을 위해, 자신의 손으로 자신의 종말을 이루기 위해서였다.


푹 숙이고 있던 카발의 고개가 위로 올라갔다. 붉은 두 눈이 형형하게 빛났다.


━으아아아악!


카발은 분노에 찬 소리를 질렀다.

**―전부 소멸시켜 버리겠다!**

공중에 떠도는 마법 주문을 보며 빠드득 이를 갈았다. 주문의
완성이 머지않았다. 카발의 손이 지나가는 자리에 글자가 형상
화되어 주문의 뒤에 덧붙었다. 마지막 글자까지 만들어 낸 후 음
산하게 클클 웃었다. 카발은 양손을 위로 번쩍 들어 올리며 외쳤
다.

**―소멸하라!**

마법 주문이 서서히 움직이기 시작했다. 흐뭇하게 바라보던
카발의 붉은 안광이 흔들렸다. 마법 주문이 한 줄기의 회오리가
되어 카발에게 덤벼들었다.

**―끄억!**

카발은 텅 빈 가슴을 움켜쥐며 주저앉았다. 심장이 비어 있는
자리에 작은 구멍이 생겼다. 그리고 구멍은 주변을 빨아들이며
면적을 넓혔다.

구멍의 안쪽은 어둡기도 하고 밝기도 했다. 아무것도 존재하
지 않는 무(無)의 공간이었다. 저 안으로 끌려 들어가면 끝이었
다. 대단히 밀도가 높은 구멍은 주변의 모든 것을 잡아당겼다.

흡입력을 가진 구멍이 작고, 삼키려는 대상의 부피가 크면 대개는 구멍을 막아 버리게 된다. 그러나 흡입력을 견딜 만한 내구성을 갖추지 못하면 오히려 부서져 삼켜진다.

왼쪽 가슴을 중심으로 카발의 몸은 구겨지는 종이처럼 욱여넣어졌다.

**─안 돼에에에!**

구멍은 처절한 비명의 마지막 메아리까지도 전부 삼켜 버렸다. 사람의 주먹 하나는 들어갈 정도까지 커졌던 구멍이 서서히 좁혀지다가 완전히 사라졌다. 아무 일도 없었던 것처럼 평화로운 적막이 찾아왔다.

얼마 후, 문이 벌컥 열렸다. 열린 문 사이로 들어오는 빛이 안으로 새어 들어왔다. 조심히 안을 살피던 데보라는 별다른 수상한 기척이 느껴지지 않자 안으로 들어왔다.

그녀는 한 손으로 빛의 구를 만들었다. 마법으로 만든 등이 방 안 구석구석을 전부 비추었다. 좁은 방이라 살피고 말고 할 것도 없었다. 방 안에 있는 물건이라고는 방의 가운데에 놓인 테이블과 의자뿐이었다.

"취조실일까요? 중요하게 쓰인 곳 같지는 않은데요."

데보라의 뒤를 따라 들어온 마법사가 말했다.

"대현자님!"

바깥에서 자신을 찾는 소리를 듣고 데보라는 몸을 돌렸다. 그러다가 다시 뒤돌아 허리를 굽혔다. 바닥에서 주운 것을 보며 고개를 갸웃했다.

"이게 왜 여기 있지."

레바스 가문의 신물, 까만 반지였다.

* * *

몸이 가볍게 떠다닌다. 아델은 전에도 비슷한 경험을 몇 번 한 적이 있었다. 그래서 이게 현실이 아니라는 것을 알았다.

'여기는 어디지?'

생각하자마자 주변이 보이기 시작했다. 수풀이 무성하게 우거진 숲이었다. 그립고 익숙한 느낌을 받았다. 그녀의 머릿속에 숲의 구조가 그려졌다. 이곳은 붉은 호수의 숲이었다.

그녀는 나무가 뿜어내는 싱그러운 기운에 흠뻑 취해 콧노래를 흥얼거리며 바람을 타고 날아다녔다. 가끔 새소리만 들릴 뿐 숲은 조용하고 평화로웠다.

"꺄아아악!"

어디선가 들려오는 날카로운 비명이 순식간에 긴장감을 불러일으켰다. 고요한 숲의 분위기가 스산하게 뒤바뀌었다. 아델은 소리가 들려오는 방향으로 날아갔다. 해가 지는 것도 아닌데 주변이 어두워지는 느낌을 받았다. 그리고 그녀는 거대한 괴물이 앞발을 휘두르는 광경을 보았다.

발톱이 소년의 등을 할퀴고 지나갔다. 고급스러워 보이는 셔츠가 순식간에 피로 물들었다.

"저하!"

힘없이 쓰러지는 소년에게 달려든 사내가 다급히 소년을 업고 달리기 시작했다. 소년의 머리카락은 푸른색이었다.

'……론?'

갑자기 기억이 쏟아져 들어왔다. 갑자기 나타난 괴물, 달려가는 늑대의 등에서 바라본 그의 모습, 그에게 돌아가야 한다며 주저앉아 울던 자신. 잠시지만, 그 모든 일을 잊었던 걸 믿을 수가 없었다. 현실로 돌아가야 한다. 당장!

눈을 감았다가 떴더니 주변이 바뀌었다. 소녀의 취향으로 예쁘게 꾸며진 침실이었다. 아델이 레바스 성의 남쪽 탑에서 지낼 때 사용하던 침실의 모습 그대로였다. 아델은 침대에 앉아 있었고 바로 앞에 소녀 아델이 앉아 그녀를 바라보았다.

아델은 정령을 보자마자 화가 치밀었다.

"너!"


「그는 무사하다.」


당장 달려들 것처럼 손을 뻗은 아델이 멈칫했다.

"정말? 어떻게? 그 괴물은?"

『내가 처리했다.』

아델은 긴 안도의 숨을 내쉬었다. 그리고 자신의 두 손을 보고 움찔 놀랐다. 요리조리 손바닥을 돌려보다가 두 다리도 쭉 펴보았다. 그녀의 몸이 다시 어려져 있었다.

"내 몸이 왜 이래?"

『넌 지금 인간과 인간이 아닌 것의 경계에 서 있다. 내가 강제로 너와 동화했기 때문이다.』

아델은 말없이 입술만 꾹 물었다.

『의외구나. 날 비난할 줄 알았더니.』

"론이 무사하다니까 됐어. 내가 원한 일이야."
정령은 아델을 물끄러미 보다가 가볍게 웃었다.

『참 이상하다. 인간은 한없이 이기적이다가도 남을 위해 숭고해지기도 한다. 정말 빛과 어둠을 모두 품은 존재로구나.』

"내게 하는 말이라면 적절한 비교는 아닌 것 같아. 난 완전한 인간이 아니잖아."

『너는 이미 인간이다. 인간들의 의학적인 개념에 의하면 잠시 부작용을 겪고 있을 뿐이지. 하지만 내 흔적을 완전히 지워 버리기는 어려울 거다.』

무표정하게 말하는 정령의 말투가 어딘지 모르게 쓸쓸하게 들렸다.

"널 아예 지우고 싶다는 건 아니야. 네가 없었다면 나도 없었겠지. 널 부정할 생각 없고 널 싫어하지도 않아."

정령은 말없이 엷게 웃었다.

"난 언제까지 여기 있어야 해?"

『돌아가고 싶으냐?』

"응. 론이 괜찮은지 직접 보고 싶어."

『좀 더 참아라. 넌 지금 경계에 서 있다고 말했다. 지금 너는 치료 중이다.』

아델은 시무룩하게 고개를 끄덕였다. 론이 보고 싶다. 다른 사람은 다치지 않았을까. 얀은 괜찮을까. 그는 겉으로는 냉정해 보여도 무척 상냥한 사람이었다. 가까운 사람이 다치면 몹시 가슴 아파할 것이다.

"붉은 호수의 숲은 네가 찾던 곳이 맞지?"

『맞다.』

"내게 숲에 데려다주기만 하면 된다고 했잖아."

『숲이 변했다. 내가 있을 곳이 없어졌다.』

숲을 지키던 마지막 정령이 떠난 순간부터 숲은 천천히 변하기 시작했다. 변화를 가속하는 결정적 역할을 한 것이 알시온에서 출발한 사절단의 몰살이었다.

어둠이 조종하는 괴물이 날뛰며 살생을 했다. 죽어 가는 자들의 절망이 숲의 순수함을 훼손시켰다. 어둠은 쓰임을 다한 괴물을 숲의 가장 깊은 곳에 자리 잡은, 정수라고 할 만한 호수 안에 던져 넣었다. 근원이 오염된 것이다.

"그럼 어떡해?"

『괜찮다. 내가 덧없는 욕심을 부린 거다.』

정령이 손을 뻗어 아델의 정수리를 쓰다듬었다. 아델의 눈이 커졌다. 이런 식의 친근한 접촉은 처음이었다.

『네가 해 줘야 할 일이 있다』

\*　　　\*　　　\*

우드 공작가에 병사들을 앞세워 기사들이 들이닥쳤다. 늦은 오후, 일과를 마무리하는 가장 느슨해지는 시간에 벌어진 일이었다. 병사들은 우왕좌왕하는 공작가의 식솔들을 제압하고 기사들은 공작가의 기사들을 상대했다.

수도방위군의 사령관이 직접 지휘한 모든 과정은 거침이 없었다. 집무실에 있던 우드 공작이 소란을 알아차리기 전에 이미 상황이 끝났다.

우드 공작은 집무실의 문을 덜컥 열고 들어오는 사령관을 봤을 때는 의아해했다. 하지만 뒤따라 들어오는 기사가 집사를 죄인처럼 팔을 뒤로 꺾어 잡은 모습을 보며 표정을 일그러뜨렸다.

"무슨 짓인가!"

"폐하의 명을 받들어 수색하겠습니다."

사령관은 기사들에게 명령했다.

"뒤져라."

"예!"

"이게 무슨……. 사령관!"

사령관은 우드 공작의 성난 외침을 들은 척하지 않았다. 두 손을 허리에 얹고 집무실을 수색하는 기사들의 움직임을 눈으로 좇으며 공작에게는 눈길도 주지 않았다.

우드 공작의 두 손이 부들부들 떨렸다. 이런 치욕은 처음이었다. 자신은 나라 최고의 권세를 지닌 가문의 주인으로 왕비의 아버지이자 왕의 장인이다.

나라의 주인은 왕이라지만, 왕궁에서 생활하는 왕을 직접 볼 수 있는 자격을 가진 자는 드물었다. 왕에게 전하고 싶은 말이 간절한 자들은 소수의 권력자를 찾아다닐 수밖에 없다. 그런 의미에서 우드 공작은 수도에서 왕에 버금가는 권력을 누렸다.

'어찌 폐하께서 내게 이런…….'

체면이 말이 아니게 되었다. 왕의 한마디에 기사들이 들이닥쳐 집안을 뒤진다면 누가 공작의 권위를 우러러보겠는가.

"찾았습니다!"

홱 고개를 돌린 우드 공작의 눈이 당혹스럽게 흔들렸다. 누구도 몰라야 하는 비밀 금고의 문이 활짝 열려 있었다.

'어떻게 저것을!'

금고는 며칠에 걸쳐 샅샅이 뒤져도 찾지 못할 만큼 은밀한 곳에 있었다. 찾았다 해도 함부로 열 수 없다. 정해진 방법대로 열지 않으면 안에 든 물건을 파괴해 버린다.

당황하는 우드 공작을 독이 오른 눈으로 노려보는 사내가 있었다. 사내는 비밀 금고를 찾아내어 여는 방법을 알기 때문에 오늘 이 자리에 동행했다.

사내의 아버지는 최고의 금고 제작자였고 우드 공작가에 금고를 만들러 다녀온다고 나간 후 돌아오지 않았다. 그 후 집에 불이 나 다른 가족은 죽고 사내 혼자 살아남았다. 사내는 자신의 생존 사실을 숨긴 채 이를 갈며 복수의 날만 기다렸다.

'원통하게 죽은 우리 가족이 이제 눈을 감을 수 있겠지.'

사내는 뜨거워지는 눈시울을 손등으로 문질렀다.

기사가 금고의 내용물을 전부 꺼내 상자에 담았다. 상자를 인계받는 사령관에게 우드 공작이 다급히 다가섰다.

"사령관. 잠깐 나와 이야기 좀 하세."

입안이 말랐다. 금고에 뭐가 있는지 전부 기억나지 않았다. 그만큼 남들의 눈에 보이기 껄끄럽다 싶은 것은 모조리 비밀 금고 안에 넣어 두었다.

"폐하의 명입니다. 부르심이 있을 때까지 저택 밖으로는 한 발자국도 나오지 마십시오. 공작가의 기사들은 모두 구속했습니다. 딴생각은 하지 않는 게 좋을 겁니다."

사령관의 태도는 냉랭했다. 협상은커녕 제대로 말을 들어 줄 기색이 없었다.

"이보게. 무슨 일 때문에 이러는지는 알아야 하지 않나."

우드 공작은 자신을 쏘아보는 사령관의 눈빛에 움찔했다. 사령관에게 전에 무슨 실수한 일이 있었는지 다급히 기억을 되짚었다. 아주 돈독하지는 않았어도 섭섭하게 대우한 적은 없었다.

"폐하께서 우드 공이 묻는 말에 대답해 주라고 하셨으니 말씀드리지요. 며칠 전부터 왕비님은 구금 중입니다."

우드 공작의 눈이 확 커졌다. 딸을 못 본 지 며칠 되었다. 어제는 만나러 갔다가 낮잠을 주무신다고 해서 돌아 나왔다.

왕비의 격리는 조용하고 신속히 이루어졌다. 왕은 환궁하는 즉시 왕비를 궁의 외곽에 있는 별궁에 강제로 옮겨 가두라고 지시했다. 왕비의 외부 일정은 그럴듯한 이유로 모두 취소했다.

클라라는 일 년에 한두 번씩 모든 일정을 미루고 며칠 왕비궁에 틀어박혀 푹 휴식을 취하곤 했다. 그래서 우드 공작은 이상하게 생각하지 않았다.

"왕비님을 구금하다니? 대체 왜? 폐하께서 이러실 수는 없네. 지금 폐하를 뵈러 가는 건가? 나도 가서 봬야겠네."

"공을 모셔오라는 말씀은 없으셨습니다."

"대관절 내 딸이 무슨 죄를 지었다고 이러는 건가! 왕비님은 왕자님을 둘이나 낳으셨네. 이런 짓을 하고 장차 후환이 없을 줄 아는가?"

"왕비님은 폐하를 시해하려 했습니다!"

우드 공작은 주름진 눈을 느릿하게 감았다가 떴다.

"……뭘 해?"

"왕비님은 암살자들에게 폐하를 시해하라고 사주했습니다."

"그럴…… 그럴 리가. 이건 모함이네. 뭔가 잘못 알고 있는 거야."

"모함인지 아닌지는 폐하께서 판단하실 겁니다. 명백한 증거
가 여기 있다고 들었습니다."

사령관이 들고 있는 상자를 혼들었다.

"가자."

"잠깐 기다리게!"

우드 공작이 돌아서는 사령관의 등에 대고 외쳤지만, 그대로
기사들과 나가 버렸다.

'시해라니. 대체 이게 무슨 일이냐.'

아무리 생각해도 짚이는 구석이 없었다. 비밀 금고에 뒤가 찜
찜한 물증을 이것저것 넣어 두었지만, 왕을 해치려고 한 적은 단
연코 없었다. 딸이 왕비이고 손자가 왕위 계승권자였다. 가만히
있으면 순리대로 이루어질 영광을 망칠 이유가 없지 않은가.

불안하게 서성거리는 공작에게 집사가 쭈뼛거리며 다가갔다.

"주인님. 드릴 말씀이 있습니다."

"뭐냐."

"일전에 왕비님께서 보낸 시녀와 만난 적이 있습니다."

집사가 하는 말을 들으며 공작의 안색이 시시각각으로 변했
다. 휘청이는 공작을 집사가 곁에서 부축했다.

"……이렇게 끝나는가."

창백해진 공작의 안색이 초췌했다. 순식간에 10년의 세월을
맞이한 것처럼 주름이 더 깊이 패었다. 그는 정성스레 쌓아온 것

들이 와르르 무너지는 환상을 보았다. 정통 있는 우드 가문의 명예가 하루아침에 곤두박질치고 존속 자체를 걱정하게 될 지경에 이르렀다.

'왜 그랬니. 클라라. 왜……'

끝내 공작은 바닥에 주저앉았다. 망연자실하게 넋을 놓은 공작을 바라보는 집사의 안색도 시커멓게 죽었다. 평생을 공작가에 몸 바쳐 살았으니 공작가의 몰락은 곧 자신의 몰락이었다. 집사는 다가올 자신의 암울한 미래를 떠올리며 질끈 눈을 감았다.

*      *      *

죽의 자의 기억을 읽는 마법이 만능은 아니었다. 죽은 자가 아는 게 없으면 건질 것도 없다.

그런데 운이 좋았다. 죽은 자 중에 암살 조직의 우두머리가 있었을 줄이야. 줄리오는 암살 조직에 대한 모든 핵심 정보를 싹싹 훑어 낼 수 있었다.

워낙 대단한 정보들이라 아이작은 줄리오에게 함께 궁으로 가자고 권유했다. 왕의 앞에서 직접 알게 된 내용을 말해 달라고 했다.

왕에게 알아낸 모든 것을 다 밝히고 후작가의 저택으로 귀가하는 마차 안에서 줄리오는 잠시 생각에 잠겼다가 겸연쩍게 말했다.

"근데 국왕님께 약간 거짓말을 했는데, 괜찮을까?"

론과 아이작이 휙 고개를 돌려 줄리오를 보았다.

"거짓말이라니?"

"음……."

줄리오가 턱밑을 긁적였다.

"사실은 왕비가 암살을 의뢰한 대상이 국왕이 아니라 너였어."

기가 막혀 말이 나오지 않았다. 론은 어이없다는 눈으로 줄리오를 쳐다보았다. 어쩐지 이상했다. 노리는 대상이 정확히 자신인지 아델인지가 불명확했을 뿐 암살자들의 목표는 뚜렷했다.

줄리오는 최종 목표는 국왕이었고 방해가 될 자들을 먼저 치우기 위해 론의 일행을 공격했다고 왕에게 말했다. 굉장히 빈틈이 많은 진술인데도 이의를 제기하는 자가 없었다.

죽의 자의 뇌를 직접 읽었다는 마법은 그만큼 강력한 신뢰감을 주었다. 당연히 줄리오가 거짓말을 할 리가 없다고 사람들은 은연중에 믿었다. 그리고 왕뿐만 아니라 당시 현장에 있던 사람들은 모두 줄리오의 마법에 깊은 감명을 받은 것 같았다. 줄리오를 대하는 시종장의 태도가 유난히 나긋나긋했다.

"대체 왜 그런 거짓말을?"

"열 받잖아."

줄리오가 팔짱을 끼며 인상을 찌푸렸다.

"그 여자는 자신이 저지른 짓의 대가를 톡톡히 치러야 해. 한

두 사람이 죽은 게 아니야. 다행히 국왕도 너도 무사하지만, 죽은 다른 사람들은? 그들은 억울하게 휘말려 죽었어. 널 죽이려고 했다는 것보다는 왕의 암살을 모의한 혐의가 더 무겁게 처벌받겠지. 그래서 거짓말했다."

"……."

줄리오는 아이작을 보며 의견을 구했다.

"후작님 생각은 어때요?"

아이작은 망설임 없이 고개를 끄덕였다.

"잘하셨습니다."

"역시. 후작님은 참 생각이 트인 사람이라니까요. 돌아가서 진술을 번복해야 하는 건 아니지요?"

"그러실 필요 없습니다."

론은 장단이 잘 맞는 두 사람을 말없이 보다가 차창 밖으로 시선을 돌려 버렸다.

'사실은 심장이 떨려 죽는 줄 알았다고.'

줄리오는 내색하지 못하고 속으로만 구시렁거렸다. 그는 소심한 평민이었다. 왕의 앞에서 거짓말은 굉장히 부담스러웠다. 거짓말 할 수밖에 없는 이유가 있었다.

줄리오는 기억을 읽기 위해 늑대의 우리로 개조한 후작가의 별채를 빌렸다. 주변에 누가 접근하지 못하게 단속하기 좋고 본채로부터 외따로 떨어져 있어서 아주 적절했다.

암살자의 뇌를 뒤져 기억을 거의 읽었을 무렵에 지크가 찾아왔다.

　「궁금해서 왔습니다. 마법사님.」

　지크라면 믿을 만한 사람인 데다가 자신이 알아낸 정보에 흥
분한 줄리오는 주절주절 마구 떠들었다. 지크는 전부 다 듣고
난 후에 묘하게 웃었다.

　「그 여자가 또.」

　중얼거리는 목소리는 차분했지만, 잔뜩 날이 선 느낌을 받았
다.
　진술하러 왕을 만나러 가기 직전에 또다시 지크가 찾아왔다.

　「마법사님. 폐하를 뵈러 간다고 들었습니다.」
　「예. 하워드 경은 함께 안 가요? 론은 같이 갈 건데요.」
　「아쉽지만, 주군의 호위는 코우 경에게 맡겨야겠습니다.
　지금 왕의 얼굴을 봤다가는 목을 조를 것 같거든요.」

　태연한 표정으로 참 무서운 말을 한다고 생각했다.

　「부탁이 있습니다. 진술 내용을 조금만 바꿀 수 있을까

요?」

　「……거짓말을 하라는 겁니까?」

　「거짓말이라니요. 약간 덧붙일 뿐입니다. 마법사님도 왕
비가 합당한 벌을 받기를 바라시지요.」

　「그야 그렇지만.」

　「부탁드립니다. 마법사님.」


　잠깐 그때를 회상한 줄리오는 오한이 들어 짧게 몸을 떨었다.

　협박을 받아 억지로 거짓 진술을 한 건 아니었다. 지크의 생각
에 어느 정도 동감했기에 공범이 되었다.

　'화내는 대신에 웃는 사람이야. 원래 그런 사람이 무섭지.'

　경험상 그런 사람과 적이 되면 뒤끝이 안 좋다. 늘 뒤를 경계
하게 하고 찜찜해서 밤잠을 설치게 하는 유형이라고나 할까.

　알시온까지 함께 마차를 타고 오면서 봤던 예의 바르고 사람
이 좋은 모습은 그의 일부분이었다. 그때 하워드 경은 자신의 진
짜 모습을 드러내지 않았던 거다.

　'하긴. 몰락 귀족 출신이라면서 후작가의 도련님을 애송이라
고 불렀다니 보통 사람은 아니지.'

　"한바탕 난리가 나겠지요?"

　줄리오의 중얼거림에 아이작이 대답했다.

　"한동안 수도가 뒤숭숭할 겁니다."

　'지금쯤이면 아마…….'

기사들이 공작가의 저택을 급습하여 증거물을 확보했을 것이다. 공작의 뒤를 조사하다가 얻은 중요한 패가 이번에 아주 요긴하게 쓰였다.

우드 공작이라면 이를 부득부득 가는 금고 제작자의 아들을 기사들과 함께 보냈으니 그자가 충분히 제 몫을 해냈을 것이다.

줄리오가 읽어낸 기억 속에는 암살 조직의 근거지에 대한 정보도 있었다. 대부분 숲에서 죽었지만, 몇 남지 않은 생존자들은 자신들의 보금자리로 돌아가 숨을 죽이고 있을 것이다. 그쪽에도 병사들을 보냈다.

왕비는 물론이고 우드 공작가는 완전히 끝났다. 아이작의 입술 끝이 슬그머니 올라갔다.

'대대적인 청소를 해야겠다.'

이 좋은 기회를 그냥 보낼 수는 없었다.


마차에서 내리자마자 론의 눈에 가장 먼저 들어온 것은 정원을 차지하고 한가롭게 누워 있는 늑대의 뒷모습이었다.

'저 녀석. 아델 곁을 지키랬더니.'

농땡이 부리는 녀석을 따끔하게 야단쳐야겠다. 그가 한 발자국 내딛자마자 늑대가 유연하게 고개를 뒤로 돌려 그를 보았다. 그리고 늑대의 턱밑에서 아델이 쏙 머리를 내밀었다.

론은 자신의 눈을 의심했다. 지나치게 간절히 바라는 것이 환상이 되어 나타난 것은 아닐까 싶어 몇 번이나 눈을 감았다가 떴다. 선명히 보이는 그녀가 그를 향해 웃고 있었다.

천천히 걷던 걸음이 빨라지고 종래에는 거의 달리다시피 했다. 치맛자락을 탁탁 털며 일어나는 그녀를 끌어안았다.

그가 너무 꼭 안아서 가슴이 답답했지만, 아델은 그를 밀어내는 대신에 손을 그의 등 뒤로 돌려 토닥토닥 가볍게 두드렸다.

"미안해요. 걱정했죠? 내가 이렇게 오래 잤는지 몰랐어요."

"아델."

"네."

"아델."

"네."

그의 목소리가 불안하게 흔들리는 게 이상했다. 아델은 그날 숲에서 빛의 정령과 동화된 자신이 어떤 모습이었는지 알지 못했다. 그녀에게 그걸 말해 주는 사람도 없었다. 흘끔거리는 시선이 워낙 익숙해서 그날 동행했던 기사들이 자신을 전보다 훨씬 우러러보는 것도 알아차리지 못했다.

"론. 얼굴 좀 봐요. 괜찮은지 제대로 못 봤어요."

아델은 그의 가슴을 밀어냈다. 그가 순순히 팔에서 힘을 풀었다. 아델은 고개를 들고 두 손으로 그의 얼굴을 감싸 쥐었다.

"다행히 상한 곳은 없군요."

론은 아무 말 없이 아델을 지그시 바라보기만 했다. 그의 보라색 눈동자를 마주 보다가 왠지 부끄러워졌다. 사방이 트인 장소인 데다가 그들을 보는 사람이 한둘이 아닐 것이다. 슬쩍 눈을 내리뜨며 그의 얼굴을 만지던 손도 떼어내는데 그가 아델의 손을 잡았다.

"언제 일어났어?"

"아까……."

"아까 언제? 네가 일어나면 바로 내게 알리라고 했는데."

"내가 그러지 말라고 했어요. 며칠 계속 바빴고 오늘은 왕궁에 갔다는 말도 들어서요. 나도 할 일이 많았다고요. 밥도 먹고 목욕도 하고 주변 상황에 관한 이야기도 듣고요."

"아픈 데는 없어? 이렇게 나와 있어도 괜찮아?"

"당연히 괜찮죠. 환자가 아니에요. 할 이야기가 많은데……."

아델은 주변을 둘러보다가 얼굴을 붉혔다. 둘이 무슨 짓을 하든 모른 척해 주겠다는 것처럼 기사들이 전부 그들에게서 등을 돌리고 서 있는 모습이 더 낯부끄러웠다.

"여기는 말고 좀 조용한 곳에서요."

론은 그대로 아델의 손을 잡아끌며 저택 쪽으로 성큼성큼 걷기 시작했다. 보폭이 큰 그의 걸음을 종종거리며 따라가야 하는 아델이 항의했다.

"좀 천천히 가요. 급한 건 아니……."

갑자기 론이 휙 몸을 돌려 그녀를 안아 들었다. 갑자기 시야가 뒤집히자 아델은 짧게 비명을 질렀다.

"정말 왜 이래요?"

아델이 그의 가슴을 내리치며 볼멘소리를 했지만, 론은 반응

없이 빠르게 걸을 뿐이었다. 엎드려 있던 늑대가 느릿하게 몸을 일으키더니 두 사람의 뒤를 쫄래쫄래 따라갔다.

그들의 모습을 바라보던 짙은 밤색 머리의 사내가 나직이 한숨을 내쉬었다.

"정말 감개무량하군. 키가 내 허리에 오던 분이 어느새 저렇게 장성하셨다니."

지크의 탁한 초록색 눈동자에 아련한 그리움이 떠올랐다.

"내가 저분을 요만할 때부터 뵈었지. 어릴 때부터 얼마나 남다르게 영민한 분이었는지 아는가?"

잠자코 듣는 앨런의 입술이 살짝 씰룩거렸다. 좋은 이야기도 자꾸 들으면 싫어진다는데 자신이 모르는 주군과의 옛이야기를 지크가 자꾸 할 때마다 짜증이 났다.

처음에는 '내가 더 오래전부터 주군으로 모셨으니 난 너보다 특별하다.'라는 우월감을 내비칠 의도로 그러는 줄 알았다. 그런데 지크가 다른 사람들에게는 전혀 그런 말은 하지도 않을뿐더러 깍듯이 예의를 갖춘다는 사실을 알게 되었다.

앨런은 기사가 감정을 드러내면 안 된다고 생각했다. 하지만 그도 사람인지라 지크가 속을 뒤집을 때는 표정이 굳었다.

펠릭스 후작이 지나가다가 눈여겨보고 앨런이 안 되어 보였는지 한마디 해 주었다.

「보니까 하워드 경이 코우 경을 귀찮게 하는 것 같아서 말입니다. 그 사람 원래 그럽니다. 마음에 드는 사람을 괴롭혀요. 나도 예전에는 마음고생 좀 했지요.」

어이가 없었다. 한때 알시온 최고의 기사라고 불렸고 주인을 위해 목숨을 아끼지 않은 기사 중의 기사가 이렇게 유치한 사람이었다니!

지크는 옛이야기를 하면 은근히 약 올라 하는 앨런의 반응을 즐겼다. 그걸 알면서도 앨런은 지크를 무시할 수 없었다.

기사들끼리의 불화로 성주님께 심려를 끼칠 수 없는 게 첫 번째 이유이고 껄끄럽기는 해도 지크가 싫지 않다는 게 두 번째 이유였다.

"저분이 곧 주군과 혼인하시는 건가?"

"예. 아마 그럴 겁니다."

"대단한 미인이시라고 들었는데, 아쉽군. 볼 수 있으면 좋았을 걸."

지크는 눈가를 더듬으며 중얼거렸다.

카발의 흑마법에서 벗어난 대신 지크는 대가를 치러야 했다. 이십 대 청년의 모습에서 삼십 대 중반으로 늙어 버린 것은 괜찮았다. 원래 그의 나이를 되찾은 것뿐이니까.

그는 시력에 문제가 생겼다. 빛과 색을 눈이 받아들이지 못하게 되었다. 낮에는 대강 무엇이 있는지 간신히 식별하는 것만 가능했다. 걷다가 부딪치지만 않을 수준이니 당연히 사람의 얼굴

생김새는 볼 수 없었다.

　대신에 어둠 속에서는 모든 게 또렷이 보였다. 사람의 얼굴도 밤에는 잘 보인다. 하지만 '본다'는 것은 빛과 색의 작용이 대부분이다. 그가 바라보는 세상은 영원히 어두컴컴할 것이다.

　단, 유일한 예외가 있다면.

　"정말 성주님은 보입니까?"

　지크가 피식 웃었다.

　"아주 잘 보여. 뭐랄까. 그분 주변에만 어렴풋이 빛이 감도는 느낌이라네."

　'그분이 당신의 유일한 빛이군요.'

　앨런은 가슴이 뭉클했다. 내심으로 패배를 인정했다. 주군을 좋아하고 그분을 위해 기꺼이 죽을 수 있다고 생각하지만, 이 사람을 따라잡지는 못할 것 같다.

　"시합 한 판 할까?"

　"지금 말입니까?"

　"노는 시간에 해야지 언제 하나."

　"노는 시간이라니요."

　지크가 저택을 가리키며 어깨를 으쓱했다.

　"주군이 여자를 안고 집에 들어가셨는데 금방 나오실 것 같나? 금방 나오시면 그게 문제지."

　"……불경한."

　지크는 불쾌해하는 앨런을 보다가 웃음을 터뜨렸다. 그리고 탁탁 앨런의 어깨를 내리쳤다.

"이봐. 세상 좀 재미있게 살아 봐. 아랫사람은 윗사람 뒷말하는 재미로 사는 거야."

"하워드 경!"

"가자고. 내가 한 수 가르쳐 주지. 자네 검술은 너무 연습용이야. 눈감고도 자네를 상대할 수 있겠어."

"그건 들어 넘길 수 없는 모욕입니다."

앨런은 투덜거리면서 앞서 걷는 지크를 따라갔다.

\*　　\*　　\*

아델은 그가 응접실로 들어갈 줄 알았다. 그에게 할 말이 있다고 했으니까. 하지만 론이 응접실을 그냥 지나치는 것을 보고 의아해했다. 그리고 그가 아델의 침실 문을 열 때 그녀는 뾰로통하게 입술을 내밀었다. 날 환자 취급하는구나, 생각했다.

침실로 들어간 그가 등으로 문을 닫았다. 아델을 바닥에 내려 주는가 싶더니 뒷목을 감싸 끌어당기며 입술을 덮쳤다.

당황해 엉겁결에 벌어진 입으로 그가 깊이 파고들어 왔다. 안쪽을 느릿하게 쓸고 지나간다. 아델에게 약간의 미열이 있었는지 맞닿은 그의 혀가 시원했다. 하지만 곧 두 사람의 체온은 완전히 섞여 버렸다.

아델의 숨이 차오를 때쯤에 그의 입술이 떨어졌다. 달콤한 사탕을 맛보는 것처럼 그가 아델의 아랫입술을 빨아들였다.

"론. 잠깐……."

그녀는 말을 이을 수 없었다. 몸이 휙 돌아가 그녀의 등이 문에 기대어졌다. 등 뒤는 문에 가로막혀, 앞은 그의 두 팔 안에 가두어져 옴짝달싹할 수 없게 되었다.

또다시 덮치는 그의 입술에 삼켜졌다.

그녀의 미약한 저항은 곧 힘을 잃었다. 그와 하는 키스는 기분이 좋으니까, 하고 체념했다.

아델은 달뜬 기분으로 그와 밀착해 있는 순간이 언제나 좋았다. 다른 남자와 비교할 만한 경험이 없어서 모르겠지만, 그가 키스를 잘한다고 생각했다. 부드럽다가도 거침없이 혀를 휘감을 때는 손끝이 찌릿찌릿했다.

그가 입술을 떼자 아델은 숨을 할딱였다.

"할 말이…… 있다고…… 했는데."

아델은 가쁘게 호흡하며 끊어 말했다.

"급한 건 아니라며."

"급한지 아닌지는 들어봐야……."

"난 이게 급해."

아델은 자신의 몸이 붕 떠오르자 눈을 크게 떴다. 그는 아델을 안아 침대에 내려놓으면서 그녀의 어깨를 밀어 뒤로 눕혔다. 아델은 놀란 눈을 깜빡이며 위에서 자신을 누르는 그를 올려다보았다. 그의 손등이 아델의 볼을 부드럽게 쓸었다.

"아델. 내일이 네 생일이야."

"아……. 시간이 그렇게 됐군요. 완전히 잊고 있었어요."

"그래? 난 매일 세고 있었는데."

볼을 쓸던 손이 목을 타고 목덜미로 내려갔다. 아델은 왠지 긴장되어 숨을 꿀꺽 삼켰다. 목덜미를 어루만지는 그의 손끝은 느릿하면서도 진득한 느낌이 들었다.

"원래 계획으로는 지금쯤 레바스 성에 있어야 했겠지. 내일 네 생일 파티 준비로 한창 분주할 테고."

"네……. 다들 준비 많이 했을 텐데 미안하네요."

목덜미에서 턱선을 지난 그의 손가락이 턱 아래를 잡으며 엄지손가락으로 아델의 입술을 쓸었다. 그가 만지는 게 처음도 아닌데 아델은 평소와 느낌이 달라 신경이 쓰였다.

"붉은 호수의 숲에 다녀오자마자 알시온에서 떠나려고 했어. 레바스 성에 도착하면 피곤하니까 하루는 쉬어야 할 테고 그러면 네 생일 파티까지 하루 혹은 이틀의 여유가 있었을 거야. 그럼 네게 정식으로 말하려고 했지."

"……뭘요?"

론이 고개를 숙여 아델의 입술에 살짝 입맞춤했다.

"사랑해, 아델."

그녀의 흔들리는 푸른 눈동자를 보며 론은 다시 한 번 입술에 키스했다. 조금 전의 가벼운 키스보다는 길게.

"결혼해 줘."

그녀의 손을 잡아 반지를 끼워 줘야 할 부분에 입을 맞추었다. 미리 주문 제작을 의뢰한 반지는 아마 지금쯤 레바스 성에 배송되었을 것이다.

"행복하게 해 줄게."

제대로 준비하고 근사한 분위기를 잡아 청혼하려고 했다. 그런데 그럴 마음의 여유가 없었다.

깨어나지 않는 그녀를 보며 얼마나 속을 태웠는지 모른다. 의사는 아무 이상이 없다고 말했지만, 신뢰가 가지 않았다. 그녀는 보통의 사람과 다르니까.

며칠 음식물의 섭취가 전혀 없는데도 건강의 문제가 없다는 진단이 다행스러우면서도 그녀가 평범한 인간의 범주에서 벗어나 있다는 사실을 재확인한 것 같아 불안했다. 그래서 일어난 그녀를 보자 그는 마음이 급해졌다. 어서 붙잡지 않으면 날아갈 것 같다.

론은 잠시 주저하다가 물었다.

"네가 읽은 소설책 속에서는…… 어떤 식으로 청혼해?"

그는 용병으로 지낼 때 남녀 관계에 대해 배웠다. 용병들의 음담패설을 일상으로 들었고 얇은 숙소의 벽 너머에서 들려오는 남녀의 교성 때문에 귀를 틀어막고 잠을 청했으며 가끔 원치 않은 생생한 현장을 보기도 했다.

그가 배운 것은 애정이 아니라 성욕이었다. 여자에게 감동을 주는 달콤한 세레나데는 알지 못했다.

감동에 젖어들던 아델이 웃음을 터뜨렸다.

"소설책과 똑같았어요. 몰래 읽어 본 건 아니죠?"

아델은 상체를 일으키며 두 팔로 그의 목을 꽉 안았다.

"자고 있을 때 꿈을 꿨어요. 꿈에서 붉은 호수의 숲이 내게 옛 기억을 보여 줬어요."

아델은 그와 시선을 마주치며 다시 꿈 내용을 생각하자 가슴 안쪽이 아릿하게 아팠다. 무사히 살아서 눈앞에 있어 준 그가 고마웠다.

"론을 봤어요. 어리고 작은 론이 숲에서 봤던 괴물에게 쫓기고 있었어요. 등은 그때 다친 거죠?"

그는 대답 대신 살짝 웃었다.

"다친 데 보여 줘요."

"……보기 좋지 않은데."

"평생 안 보여 줄 건 아니잖아요."

론은 반박하기를 포기했다. 그녀를 등지고 돌아앉아 셔츠의 단추를 풀었다.

아델은 드러나는 그의 등을 보며 숨을 들이마셨다. 저절로 안타까운 신음이 나왔다.

"아팠겠다."

손끝으로 조심스럽게 살짝 만졌다가 덴 것처럼 손을 뗐다.

"아파요?"

"아니."

그녀는 조금 더 넓은 면적으로 접촉해서 살살 손바닥으로 만졌다. 깊이 패었다가 새살이 오른 흉터가 손바닥에 닿자 울퉁불퉁한 느낌이었다. 자신이 의사는 아니지만, 굉장히 심각한 부상이었던 것을 알겠다. 그가 살아 있는 게 기적 같았다.

'미치겠군.'

론은 인상을 쓰며 이를 악물었다. 등을 어루만지는 부드러운 손의 느낌이 처음에는 간지럽다가 짜릿하게 그의 말초 신경을 자극했다. 아랫배에서 타고 올라오는 열기 때문에 그는 숨을 참았다가 느리게 내쉬었다.

그녀는 아무 의도 없이 걱정스러워 그러는 걸 알면서도 그에게는 견딜 수 없는 유혹으로 다가왔다.

훌쩍이는 소리를 듣고 그는 고개를 뒤로 돌렸다. 파란 눈동자에 가득 맺힌 눈물을 떨어뜨리던 아델이 얼른 손등으로 눈을 문질렀다.

"너무 아팠을 것 같아서……."

이젠 한계다.

론은 그녀의 턱을 틀어쥐고 키스하며 그녀를 덮쳐눌렀다. 열이 머리끝까지 오르는 기분이었다. 입술로 문댔다가 깨물었다가 빨아들였다가 마구잡이로 그녀의 입안을 탐했다.

달콤한 맛과 향이 그의 미각과 후각을 전부 자극했다. 부드럽게 살살 핥고 싶다가도 깨물어 삼켜 버리고 싶은 충동에 휩싸였다.

그의 입술이 그녀의 입술을 지나 귓불을 깨물었다가 귀 아래의 목에 닿았다. 그녀의 가늘고 하얀 목에 입술을 붙여 강하게 빨아들였다.

작은 비명을 듣고 그의 정신이 반짝 돌아왔다. 그녀의 목에 남은 흔적을 보는 그의 눈에 짙은 정염이 감돌았다. 내일이 그녀의 생일이다. 하루가 남은 건가. 더는 견디지 못하겠다. 그녀를 갖지 않으면 죽을 것 같았다.

론은 두 손으로 그녀의 얼굴을 쥐고 그녀의 이마에 자신의 이마를 맞대며 말했다.

"대답은?"

아무 말이 없었다. 론은 고개를 들어 그녀의 표정을 보았다.

"지금…… 대답이 늦었다고 그러는 거예요?"

어지간히 놀랐는지 숨을 몰아쉬는 그녀의 눈시울이 붉었다. 눈동자에 그를 향한 약간의 원망이 보였다. 미안하면서도 그녀의 순진한 반응이 귀여워서 그는 웃음이 나왔다.

"웃지 마요! 갑자기…… 갑자기……."

"갑자기가 아니야."

아델의 동공이 확 커지면서 흑, 짧은 비명을 삼켰다. 그의 손이 치맛자락 안으로 들어와 허벅지를 잡았다.

"계속 참았어. 가끔은 참을 만했고 가끔은 죽을힘을 다해 참았지."

아델은 커진 눈을 깜빡깜빡하며 낯선 사람 같은 그를 보기만

했다.

"인제 와서 딴말할 거야?"

"뭐가요."

"널 내게 준다고 했잖아. 설마 기억 안 나?"

"당연히…… 기억해요. 근데 우리 서로를 갖기로 했잖아요."

"그러니까 지금부터 나는 널 갖고 넌 날 가지라고."

가만히 그를 바라보는 아델의 목부터 번지기 시작한 붉은색이 그녀의 얼굴을 완전히 덮어 버렸다. 그가 말하는 의미를 이제 알아들었다.

남녀의 정사가 뭔지는 안다. 이론으로는 충분히 배웠다. 그런데 '우와' 하면서 구경하는 기분이었다. 처음 알았을 때는 충격적이라 그를 쳐다보기 민망해 시선을 피했던 것도 시간이 지나니까 무디어졌다.

아델이 생각하는 '그것'은 굉장히 거창한 일이었다. 이런 식으로 갑자기 시작될 수 있다고 생각해 보지 않았다.

"아……. 음……."

아델은 쩔쩔매며 그를 쳐다보지 못하고 시선을 피했다. 얼굴에 열이 올라 후끈후끈했다. 그녀의 머릿속에 온갖 생각이 꼬리에 꼬리를 물었다.

'옷을 전부 벗어야 하겠지? 그건 너무 창피한데. 아직 방 안이 환해서 다 보일 거야.'

하지만 싫지는 않았다. 호기심도 있었다.

"근데요."

론은 초조하게 그녀의 대답을 기다렸다.

"론은 능숙해요?"

그는 팔이 휘청 꺾일 뻔했다.

"······무슨 의미야?"

"처음엔 아프대요. 그런데 남자가 능숙하면 아프지 않다고 해서요."

"······."

그녀의 머릿속에 생각 이상으로 다양한 지식이 있다는 건 확실히 알겠다. 그리고 그 지식을 누가 심어 주었는지도 알 것 같다.

"나도 몰라. 안 해 봤으니까."

"아······."

자극하는 방법도 정말 가지가지다. 론은 그녀의 얼굴을 쥐고 가까이 얼굴을 들이대며 으르렁대듯 말했다.

"대답은?"

붉어진 얼굴이 더 붉어질 수 있다는 걸 알게 되었다. 그녀가 시선을 아래로 내렸다가 흘끔 위로 치떴다가 옆으로 슬그머니 눈을 돌리면서 미약하게 고개를 끄덕였다.

이건 허락이다. 그의 손이 그녀의 허리를 잡았다.

"근데요."

"또 뭐."

"저녁 식사 시간에 늦지는 않을까요?"

론은 피식 웃었다.

"오늘 저녁은 걸러."

또 다른 엉뚱한 말을 종알거리기 전에 그는 입술로 그녀의 입을 막아 버렸다.

* * *

검 끝이 목에 닿았다. 앨런은 한숨을 내쉬며 검을 바닥에 내리꽂았다.

"졌습니다."

지크가 싱긋 웃으며 검을 거두었다.

"실력이 좋군."

"절 이긴 상대로부터 그런 말을 들어 봤자 기쁘지 않군요."

앨런은 연속된 패배에 적잖이 충격을 받았다. 어려서부터 타고난 재능과 성실한 훈련 습관 덕분에 또래에서는 적수가 없었다. 어느 정도 실력이 쌓인 이후에는 나이 불문하고 그를 상대할 수 있는 자가 없었다. 이렇게 압도적인 실력 차이를 느낀 것은 어릴 적 아버지와 대련할 때 이후로 처음이었다.

"아니야. 자네는 지금 핸디캡이 있잖아."

해가 진 지 오래되어 사방이 어두웠다. 어둠 속에서도 자유자재로 보는 지크에게 유리한 조건이었다.

"달빛이 있어서 어느 정도는 보입니다."

앨런이 보기에 달빛이 지크에게는 핸디캡이었다. 지크는 빛이 있으면 시력에 방해를 받기 때문이다.

짝짝짝 손뼉을 치는 소리가 났다. 누군가 그들을 지켜보는 것을 이미 알고 있었기에 지크도 앨런도 놀라지 않았다.

"정말 손에 땀을 쥐게 하는 시합이었습니다. 하워드 경."

가까이 다가오는 사람은 에릭이었다.

"허락 없이 구경해서 죄송합니다."

"아닙니다. 비밀 훈련을 한 것도 아닌데요."

에릭은 앨런을 보며 히죽 웃었다.

"네가 지는 걸 보는 게 대체 얼마 만이냐? 열두 살이었나. 네 아버지에게 개처럼 얻어맞는 거 보고 처음 같은데."

앨런은 친구의 패배를 놀림거리로 삼는 에릭을 노려보았다.

"지금 오는 거냐? 아니면 용무를 끝내고 가는 길?"

"오기는 아까 왔는데 아직 성주님을 못 뵈어서. 후작님만 만나서 얘기 좀 하다가……. 근데 오늘 성주님이 일찍 주무시는 것 같더라고. 저녁 식사도 안 하러 오셨다는데."

지크가 휘익, 휘파람을 불었고 앨런이 미간을 찌푸렸다. 앨런이 나지막하게 '하워드 경' 하고 부르자 지크는 껄껄 웃었다.

"음? 뭡니까? 재밌는 일인 거 같은데 나도 압시다."

눈치 빠른 에릭이 끼어들기를 시도했다.

"급한 일이냐?"

앨런이 말을 잘랐다.

"급한 건 아니고 흥미로운 일이지. 말콤 그랜트, 그자에 관한 소식이거든."

사울 왕국은 상업이 발달했다. 상인을 우대하는 기본 정책에 따라 적은 세금을 거두었다. 그래서 대륙에서 활동하는 거상들은 대부분 사울 왕국에 본점을 두었다.

말콤은 대놓고 1왕자에게 줄을 대고 은밀하게는 3왕자와 돈독한 관계를 유지했다. 그런 식으로 그랜트 상단이 이권을 독점해 왔다.

뒷돈을 먹이지 않는 상인은 없다지만, 말콤은 '해먹어도 정도껏 해먹어야지.'라는 불만이 터져 나오게 했다. 다른 상인들은 그랜트 상단에 이를 갈았다.

말콤의 출신에 대한 소문을 기반으로 반 그랜트 상단 협의체가 구체적으로 만들어졌다. 중소연합국이 제국에 도전장을 내민 것이다.

말콤이 알시온에 계속 발이 묶여 있으니 적절한 대응이 어려웠다. 사울 왕국에서 기반을 잃으면 지금껏 이룬 것의 반 이상이 사라진다고 할 정도로 타격이 컸다.

말콤이 카발에게 매달려 허락을 얻어 사울 왕국으로 떠난 데에는 그런 이유가 있었다. 카발도 말콤의 재물이 사라지면 곤란하므로 허락했다.

말콤이 알시온에 있었다면 상황은 달라졌을 것이다. 후작가의 저택에 침입한 것은 오직 카발의 계획이었다. 자신이 어둠의 기사의 진짜 주인을 죽이는 동안 지크에게 후작가에 있다는 정령을 잡아 오라고 명령했다. 숲에서 일을 마치고 돌아온 후 정령을 흡수하려고 했다.

만약 말콤이 있었다면 그 계획을 뜯어말렸을 것이다. 저택을 수색할 빌미를 만들어 주지 않았을 것이다.

최소한 집주인이 있었다면 기사와 병사들이 저택을 제집처럼 뒤지고 다니지도 못했을 것이다.

"그자는 이쪽의 소식을 알고 있나?"

"글쎄. 알아봤자 이제는 소용없지. 죽었으니까."

"……죽어?"

"마법사들이 그자의 신변을 인계받으려고 사울 왕국과 협상할 계획이었어. 그자가 흑마법에 관련된 게 확실하니 마탑에서는 그자를 구속해야 한다고 의견의 일치를 봤거든. 그런데 이미 죽었다는 거야."

"왜 죽었지? 살해당한 건가?"

"아니. 목격자의 말에 따르면 갑자기 심장을 움켜쥐고 쓰러져 발작을 일으켰대. 의사를 부르러 뛰어나갔다가 다시 들어와 보니까 이미 숨이 끊어져 있었다는군. 그런데 머리가 하얗게 세고 주름이 가득한 노인이 죽어 있었다고 해. 그리고 손을 대니까 그대로 먼지가 되어 가라앉았대."

침묵이 감돌았다. 이십 대 청년의 모습이었던 지크가 순식간에 나이가 드는 모습을 목격했다. 불가능한 괴현상이라고 말할 수 없었다.

에릭은 어깨를 으쓱했다.

"말콤은 후계자도 없잖아. 거긴 지금 난리야. 그랜트 상단이라는 먹잇감을 두고 각축장이 되었지."

"그렇군……. 그런데 넌 어째 신이 나 보인다?"

"신나다마다!"

에릭의 눈동자가 아이처럼 반짝거렸다. 앨런은 항상 냉소적인 친구 녀석의 새로운 모습이 신기했다.

"넌 내 얘기 듣고 감이 오는 게 없냐? 말콤이 후계자가 없이 죽었다니까. 아델 아가씨가 그자의 유일한 혈육이야. 그것도 그자가 아주 적극적으로 주장하던 사실이지."

"아……."

"아델 아가씨는 정당한 상속자야. 그자의 엄청난 재물을 애먼 놈들이 빼먹기 전에 얼른 손을 써야 한다고."

"그렇게 많아?"

"많지. 재물만이 문제가 아니야. 그자의 상단은 대륙 곳곳에 영향력이 대단해. 그건 돈 주고도 못 사. 그걸 이용하면 레바스의 대륙 진출은 땅 짚고 헤엄치기란 말이다. 이럴 때가 아니지. 얼른 성주님을 뵙고……."

휙 몸을 돌리던 에릭의 목덜미가 뒤에서 강하게 잡혔다. 컥컥 기침하며 에릭은 친구를 노려보았다.

"왜 이래!"

"나중에. 이미 시간이…….'

"한시가 급한 일이야."

"하루 차이로 무슨 큰일이 난다고. 지금은 안 돼."

"왜?"

에릭이 인상을 쓰며 되묻는 말에 앨런은 대답하지 못했다. 곤란해하는 앨런을 보며 지크가 키득키득 웃었다.

*　　*　　*

온몸이 무겁다. 아델은 천천히 눈을 떴다. 새벽인지 주변이 어스름했다. 그녀는 모로 누운 채 눈앞으로 뻗어 있는 자신의 손을 응시했다.

의식적으로 손가락에 힘을 주었다. 까딱 움직이는 것이 최선이었다. 팔을 들어 올릴 힘이 없었다.

'답답해.'

그녀는 돌아누우려고 몸을 들썩이다가 자신의 상태를 자각했다. 묵직한 팔이 뒤에서부터 그녀의 허리를 덮고 있었다. 그의 다리와 단단히 얽힌 그녀의 다리가 움직여지지 않았다.

'아……. 어제…….'

작게 한숨을 내쉬었다. 등 뒤로 맞닿은 그의 살결이 느껴졌다. 뒷목에 그의 숨이 닿을 때마다 간지러웠다.

알몸으로 그와 끌어안고 있는데도 머릿속이 멍할 뿐 부끄럽지 않았다. 새삼 이제 와 부끄러워하기에는 간밤에 너무 엄청난 일을 겪었다.

'멜이 내게 가르쳐 준 건 그냥…… 책으로 치면 목차 같은 거였어.'

그리고 멜이 가르쳐 준 것 중 하나는 분명한 진실이었다. 아팠다. 정말 무지막지하게.

가만히 생각해 보니까 점점 화가 난다. 그녀는 등 뒤의 그를 흘겨보았다. 평소에는 과잉보호라는 말이 딱 들어맞게 그녀가 세게 쥐면 깨지는 유리잔이라도 되는 것처럼 애지중지하면서 어젯밤의 그는 굉장히 제멋대로였다. 아프다고, 힘들다고 아무리 호소해도 대답만 넙죽넙죽 잘하고 끈질기게 괴롭혔다.

'나빠, 정말!'

아델은 낑낑대며 팔을 들어서 그의 팔뚝을 더듬다가 손가락으로 꼬집었다.

"아야."

귓가에 반쯤 잠에 취한 목소리가 들려오자 아델은 움찔했다. 잠꼬대인가 싶어서 그녀는 숨을 죽였다.

그녀의 허리 위에 올라가 있던 그의 손이 허리를 감아 끌어당기며 축축한 입술이 귓가에 붙었다가 떨어졌다.

"왜 자는 사람을 꼬집고 그래."

낮게 가라앉은 목소리가 속삭이듯 말하니 소름이 돋았다. 아델은 대답하지 않았다. 자는 척을 할 셈이었다.

다시 입술이 뒷목에 닿았다. 목에서 어깨를 따라 촉, 촉 소리
를 내는 가벼운 키스가 이어졌다. 아델은 눈을 감고 반응하지 않
았다.

하지만 허리에 있던 그의 손이 위로 슬그머니 올라오자 놀라
소리쳤다.

"하…… 하지 마요!"

등 뒤에서 멈칫하다가 쿡쿡 웃음소리가 들렸다.

"하아……."

긴 한숨을 들은 론이 걱정스레 물었다.

"많이 힘들어? 의사를 부를까?"

"……아뇨. 혹시…… 아기가 생겼을까요?"

"글쎄……. 아직은 모르지. 아이가 갖고 싶어?"

"그냥 궁금해서요. 그럼 어제 같은 일을…… 음……. 얼마나
하면 아기가 생겨요?"

"사람마다 다를걸. 몇 개월 만에 임신하는 경우도 봤고 몇 년
만에 임신하는 경우도 봤으니까."

"몇 년이라고요?"

아델은 또다시 길게 한숨을 내쉬었다.

"아이가 태어나는 건 정말 대단한 일이었군요."

등 뒤에서 그의 몸이 떨리는 것이 느껴졌다. 이건 숨죽여 웃는
거다. 아델은 날카롭게 반응했다.

"지금 나 놀리는 거죠?"

론이 키득키득 웃으면서 손을 아델의 허리 아래로 넣었다. 자세를 바꾸게 하려는 그의 의도대로 아델이 몸을 움직여 협조하자 쉽게 그녀는 그를 마주 보도록 돌아누울 수 있었다.

"아델. 생일 축하해."

뾰로통하게 나와 있던 그녀의 입술이 새침하게 웃었다. 그의 얼굴이 다가와 입술에 가볍게 키스했다.

"성으로 돌아가면."

아델의 코끝에 그가 키스했다.

"결혼식 준비를 하자."

이번에는 아델의 눈가에 그의 입술이 닿았다.

"성이 나을까, 전당이 나을까."

"전당……."

"전당? 왜?"

"전당에 안 가 봐서 궁금해요. 너무 좁을까요?"

"전당의 대형 홀은 성의 중앙탑 홀보다 넓지. 그래. 전당이 낫겠다. 손님이 많을 테니까."

아델은 신기한 눈으로 그를 보았다. 그는 표정에 감정이 쉽게 드러나는 편이 아니지만, 지금은 그가 몹시 기분 좋은 상태라는 게 확실히 느껴졌다. 부드럽게 휘어 접힌 눈매라든가 위로 올라간 입꼬리라든가.

그녀의 가슴 안쪽도 간질간질해졌다. 그와 나란히 누워 도란 도란 이야기를 나누는 이른 아침의 나른한 분위기가 몽환적으로 느껴졌다.

소르르 잠이 쏟아졌다. 느릿하게 눈을 깜빡거리던 아델은 무겁게 내려오는 눈꺼풀을 이길 수가 없었다. 부드러운 손길이 그녀의 이마를 쓸어 올렸다. 촉촉한 것이 자꾸 얼굴 여기저기에 닿았다가 떨어졌다.

선잠이 들었다가 깨기를 반복하는 게 성가셔서 그녀는 미간을 찡그렸다. 낮은 웃음소리를 들은 것 같다. 그녀의 입술도 따라서 올라갔다.

"사랑해."

아스라이 들리는 소리에 대답한 것 같기도 하고 아닌 것 같기도 했다. 그녀는 단잠에 빠져들었다.

잠시 후 그녀는 몸을 흔들며 부르는 소리에 깨어났다. 잠깐 눈을 감았다가 뜬 것 같은데 주변이 환했다. 그녀는 자신을 내려다보는 그를 멍하게 보았다.

조금 전까지 곁에 누워 있었던 그가 어느새 옷을 다 차려입고 침대에 걸터앉아 있었다.

"밥 먹자. 먹고 더 자."

론은 잠에서 덜 깬 그녀를 이불에 말아 안아 들었다. 그에게 안겨 테이블로 옮겨지는 동안 아델은 완전히 잠에서 깼다. 흘끔 그를 올려다보며 생각했다.

'뭔가 달라…….'

미묘한 차이였다. 자신을 안아 드는 그의 손길에 스스럼이 없었다. 이불 안쪽의 상태는 알몸인데도 자신 역시 지금 상태가 신경 쓰인다거나 긴장된다거나 하지 않았다. 두 사람 사이의 얇은 벽이 무너지고 거리감이 사라진 기분이다.

론은 의자에 앉으며 아델을 무릎에 앉혔다. 아델은 어릴 때도 식사 시간만큼은 할머니의 무릎 위에 앉지 않았다.

"이러고 밥을 먹으라고요?"

더구나 그녀의 두 팔은 이불 속에 갇혔다. 고치에 싸인 애벌레가 된 것처럼 이불이 그녀의 몸을 둘둘 말고 있었다.

"도와줄게."

론이 숟가락으로 수프를 떠서 그녀의 입으로 가져왔다. 따지기 귀찮고 기운도 없다. 아델은 순순히 받아먹었다. 안고 있는 그의 팔에 힘이 들어가더니 그의 고개가 내려와서 그녀의 볼에 쪽 입을 맞추었다. 그리고 다시 수프 한 숟가락이 입으로 다가왔다.

'지금 뭐하는……?'

아델을 고개를 뒤로 돌려 그를 보았다가 움찔했다. 그는 정말 기분이 좋아 보였다. 그녀는 다시 앞으로 고개를 돌렸다. 그녀의 두 볼이 발갛게 물들었다.

식사하는 내내 그녀는 한두 번 받아먹고 그의 입맞춤 세례를 받아야 했다. 성가시지만, 싫지는 않았다. 이렇게나 내가 좋은가, 싶어서 기쁘기도 하고 우쭐한 마음이 들기도 했다.

평소보다 두 배가 훨씬 넘는 시간이 걸린 식사가 끝나고 그녀는 침대 대신에 소파로 옮겨졌다. 그에게 옆으로 푹 기대어 물었다.

"우린 이제 성으로 돌아가요?"

"음. 그래야지."

"얀은 데려갈 거죠?"

"떼어 놓고 갈 수나 있겠어?"

"그건 그래요."

아델은 얀의 해맑은 표정을 떠올리며 웃었다.

"돌아가기 전에 폐하를 뵐 수 있을까요? 아니, 꼭 봬야 해요."

"……폐하는 왜?"

"폐하를 뵙고 보여 드릴 게 있는데 그게 뭔지는 나도 봐야 알아요. 확실한 건 론의 어머니와 관련된 일이에요."

정령이 부탁한 일이지만, 부탁을 받지 않았어도 꼭 해결해야 하는 일이었다.

\*　　　\*　　　\*

레바스 성에서 보낸 서신이 후작가에 도착했다. 사울 왕국의 미튼 백작령에서 조사원 톰이 보낸 것이었다.

론은 보고서를 읽어 내려갔다.

—미튼 백작이 과거에 불법 경매를 열었던 증거를 확
보했습니다.

　톰은 일을 잘해 주고 있었다. 넉넉한 풍채에 느긋해 보이는 인
상과 다르게 노련하고 신중했다. 그리고 사람 좋아 보이는 인상
덕에 타인의 호의도 쉽게 얻었다.

　—미튼 백작의 초대를 받아 사적인 술자리를 몇 번 가
졌습니다. 미튼 백작은 요즘 베르토 왕자와 사이가 소원
해진 것을 괴로워하고 있습니다. 왕자가 그랜트 상단주와
알게 되면서 이상해졌다는 말을 했습니다.

　톰이 이 서신을 썼을 때는 아직 말콤이 죽지 않았을 때였다.
그리고 그 소식이 톰의 귀에 들어가려면 더 시간이 필요할 테고
미튼 백작이 알게 되기까지는 더 오래 걸릴 것이다.
　백작령은 아무래도 외딴 지역이라 소식이 늦을 수밖에 없다.
다양한 곳에서 정보를 받는 론이 전체적인 상황을 조망할 수 있
었다.
　'베르토가 이상해진 건 티움의 원석 때문이겠지.'
　말콤의 저택에서 발견된 티움의 원석 가루를 보자마자 마법
사들은 그게 무슨 용도로 만들어진 것인지 알아차렸다. 줄리오
가 슬쩍 찔러 준 정보 덕분에 론은 어떻게 돌아가는 상황인지 알

있다.

'부작용이 거의 없는 고순도의 마약. 베르토의 처지에서는 굉장히 매력적인 물건이었겠어.'

그리고 얼마 전 말콤의 저택을 방문했던 사내의 정체를 알아냈다. 그 사내는 베르토 왕자의 측근이었다.

'마약을 받아가려고 말콤을 만난 건가.'

잠시 생각하던 론의 입술 끝이 올라갔다.

'이 정보를 마탑에 줘야겠어.'

마법사들이 티움의 원석 출처를 알아내려고 혈안이 되어 있다고 한다. 그것은 절대 시중에 풀려서는 안 되는 물건이었다. 혹시 마탑에서 유출된 것은 아닌지 대대적인 감사에 들어간다고 한다.

원석의 출처에 베르토 왕자가 관련 있을지 모른다는 의심이 들면 마탑은 집요하게 조사할 것이다.

사울 왕국은 하란의 상인들이 가장 많이 진출해 있다. 활발하게 거래되는 하란의 마법 물품 덕에 왕실에서 가져가는 세금이 어마어마했다. 마법사들의 조사 요구에 협조적일 수밖에 없다.

'마탑이 그자를 조사하다 보면 말콤과의 관계가 드러날 테고 미튼 백작령에서 벌어진 사건의 단서도 나오겠지. 내가 원하는 걸 찾으려면 마탑과 협상해 봐야겠군.'

이제 머지않았다. 힘이 잔뜩 들어간 그의 손에서 보고서가 구겨졌다.

똑똑, 문을 두드리는 소리가 들린 후 아이작이 들어왔다.

"왕궁에서 사람이 왔습니다. 저하를 뵙고 싶다고 합니다. 만나고 싶지 않으시면 돌려보내겠습니다."

"아니. 만나 보지."

후작가에 찾아온 사람은 시종장이었다. 시종장은 론에게 아주 깊이 허리를 숙였다.

"평안하셨습니까."

"무슨 일인가."

론은 인사를 받아 주지 않고 냉정하게 물었다. 론을 바라보는 시종장의 눈에 쓸쓸함이 감돌았다. 줄리오가 진술을 위해 왕을 만나는 자리에 론이 함께 있었지만, 두 사람은 말 한마디도 나누지 않았다.

곁에서 두 부자 사이의 단단한 벽을 보며 얼마나 안타까웠는지 모른다.

"폐하께서 간절히 청하십니다. 성주님이 숲에 동행하셨던 숙녀분을 한 번만 만나기를 바라고 계십니다."

"……왜?"

"폐하께서 꼭 묻고 싶은 말씀이 있다고 하셨습니다. 성주님. 간곡히 부탁드립니다. 부디 폐하의 청을 거절하지 말아 주십시오."

시종장이 무릎을 꿇고 바닥에 고개를 숙였다.

아델이 먼저 왕을 만나고 싶다고 했다. 때마침 왕이 사람을 보냈으니 차라리 잘되었다.

그런데 생각지 못한 방해물이 있었다. 론과 아델이 나누는 대화를 듣더니 얀이 끼어들었다.

**—주인하고 주인님하고 같이 가?**

아델이 대답했다.
"응."

**—나는?**

론이 대답했다.
"넌 여기 있어야지. 오래 안 걸려."

**—나도 데려가라, 주인.**

"안 돼."

**—나도 간다.**

"안 된다니까."

**—나도 간다. 갈 거다!**

론은 혀를 찼다. 커다란 덩치의 늑대가 떼를 쓰며 뒹굴뒹굴 몸을 굴리는 모습이 한심했다. 조금 멀리에서 그 모습을 바라보는 기사들은 '꼭 늑대와 대화하는 것 같네.' 하고 생각했다.

늑대의 말은 오직 론과 아델만 들을 수 있었다. 그래서 주변에서는 그들이 진짜 대화를 나누고 있다고는 짐작하지 못했다.

**—내 도움을 받았다. 내가 아니었으면 다쳤다. 날 떼놓으면 안 된다.**

론은 손끝으로 관자놀이를 꾹꾹 눌렀다. 예상했던 골치 아픈 순간이 빨리 찾아왔다. 늑대는 말을 하기 시작하더니 점점 더 사람처럼 굴었다. 더구나 언어 구사력은 날이 갈수록 비약적으로 발전했다. 머지않아 위화감이 없는 문장력을 뽐낼 것이다.

"나도 얀이 있으면 안심이 되기는 하는데……. 론. 어떻게 안 될까요?"

"왕궁에 사람을 보내 얘기해 볼게. 방문하는 조건으로 삼으면 될 거야."

"그럴 거면 오지 말라고 하면요? 난 폐하를 꼭 뵈어야 하는데요."

"거절하지 않을 거야. 폐하는 널 반드시 만나야 할 테니까. 뭘 묻고 싶은 건지 알 것 같아. 아마…… 네가 폐하를 뵈려는 이유와 비슷하겠지."

원하는 답을 얻은 얀은 기분이 좋아졌다. 두 앞다리에 턱을 괴고 느긋하게 꼬리를 좌우로 흔들었다.

"그런데 얀. 왜 론은 주인이고 난 주인님이야?"

**―작으니까 주인, 크니까 주인님이다.**

아델은 고개를 갸웃했다. 얀이 크다와 작다의 개념을 잘못 알고 있는 건 아닐까.

"내가 더 키가 작은데?"

**―저 인간은 작다. 주인은 크다.**

아델은 늑대가 가리키는 방향에 있는 기사와 론을 번갈아 보았다. 두 사람의 키는 거의 차이가 없어 보였다.

"혹시 높다 낮다는 말을 하려는 거야? 지위가 높은 사람과 낮은 사람?"

늑대는 고개만 갸우뚱했다. 하지만 아델은 자신의 짐작이 맞을 것 같다고 생각했다.

"그럼 내가 론보다 높은…… 더 큰 사람이라는 거지? 왜?"

**—나는 주인의 말을 듣는다. 주인은 주인님의 말을 잘 듣는다.**

론은 묘한 표정으로 얀을 보았고 아델은 까르르 웃음을 터뜨렸다.

*      *      *

늑대, 검을 소지한 기사, 마법사.

지금껏 왕의 내실에 이런 파격적인 조건을 지닌 출입인이 허락된 적이 없었다.

널찍한 내실은 늑대 한 마리만으로도 꽉 찬 느낌을 주었다. 늑대를 처음 본 자들은 겁에 질려 두려워했으나 왕과 함께 숲에 다녀온 자들은 대부분 호기심이 가득한 눈으로 늑대를 곁눈질했다.

'잘 자랐구나. 정말 잘 자랐어.'

사랑하는 여자의 흔적이 보일 때마다 베르너는 가슴 안쪽이 욱신욱신 아팠다. 세상에 두려울 것이 없던 왕이 천하의 겁쟁이가 되었다. '너는 자격이 없다.'는 말은 왕을 의기소침하게 하였다. 도저히 용기 내어 아들에게 말을 붙일 수 없었다.

아들을 몰래 훔쳐보다가 시선이 마주칠 것 같자 얼른 눈을 피했다. 그리고 아델에게 자애로운 미소를 지으며 말했다.

"레이디 스톤. 늦었지만, 그대에게 감사를 표하고 싶소. 그대 덕분에 무고한 사람들이 목숨을 구했소."

"과분한 말씀이십니다. 폐하. 목숨을 아끼지 않고 용맹하게 싸운 기사들의 공이 더 컸지요. 그리고 사실 저는 그때 일을 기억하지 못합니다."

베르너는 '으음.' 하고 무겁게 중얼거리다가 말했다.

"그대에게 꼭 묻고 싶은 게 있소. 혹시 한 사람의 소식을 들을 수 있을까 해서 말이오."

숲에 동행했던 자들이 아델을 여신의 환생이라고 수군거리는 것을 알고 있었지만, 베르너는 침묵했다. 아들과 함께 있는 신비한 여인은 그런 말을 들을 만했다. 다른 자들과 마찬가지로 자신 역시 경이로움을 느꼈다.

'하지만 세레니티는…….'

케케묵은 전설을 꺼내 세레니티를 여신의 환생으로 만든 것은 자신이었다. 그녀를 왕비로 삼기 위한 명분을 만들기 위해 소문을 부풀렸다.

세레니티에게 신비한 능력이 있기는 했지만, 여신의 전설을 거론할 정도로 대단하지 않았다.

그런데 두 여인에게서 느껴지는 분위기가 닮은 부분이 있었다. 생각하면 할수록 아델이 세레니티의 소식을 알지도 모른다는 막연한 기대가 점점 커졌다. 실낱같은 희망에 기대어 왕은 만

남을 청했다.

"세레니티 왕비님을 말씀하시는지요?"

왕이 긴장된 숨을 꿀꺽 삼켰다.

"그렇소."

"예. 알고 있습니다."

왕이 벌떡 일어났다. 주변에 있던 자들이 술렁거렸다. 론이 고개를 돌려 아델의 얼굴을 바라보았다. 모두의 시선이 아델에게 집중되었다.

"폐하께 보여 드릴 겁니다."

"무엇을?"

"저도 모릅니다. 저는 보여 드릴 뿐입니다. 하지만 저는 제가 보여 드리는 것이 은밀한 비밀이 되기를 바라지 않습니다. 폐하께서 생각하시는 중요한 사람들은 모두 불러 주십시오. 충분한 증인이 있는 자리에서 폐하께서 알고 싶어 하시는 것을 보여 드리겠습니다."

"시종장……."

왕의 목소리가 떨렸다.

"예. 폐하."

대답하는 시종장의 목소리도 떨렸다.

"전부 다, 수도에 거주하는 작위를 지닌 귀족들은 전부, 전부 다 불러라. 당장!"

# 5장
## 밝혀지는 진실

오랫동안 왕궁의 금지였던 별궁의 문이 열렸다. 세레니티 왕비가 별궁의 주인이 된 이래로 오직 왕을 제외하면 사내의 출입이 불가능했던 곳이었다.

소문이 무성한 별궁에 처음 들어온 자들의 표정에 호기심이 가득했다. 하지만 주변을 두리번거리다가 곧 실망을 드러냈다.

차라리 날이 어두웠다면 등을 잔뜩 켜 두어 운치라도 있었겠다. 광활하게 넓은 정원은 꽃 한 송이 없이 헐벗은 맨땅만 드러내 적막하고 볼품없었다.

사람들은 왕을 중심으로 왼쪽과 오른쪽, 둘로 나뉘었다. 론의 일행은 수가 적었지만, 거대한 늑대를 배경으로 두어 훨씬 눈에 띄었다.

다수의 무리는 왕명을 받아 허겁지겁 입궁한 귀족들이었다. 심상치 않게 돌아가는 요즘 분위기에 조용히 자중하고 있던 두 왕자도 불려왔다.

해리와 더스틴은 굳은 표정으로 늑대를 뚫어지게 보았다. 늑대가 궁에서 살았을 때 두 사람은 어렸지만, 오히려 어렸기 때문에 거대한 짐승이 매우 깊은 인상으로 남아 있었다.

'저 사람이 왜······.'

친밀하게 늑대의 털을 쓰다듬는 푸른 머리카락의 사내를 보며 더스틴은 심장이 쿵쿵 뛰었다.

"자, 이만하면 증인은 충분하지 않소?"

왕은 조급함을 드러냈다.

아델은 고개를 끄덕이며 앞으로 걸어 나왔다. 그녀는 두 팔을 앞으로 뻗은 채 눈을 감았다.

'네 말대로 했어. 이제 보여 줘.'

아델은 정령에게 말했다. 잠시 후 아델은 정령의 대답을 들었다. 그녀의 몸 안쪽 깊은 곳에서 뜨거운 기운이 서서히 뭉치기 시작했다.

"대체 무슨 일이랍니까?"

"그게 나도 무슨 영문인지."

귀족들은 작게 수군거렸다. 누구는 티타임을 즐기다가, 누구는 낮잠을 자다가, 누구는 승마를 즐기다가, 다짜고짜 불려와 제대로 설명을 들을 시간도 없었다.

아델의 몸이 은은한 빛을 뿜어냈다. 빛은 점점 선명해져 황금색으로 부풀어 올랐다. 중구난방으로 떠들던 자들이 약속한 것처럼 입을 다물었다.

금색의 빛은 구가 되어 아델을 전부 삼키며 계속 커졌다. 그리고 폭발 같은 눈부신 섬광이 넓은 정원을 모두 덮었다.

"맙소사."

"허어……."

여기저기에서 탄성과 경악성이 튀어나왔다. 사람들은 기적을 보았다. 조금 전까지 아무것도 없었던 정원이 색색의 화려한 꽃으로 가득해졌다.

홀린 듯이 꽃을 만지려던 자들은 흠칫 놀라 손을 뗐다. 손이 그대로 꽃을 통과했다. 모든 게 환상이었다.

"……세레니티?"

베르너는 눈을 부릅떴다.

꽃밭 사이의 길을 따라 연푸른 드레스를 입은 여인이 천천히 걸어왔다. 금발의 여인을 바라보는 왕의 눈동자가 크게 흔들렸다. 여인을 향해 다가가는 왕의 발걸음이 조심스러웠다.

베르너는 그녀와의 거리가 불과 두어 걸음 정도로 좁혀질 때까지 느릿하게 움직였다. 그녀를 붙잡을 수 있다는 확신이 들었을 때 그녀를 향해 두 팔을 뻗으며 와락 끌어안았다.

잡히는 것이 아무것도 없었다. 왕은 허공에 대고 헛손질만 했다. 베르너는 망연자실하게 세레니티를 바라보다가 조심히 손을 뻗어 그녀를 만졌다. 그대로 통과하는 손을 보고 낙담했다.

'웃고 있군.'

허상의 세레니티는 부드러운 미소를 지으며 정원을 거닐고 있었다. 베르너는 곁에서 함께 걸으며 웃지도 울지도 못하는 복잡한 표정으로 그녀를 바라보았다. 그녀의 웃는 모습을 본 게 언제인지 기억나지 않았다.

그녀가 사라지기 직전에 두 사람의 관계는 최악이었다. 어쩌면 최악이라는 판단 자체가 베르너 혼자만의 생각일지도 모른다.

그녀는 한결같았다.

대부분 베르너가 일방적으로 그녀에게 화를 내고 언성을 높였다.

'그랬지. 당신은 그저 꽃 한 송이에 미소 짓는 여자였는데. 그게 뭐가 어려워서.'

남은 건 깊은 후회뿐이다. 되짚어 돌아가면 그때 무슨 일로 그녀에게 화를 냈는지 기억나는 건 하나도 없었다.

두 사람의 관계는 시작부터 잘못되었다. 베르너는 그녀를 강제로 데려와 가두었다. 그녀가 자발적으로 자신의 곁에 머문다는 확신이 없었다. 언제나 불안하고 초조했다. 자꾸 그녀만 다그치게 되었다.

세레니티가 걸음을 멈추고 고개를 돌렸다. 그녀가 바라보는 방향으로 베르너도 고개를 돌렸다가 눈이 휘둥그레졌다. 자신과 똑같이 생긴 사내가 성큼성큼 다가오고 있었다. 아니, 저건 자신이었다. 과거의 자신.

'아아……'

베르너는 탄식했다. 아델이 말한 보여 준다는 의미를 이제 알았다. 이 모든 건 기억이었다. 과거에 있었던 일을 보여 주는 것이다.

젊은 베르너는 거친 몸동작으로 자신의 기분을 표시했다. 세레니티의 앞으로 다가와 다짜고짜 화를 냈다. 소리는 전혀 들리지 않았지만, 몸짓과 표정으로 험악한 상황이라는 게 보였다.

베르너는 뜨끈한 미간을 문질렀다. 사람들 앞에 낱낱이 드러나는 과거의 자신이 부끄러웠다.

그런데 정작 귀족들은 다르게 생각했다. 그들이 아는 왕은 굉장히 냉정한 사람이었다. 여자 앞에서 감정을 마구 드러내는 왕을 보고 있으니 신기하면서도 왕이 세레니티 왕비를 진심으로 좋아했다는 사실을 새삼 느꼈다.

젊은 베르너가 세레니티에게 버럭 소리쳤다.

'저 새끼가!'

과거의 자신이라는 걸 알면서도 베르너는 울컥했다. 젊은 베르너가 들고 있던 것을 바닥에 내던졌다. 그리고 몸을 휙 돌려 걸어갔다. 베르너는 과거의 자신을 노려보며 온갖 험악한 욕을 쏟아부었다.

멀어지는 베르너의 등을 바라보던 세레니티가 천천히 허리를 숙여 바닥에 떨어진 것을 주웠다. 큼직한 초록색 보석이 박힌 목걸이였다.

'저건……'

베르너가 미간을 좁혔다. 옛 기억을 되살린 그의 눈동자가 흔들렸다.

저 목걸이를 사기 위해 그는 사재를 털었다.

왕이라고 돈이 넘치지 않는다. 당시에 그녀의 눈동자를 닮은 목걸이를 보석 경매장에서 보고 그녀의 목에 걸어 주고 싶어서 무리해서 구매했다.

저 목걸이가 클라라의 목에 걸려 있는 것을 봤을 때는 화가 머리끝까지 치밀었다. 왕비님이 주셨다는 클라라의 대답을 듣고 더 화가 났다. 목걸이를 낚아채 곧바로 별궁으로 가서 세레니티를 추궁하며 화를 냈다.

쩌릿하게 조여드는 심장이 아프다. 저 목걸이가 원흉이었다.

'당신은 이때 완전히 내게 마음을 접은 건가.'

이날 세레니티가 사라졌다.

목걸이를 바라보는 세레니티의 눈에서 눈물이 툭툭 떨어졌다. 베르너는 자신도 모르게 뒷걸음질 쳤다.

세레니티는 평소에 표정이 거의 없었다. 베르너가 화를 낼 때도 인형처럼 무심한 표정으로 바라보기만 했다.

'왜……'

세레니티에게 묻고 싶었다. 자신이 없는 곳에서만 당신은 웃고 울었던 것이냐고. 왜 내게는 조금도 보여 주지 않았느냐고.

울던 세레니티가 목걸이에 입을 맞추더니 목에 거는 모습을 보며 베르너는 또 충격 받았다. 그녀에게 자신이 주는 선물은 아무 의미가 없는 줄 알았다.

세레니티는 목에 걸린 목걸이를 만지며 생각에 잠겼다. 정원을 바라보다가 고개를 들었다. 표정에 어떤 결심이 보였다.

그녀가 돌아섰다. 베르너는 심장이 두근거렸다. 설명할 수 없지만, 확신 같은 예감이 들었다. 그녀는 분명 자신을 만나러 가려고 했다.

또 다른 여자가 등장했다. 베르너는 인상을 찡그렸다.

'클라라?'

두 여자는 서로를 마주 보며 몇 마디 하더니 가볍게 포옹했다. 클라라가 두 손으로 세레니티의 손을 잡고 가련한 표정을 지으며 눈물을 글썽거렸다. 머리를 몇 번 숙이며 사죄를 표했다. 세레니티가 고개를 저었다. 클라라의 어깨를 다정하게 끌어안아 위로했다.

무슨 말을 나누는지 들리지 않았다. 보이기는 해도 소리는 없었다. 하지만 지켜보던 사람들의 표정은 모두 미묘했다.

한 남자를 공유해야 하는 두 여자였다.

한 여자는 사라진 전 왕비이고 또 다른 여자는 지금의 왕비다. 그리고 두 여자 모두 왕의 아들을 낳았다. 도무지 가까워질 수 없는 사이였다.

그런데 두 여자는 무척 친밀해 보였다. 하지만 누구도 그들의 관계가 돈독하다는 소문을 들은 적이 없었다. 딱 꼬집어 말할 수 없지만, 뭔가가 이상했다. 사람들은 하나둘씩 위화감을 느끼기 시작했다.

클라라가 들고 온 작은 가죽 주머니를 세레니티에게 내밀었다. 세레니티가 주머니 안에서 화려한 보검을 꺼냈다.

단검의 손잡이는 새하얀 돌을 깎아 만들었고 검집에는 모양과 형태가 다른 가지각색의 보석이 잔뜩 박혔다. 대충 봐도 고가의 귀중품이었다.

세레니티는 매혹적인 검의 자태에 감탄하며 구경하다가 다시 클라라에게 내밀었다. 클라라는 주려고 하고 세레니티는 사양했다. 끝내 세레니티는 받지 않았다.

돌아서는 세레니티를 클라라가 다급히 붙들었다. 클라라의 눈에 기이한 빛이 번뜩였지만, 아주 잠깐이었다. 평소에 사람의 눈을 주의 깊게 보는 예민한 사람 몇은 그걸 포착했다. 왕 역시 그런 사람 중에 들어갔다.

세레니티가 클라라의 손을 뿌리치며 다시 돌아서자 클라라가 고개를 숙여 두 손으로 얼굴을 감싸며 울었다. 이제는 둔감한 사람도 알아차렸다. 클라라는 세레니티가 가지 못하게 붙들고 있었다.

세레니티는 안절부절못하며 곁에서 어쩔 줄 몰라 했다. 클라라에게 어떤 속셈이 있다고는 전혀 의심하지 않는 표정이었다.

두 여자의 모습이 점점 흐려졌다.

"세레니티!"

베르너가 달려가 손을 휘저었으나 이미 사라진 후였다.

"저기!"

누군가 외쳤다. 빈 두 손을 절망스럽게 바라보던 베르너가 고개를 번쩍 들었다. 저만치 걸어가는 두 여자의 뒷모습이 보였다.

물끄러미 그들을 바라보던 왕이 걸음을 뗐다. 두 여자의 뒤를 천천히 따라갔다. 눈빛을 교환하던 귀족들도 곧 왕의 뒤를 따라 움직였다.

론은 어머니가 나타날 때부터 굳은 듯이 서 있었다. 멀미가 나는 것처럼 속이 울렁거렸다. 더 무엇을 보게 될지 모르겠지만, 불길한 예감이 짙게 깔리는 안개처럼 스멀스멀 올라왔다.

그의 곁에 바짝 다가와 손을 잡는 사람이 있었다. 고개를 돌리자 아델이 걱정스레 그를 올려다보았다.

아델은 꿈을 통해 과거를 보며 깨달은 사실이 있었다. 과거는 과거였다. 현재가 과거에 붙잡혀서는 안 된다. 그래서 정령의 힘으로 되살린 기억을 보며 론이 상처를 받을까 봐 걱정되었다.

"보지 않아도 돼요."

볼 사람은 많았다. 그러라고 증인을 잔뜩 불러 모은 것이다.

론은 고개를 저으며 한쪽 팔로 그녀의 어깨를 감싸 안았다.

"봐야지."

어떤 끔찍한 장면이 펼쳐지더라도 최소한 한 가지 의문의 답은 얻을 수 있을 테니까. 지금껏 어머니께 버림받았다고 생각했다. 그런데 그게 아닐지도 모른다.

두 여자는 계속 걸어 별궁의 깊은 안쪽에 있는 연못에 도착했다. 연못 주변을 천천히 돌며 대화하는 두 사람은 종종 해 왔던 일인 것처럼 익숙해 보였다.

두 여자는 대화를 나누고 있을 뿐이었다. 하지만 지켜보는 자들은 이상하게 숨이 막혔다. 뭐가 튀어나올지 알 수 없는 어두운 숲을 바라보는 것처럼 긴장되어 입안이 말랐다.

"왜 아무도 없지."

누군가 중얼거렸다. 그 말에 사람들은 새삼스레 깨닫고 두리번거렸다.

세레니티는 왕비였다. 왕비의 주변에는 마땅히 시중을 드는 시녀가 있어야 한다. 그런데 근처의 어디에도 다른 사람은 보이지 않았다.

베르너가 힘줄이 불거지도록 주먹을 꽉 쥐었다. 세레니티는 항상 지켜보는 눈이 있는 왕비의 삶을 버거워했다. 그래서 그녀가 버티지 못하고 별궁으로 거처를 옮긴 이후에는 그녀의 생활 방식에 관여하지 않았다.

가능하면 그녀가 원하는 대로 해 주고 싶었다. 그리고 궁 안에 있는 한 그녀는 안전하다고 믿었다.

'곁에 호위 하나쯤은 붙여 두었어야 했는데.'

대화를 나누던 두 여자의 분위기가 미묘하게 변하기 시작했다. 클라라가 무슨 말을 하자 세레니티의 안색이 창백해졌다.

몹시 충격을 받았는지 고개를 몇 번 내저었다. 클라라는 세레니티에게 격하게 말을 쏟아내다가 갑자기 돌변해서 애원했다. 클라라를 바라보는 세레니티의 눈빛이 복잡했다.

세레니티는 자신을 붙잡은 클라라의 손을 떼어냈다. 부드럽지만, 단호한 태도였다.

이번에는 세레니티의 말을 들은 클라라의 안색이 창백해졌다. 자신을 외면하는 그녀에게 클라라는 소리쳤다. 대답하지 않고 돌아서는 세레니티에게 클라라가 매달렸다.

붙잡고 놓지 않으려는 클라라와 그녀를 뿌리치려는 세레니티의 몸싸움이 벌어졌다. 길지 않은 싸움은 클라라가 나동그라지면서 끝났다.

허리에 손을 얹고 클라라에게 호령하는 세레니티의 표정은 베르너가 평소에 늘 머릿속으로 되새김했던 연약한 여인의 모습이 아니었다. 베르너는 입을 벌린 채 세레니티를 넋 놓고 보았다.

멀어지는 세레니티의 뒷모습을 바라보는 클라라의 눈동자가 광기로 이글거렸다.

클라라가 단검을 들고 세레니티의 등 뒤에서 달려들었다. 이상한 기척을 느낀 그녀가 몸을 돌렸다.

"안 돼!"

단검이 그녀의 가슴에 박히는 모습을 보며 베르너는 두 손으로 머리를 움켜잡고 비명을 질렀다. 처절한 울부짖음이었다. 세레니티의 몸이 허물어지는 것과 동시에 베르너도 땅에 무릎을 꿇었다. 지금껏 발 디디고 있었던 그의 세상이 와르르 무너졌다.

'이럴 수가. 이럴 수가!'

왕은 이 순간 목 놓아 울고 싶었다. 세상에서 가장 안전하다고 생각했던 자신의 그늘에서 그녀는 잔혹하게 살해당했다.

클라라는 온몸을 덜덜 떨면서 뒷걸음질 쳤다. 주저앉아 바닥을 기어가다가 주춤거리며 일어나 달아났다.

베르너는 비틀비틀 일어나 몇 걸음 걷지 못하고 다시 주저앉았다. 지금 보는 모든 것이 허상이라는 것을 알면서도 차마 가까이 다가갈 수 없었다.

"끄으윽."

비통함으로 가슴을 쥐어뜯으며 땅을 긁었다. 심장이 터질 것 같았다. 숨이 막혀 꺽꺽거렸다.

도망갔던 클라라가 돌아왔다. 클라라를 노려보는 왕의 눈알이 희번득 돌아갔다.

"감히……."

그는 부드득 이를 갈았다.

"감히 네가!"

왕의 절규는 상처 입은 맹수의 포효 같았다.

클라라는 한결 침착해진 안색으로 주변을 탐색해 목격자가 있는지 확인했다. 그리고 세레니티의 곁에 쭈그려 앉아 상태를 확인했다.

사람들은 모두 동시에 생각했다.

정말 저 때 세레니티가 죽었을까?

무기를 쥐는 것조차 제대로 해 본 적이 없는 여인이 장식용 단검으로 사람의 숨을 단번에 끊을 확률이 얼마나 될까.

클라라는 세레니티의 겨드랑이 아래에 팔을 넣고 상체만 반쯤 들어 질질 끌었다. 힘에 겨운지 중간에 몇 번 쉬었다.

목적지는 연못이었다. 설마설마하며 지켜보던 자들은 클라라가 세레니티를 연못 안으로 밀어 넣는 장면을 보며 탄식했다.

연푸른 드레스가 물에 잠겨 수면에서 완전히 사라졌다. 잠시 옆으로 밀려났던 연잎들이 다시 제자리를 찾아 움직였다. 곧 연못의 수면은 큼직한 연잎으로 촘촘히 채워졌다.

흉악한 살인 사건의 현장을 목격한 사람들의 표정이 허옇게 질렸다.

클라라는 왔던 길을 되돌아가 땅을 살피며 걸었다. 그리고 허리를 숙여 가죽 주머니와 보석이 박힌 검집을 주웠다. 그것을 근처의 나무 밑에 파묻었다.

마지막으로 흙과 피로 범벅이 된 자신의 손을 씻었다. 조금 전에 사람을 산 채로 수장했을지도 모르는 그 연못가에서.

치밀하게 증거를 인멸하는 그녀의 침착한 태도는 지켜보는 사람들을 섬뜩하게 했다.

"지독한……."

누군가 중얼거렸다가 입을 다물었다. 귀족들은 두 왕자를 흘끔거리며 말을 아꼈다. 클라라는 두 왕자의 생모였다. 괜히 입을 잘못 놀렸다가 장차 왕이 될 왕자의 눈 밖에 나고 싶지 않았다.

딱딱하게 굳은 표정의 두 왕자를 곁눈질하는 귀족들은 속으로 회심의 미소를 지었다. 왕에게 약점이 있으면 여러모로 유용하다. 어머니의 죄는 두 왕자에게 벗을 수 없는 굴레가 될 것이다.

연못을 잠시 내려다보던 클라라가 몸을 돌렸다. 걸어가는 클라라의 몸이 스르르 사라졌다. 정령이 사람들에게 보여 주는 땅의 기억은 거기에서 끝났다.

조용했다. 아무도 입을 열지 못했다.

'어떻게 이런 일이……'

아이작은 다른 곳도 아닌 궁 안에서 이런 끔찍한 일이 벌어진 것을 믿을 수 없었다. 다들 의심조차 못 했을 것이다. 세레니티가 평범한 사람이 아니라는 사실이 상식적인 수사 개시의 걸림돌이 되었다. 왕은 엉뚱하게 붉은 호수의 숲만 헤집고 다녔다.

왕이 시종들의 부축을 받으며 일어났다. 왕의 지시를 받은 시종들은 아까 클라라가 검집을 파묻었던 나무 밑으로 달려갔다.

시종들이 땅을 파는 모습을 모두 말없이 지켜보았다. 뭔가를 발견한 시종이 안에서 흙투성이의 길쭉한 물건을 조심조심 꺼냈다.

왕의 앞에 무릎을 꿇고 검집을 내미는 시종의 두 손이 부들부들 떨렸다. 베르너의 은회색 눈동자가 분노로 차갑게 얼어붙었다.

"당장 끌어모을 수 있는 인력을 모조리 동원해서 연못의 물을 빼라."

"예. 폐하."

왕이 천천히 주변으로 눈을 돌렸다. 형형한 왕의 시선을 차마 마주하지 못하고 다들 눈을 피했다. 두 왕자는 침통하게 고개를 떨어뜨렸다.

베르너는 울화가 치밀었다. 끓어 넘치기 직전의 분노를 어딘가에 풀지 않으면 견딜 수 없을 것 같았다. 먹잇감을 물색하는 맹수처럼 사나운 눈으로 주변을 돌아보던 그는 푸른 머리의 청년과 눈이 마주쳤다.

두 부자는 말없이 서로를 응시했다. 이번에는 베르너가 먼저 눈을 피했다.

'미안하다. 네 어머니를 지키지 못했구나.'

면목이 없었다. 자식을 낳아 준 제 여자도 지키지 못한 형편 없는 사내가 되었다. 그는 뜨거워지는 눈가를 두 손가락으로 꾹 누르며 자신을 꾸짖었다.

'너는 울 자격도 없다.'


엄청난 수의 일꾼이 동원되었다. 아마 궁을 신축할 때도 이처럼 많은 수의 사람을 불러 모으지는 않았을 것이다.

수백 명의 일꾼이 연못 옆에 커다란 구덩이를 파는 작업에 착수했다. 연못의 크기가 상당하여 일일이 물을 퍼내는 작업은 한계가 있으니 옆에 새 연못을 파서 물을 옮겨 빼낼 계획이었다.

날이 저물어도 작업은 멈추지 않았다. 시야에 방해될 정도로 날이 어두워지자 주변에 잔뜩 등을 밝혔다. 밝은 불빛 아래에서 일꾼들이 열심히 땅을 팠다.

베르너는 모든 것이 밝혀지는 순간을 하나도 놓치지 않을 작정으로 현장에서 눈을 떼지 않았다. 왕이 버티고 자리를 지키고 있으니 귀족들도 돌아갈 수 없었다. 꼼짝없이 밤이슬을 맞으며 날밤을 새워야 하는 처지가 되었지만, 누구도 불만을 드러내지 못했다.

워낙 동원된 일꾼이 많아 진행 속도는 무척 빨랐다. 그래도 한두 시간 안에 끝날 작업이 아니었다.

론은 아델에게 후작가로 돌아가 쉬라고 권했다.

"가서 편히 자고 내일 아침에 와. 아무래도 밤새 걸릴 것 같으니까."

아델은 망설이지 않고 고개를 저었다.

"같이 있을래요. 억지로 보내면 화낼 거예요."

"네가 힘들까 봐 그래."

"……괜찮아요?"

잠시 아무 말이 없던 론이 고개만 끄덕였다. 그는 지금 자신의 심정을 한마디 말로 표현할 수 없었다. 클라라를 향한 분노가 치솟다가 어머니에 대한 연민이 교차했다. 심장이 저미는 것처럼 아프다가 가슴속이 텅 빈 것처럼 헛헛했다.

오직 한 가지 진실을 확신한 것만이 유일한 위안이었다. 어머니는 자신의 책임을 모두 내버리는 비겁한 도망자가 아니었다.

*     *     *

축축한 것이 자꾸 얼굴을 핥았다. 아델은 인상을 쓰며 손을 내저었다.

"하지 마. 얀."

『아델.』

부르는 소리를 듣고 아델은 눈을 떴다. 가장 먼저 보이는 것은 늑대의 맑은 눈동자였다. 아델은 웃으며 늑대의 푸근한 털 속으로 손가락을 넣었다. 자신을 항상 강아지처럼 순한 표정으로 보는 늑대가 사랑스러웠다.

『아델.』

아델은 고개를 돌렸다가 흠칫했다. 어린 아델을 봤다가 늑대를 돌아보았다. 정령이 보이는 것을 보니 여긴 현실이 아닌데 어떻게 얀이 여기에 있을까.

　의문의 답은 정령이 주었다.


　『너만 부르려 했는데 그 녀석이 따라 들어왔구나. 네가
　걱정된 모양이다.』


"그런 거야, 얀?"

아델은 두 팔로 늑대의 목을 꽉 끌어안았다.


　『아델.』


아델은 아까부터 느낀 위화감의 이유가 무엇인지 알았다.

"내 이름을 처음 불렀어."


　『그랬나?』


"그랬어."


　『그랬군.』


정령이 희미하게 웃었다.

『언어는 무의식을 반영하지. 나는 아마 너를 인정하기 싫었던 것 같다. 너를 인정하면 돌이킬 수 없다고 생각했으니까. 어리석었지. 흘러간 물은 되돌릴 수 없는 것을.』

"너 좀…… 이상해."

처음에는 착각인 줄 알았는데 정령의 모습이 반투명했다. 여기가 어디인지도 모르겠다. 사방이 안개가 낀 것처럼 흐릿했다.

"여기는 또 어디고."

『여긴 네 꿈이 아니다. 너를 내가 부른 거다.』

"왜?"

『마지막 인사는 하고 싶었다.』

아델은 잠시 정령의 말을 이해하지 못했다.

"마지막이라니? 작별 인사를 한다는 거야?"

『그래. 이제 다시는 나와 만날 일이 없을 것이다.』

"뭐?"

아델은 버럭 소리쳤다.

"그런 말을 이런 식으로 갑자기! 이러는 게 어딨어? 지나가는 사람에게 아침 인사를 건네는 것처럼 말할 일이야?"

『좋아할 줄 알았는데? 내가 사라져야 너는 네가 바라는 완전한 인간이 된다.』

아델은 잠시 말문이 막혔다가 반박했다.

"말했지만, 네가 사라지기를 바라는 게 아니야. 인간이 되고 싶은 건 맞아. 그러니까…… 나는 나, 너는 너. 서로를 인정하자는 거지. 너를 희생해서 나만 살고 싶다는 게 아니라고."

정령은 아델을 말없이 바라보다가 부드럽게 미소 지었다.

『내 말이 그 말이다. 이제 넌 너의 삶을 살아라. 난 내 갈 길을 갈 테니.』

허탈한, 그러나 한편으로 안도한 표정으로 아델은 한숨을 내쉬었다.

"하여튼, 넌 말하는 방식이 잘못됐어. 그런 식으로 말하면 사람들은 오해한단 말이야."

『난 인간이 아니다.』

"그래, 그래. 그런데 왜 다시는 못 만나? 가끔 이렇게 보면 안돼?"

『그편이 너에게도 나에게도 좋다. 구질구질하게 굴지 마라.』

"……그런 말도 써?"

『난 인간들과 세상을 돌아다녔다. 그들이 쓰는 말투는 누구보다 잘 알고 있다.』

"어련하시겠어. 고상한 분께서는 알아도 안 쓴다는 거네."

투덜거리는 아델을 바라보는 정령의 눈빛이 따뜻했다. 겉으로 보면 퍽 이상한 모습이었다. 한 명은 여인이고 한 명은 어린 소녀. 그런데 소녀의 표정과 눈빛이 연륜 있는 노인처럼 깊었다.

"카발이 다시 나타나면 어떻게 해?"

『어둠은 소멸했다.』

"정말? 언제?"

『나는 느낄 수 있다. 그러니 안심해도 된다. 그저……』

정령은 말을 하려다 입을 다물었다. 아델이 불안한 표정으로 캐물었다.

"왜? 남은 문제가 더 있어?"

완벽한 소멸은 아니었다. 아주 미약한 기운이 느껴졌다. 하지만 다시 힘을 얻어 세상을 위협할 정도가 되려면 아득한 시간이 필요할 것이다. 인간의 삶을 선택한 아델이 살아가는 동안에는 벌어지지 않을 일이고 인간은 자신이 죽은 후를 걱정해 봐야 아무 소용이 없다.

소녀는 고개를 저었다.

『없다. 아무것도.』

"네가 그렇다면 그런 거겠지. 물어볼 게 있는데……. 론의 어머니는 그때 돌아가신 거야?"

『정령은 인간이 아니다. 죽지 않는다.』

"그럼 살아 계셔?"

『인간의 개념으로 말하자면 아니다. 인간의 형태를 유지할 영혼의 기운이 파괴되면 다시 자연으로 돌아가지.』

그건 인간들이 말하는 죽음과 다를 게 없었다. 아델은 시무룩해졌다.

"그럼 르웨나는?"

『르웨나는 좀 다르다. 르웨나는 어둠에 물들었다. 순수한 정령의 자격을 잃었으므로 소멸했다.』

"그건 너무 슬프잖아."
아델의 눈에 그렁그렁 눈물이 맺혔다.

『모든 것은 시작이 있으면 끝이 있다. 사람이 태어나 죽는 것이 섭리인 것처럼 르웨나도 섭리에 따른 것뿐이다.』

'나도 그 섭리에 따르게 되겠지.'
정령은 중얼거렸다. 다가오는 끝이 보였다.

비워지면 채워져야 한다. 힘을 보충해 주어야 하는 근원, 붉은 호수의 숲은 이미 자신의 역할을 잃었다. 빛의 정령은 지금 서서히 흩어지고 있었다. 발버둥 치며 저항하는 대신 받아들이기로 마음먹었다. 시작이 있으면 끝이 있고 끝은 다시 시작이 될 것이니.

하지만 마지막으로 해야 할 일이 남았다. 텅 빈 숲에 오랫동안 홀로 내버려 둔 마지막 정령, 외로웠던 그 아이가 이름을 준 인간에게 마음을 준 것은 어쩌면 당연한 일이었다.

가여운 세레니티를 위해 남아 있는 마지막 힘을 쓸 것이다. 자신이 주는 힘으로 세레니티가 무엇을 할지는 그 아이의 선택에 달렸다.

아델은 눈물을 닦으며 샐쭉한 표정을 지었다.

"냉정하기는."

정령이 고개를 돌려 어딘가를 응시했다가 다시 아델을 보며 말했다.

『인간들이 찾으려는 것을 발견했구나.』

"그럼 세레니티…… 그분을!"

『행복하길 바란다.』

담담한, 마지막 인사였다. 아델은 기분이 이상했다. 왠지 이대로 보내기 싫었다.

"어디로 가? 숲이 변했다고 했잖아."

『세상은 넓다.』

아델은 머뭇거리다가 말했다.

"이런 표현이 어울리지는 않지만, 음……. 어딜 가든 잘 지내. 인간은 자신의 뿌리를 알지 못하면 찾고 싶어서 방황한대. 카발이 아버지를 그토록 미워했으면서도 하란을 찾아간 것처럼. 난 내가 누군지 확실히 알아. 내게 뿌리가 있다면 너니까."

『내가 너의 뿌리?』

정령이 환하게 웃었다. 아델은 처음으로 정령이 진심으로 웃는 모습을 본다고 생각했다.

『내게도 남는 것이 있었구나.』

이 세상에 자신이 존재했던 흔적이 눈앞에 있었다. 인간들이 왜 그토록 후손을 남기는 일에 집착하는지 알 것 같았다.

『그놈이 속 썩이면 말해라.』

아델의 눈이 동그랗게 커졌다가 깔깔 웃었다.
"혼내 줄 거야?"

## 「그래. 언제든 달려와서 혼내 주마」

"아, 든든해라."

아델은 두 팔을 뻗어 자그마한 체구의 소녀를 꼭 안았다. 잠시 멈칫한 소녀가 아델의 등을 토닥토닥 두드렸다.

아델이 다시 눈을 떴을 때는 주변이 환했다. 그녀는 늑대에 기대어 누워 있었다. 정령과 서로 안아 주었던 감각이 아직 두 팔 안에 잔상처럼 남았다. 정령다운 깔끔한 이별이었다.

아델은 이상한 상실감이 느껴지는 가슴을 문질렀다. 소중한 것을 잃은 것처럼 허전했다.

웅성거림을 듣고 그녀는 일어나 앉았다. 연못가 주변을 빙 둘러싸고 사람들이 잔뜩 모여 있었다.

'맞아. 찾았다고 했지.'

사람들 틈에 론의 뒷모습도 보였다. 아델은 벌떡 일어나 달려 갔다.

연못의 물을 빼기 시작할 때부터 베르너는 연못의 기슭에 바짝 붙어 섰다. 왕이 미끄러져 넘어지기라도 할까 봐 시종장이 안절부절못하며 조금만 물러나시라고 아무리 청해도 들은 척하지 않았다.

연못의 옆에 새 연못을 깊이 판 덕에 두 곳을 연결하자마자 낮은 구덩이로 물이 쏟아져 들어갔다. 연못의 수면은 빠른 속도로 내려갔다.

베르너는 낮아지는 수면 아래에서 흔들리는 푸른색을 보았다. 물이 전부 빠지기도 전에 그대로 연못 안으로 뛰어들었다.

"폐하!"

베르너가 비탈진 진흙에 쭉 미끄러져 엉덩방아를 찧자 뒤에서 비명처럼 사람들이 왕을 불렀다. 그는 아랑곳하지 않고 푹푹 다리가 빠지는 진흙 바닥을 힘겹게 걸었다. 금세 온몸이 젖고 진흙투성이가 되었다.

그사이에 물이 더 빠져 푸른색의 천은 옷의 일부분이라는 사실이 확실하게 드러났다. 연못가에 서서 바라보는 사람들은 푸른 드레스 안의 해골을 상상하며 몸서리쳤다. 한때 이 나라의 왕비였던 고귀한 분의 최후가 너무 비참했다.

베르너는 두 팔을 물 안에 넣어 드레스의 형태가 드러나는 그녀의 몸을 안아 끌어올렸다.

"헉!"

여기저기서 숨죽인 비명을 질렀다. 햇빛 아래에 창백한 여인의 얼굴이 드러났다. 해골도, 부패하는 시체의 모습도 아니었다.

"세레니티……."

베르너는 덜덜 떨리는 손으로 그녀의 얼굴을 더듬었다. 그가 기억하는 모습 그대로였다. 잠든 것처럼 눈을 감고 있는 그녀의 뽀얀 얼굴은 생채기도 없이 깨끗했다.

혹시나 싶어 그는 그녀의 코밑에 손가락을 가져갔다. 가녀린 손목을 잡아 맥박을 확인했다. 그녀의 가슴에 귀를 가져다 대고 심장 소리를 들어보려 했다. 그녀가 살아 있다는 증거는 아무것도 찾을 수 없었다.

"으아아악!"

왕은 그녀를 끌어안고 비명을 질렀다. 까마득한 절망이 그를 집어삼켰다. 미칠 것 같았다. 미치지 않는 자신이 이상했다.

들것에 실려 세레니티는 반듯한 땅으로 옮겨졌다. 오랜 세월 그녀를 가두고 있었던 연못의 밑바닥에서 드디어 빠져나왔다.

베르너는 그녀의 차가운 몸을 끌어안고 오열했다. 비통한 왕의 울음을 들으며 눈물짓는 자들도 있었다. 아무도 왕을 말리지도, 다가가지도 못했다.

왕의 곁으로 다가가는 사람에게 당연히 모두의 시선이 모였다. 아델이 곁에 다가가 앉았다.

"폐하. 그분을 이제 쉬게 해 주세요."

흐느끼던 베르너가 고개를 들었다. 울먹이는 왕의 행색이 엉망이었다.

"어떻게…… 어떻게 안 되겠소? 그대의 힘으로 안 되는 건가?"

애원하는 왕의 얼굴이 마음 아팠지만, 아델은 고개를 저었다.

"폐하. 단검이 그분의 안식을 방해하고 있습니다."

멀리서 봤을 때부터 아델의 눈에는 보였다. 세레니티의 가슴에 박힌 단검 주변으로 까만 기운이 맴돌았다. 지독한 악의가 뭉쳐 있었다.

"아아……. 미안하오. 이걸 아직도 당신 가슴에 꽂힌 채 두다니."

베르너는 세레니티의 얼굴을 쓰다듬으며 말했다. 그녀의 가슴에 박힌 단검의 손잡이를 쥐고 부들부들 떨다가 아주 조심스럽게 힘을 주었다.

완전히 뽑아낸 단검을 그는 멀리 던져 버렸다. 그리고 그 순간 아델은 자신의 몸속에서 뜨거운 기운이 훅 뽑혀 나오는 것을 느꼈다.

세레니티의 몸에서 빛이 뿜어 나오다가 서서히 줄어들어 다시 몸 안으로 갈무리되었다.

기적을 바라며 그녀를 내려다보던 베르너의 표정이 일그러졌다. 그녀의 몸이 조금씩 희미해졌다.

"안 돼……. 가지 마시오. 제발."

그의 간절한 애원에도 그녀의 몸이 고운 빛의 입자로 흩어지는 모습을 보며 베르너는 눈물만 주룩주룩 흘렸다.

세레니티의 몸에서 긴 빛의 줄기가 하늘로 솟아올랐다. 그 빛은 두 개로 갈라져 베르너와 론의 몸을 덮었다.

자신을 감싼 빛이 사라진 후 론은 몸이 가벼워진 것을 느꼈다. 마치 무거운 짐을 잔뜩 짊어졌다가 내려놓은 것 같았다.

"론."

몽롱한 기분에 잠겨 있다가 론은 고개를 돌렸다. 아델을 바라보며 그는 멍하게 중얼거렸다.

"어머니를 뵈었어."

남들이 보기에는 숨을 몇 번 내쉬는 정도의 짧은 시간이었지만, 그는 시간의 틈새에서 어머니를 만나 대화를 나누었다.

「사랑하는 내 아들. 엄마는 네가 태어나 아주 많이 행복했어. 너의 존재를 처음 알았던 날부터 단 한 순간도 행복하지 않은 적이 없었단다.」

어머니의 애정 어린 한마디가 자신도 모르게 갖고 있던 그의 가슴 밑바닥에 깔린 앙금을 깨끗이 씻어냈다.

세레니티는 론을 꼭 끌어안으며 말했다.

「엄마가 곁에 있어 주지 못해서 미안해. 이렇게 잘 커 줘서 고맙다. 엄마가 너를 위해 해 줄 수 있는 게 이것밖에 없구나.」

어머니는 아름다웠다. 그의 추억 속에 남아 있던 모습보다 훨씬 더.

"론."

그를 올려다보는 아델의 표정이 우는 것 같기도 하고 웃는 것 같기도 했다.

"눈동자 색이 바뀌었어요."

론은 반사적으로 눈가를 더듬었다.

"늑대의 눈이에요. 아주 근사한 은회색."

아델은 세레니티가 아들에게 마지막 선물을 주고 간 것을 알수 있었다. 론의 몸에 남아 독처럼 돌아다니던 어둠의 기운을 정화했다. 아마 이제 론은 두 번 다시 괴물이 나오는 악몽을 꾸지않을 것이다.

"폐하!"

다급한 외침을 들으며 두 사람은 고개를 돌렸다. 격한 슬픔을이기지 못한 왕이 정신을 잃었다. 시종들이 몸이 축 늘어진 왕을둘러업었다. 론은 시종에게 업힌 채 멀어지는 아버지의 뒷모습을 바라보았다.

'어머니를 만나셨겠군요.'

두 분은 무슨 대화를 나누었을까. 아버지의 일방적인 사랑이아니었다. 어머니도 아버지를 사랑했다. 그냥 그게 느껴졌다. 서로 사랑한 두 사람이 비극적인 결말을 맞이한 이유는 모르겠지만.

"돌아가자."

론은 한쪽 팔로 아델을 안으며 돌아섰다.

"저택으로요?"

"우리 집으로."

두 사람이 마주 보며 웃었다.

후작가에 돌아온 그들은 돌아갈 준비를 시작했다. 그런데 그날 오후, 성주의 심부름으로 레바스 성에 간 에릭이 돌아왔다. 아델과 티타임을 즐기던 론은 노크도 없이 들이닥친 에릭을 멀뚱히 보았다.

"벌써 다녀온 건가?"

"성주님. 당장 귀환하셔야 합니다."

론은 굳은 표정으로 찻잔을 내려놓았다.

"레바스 성에 무슨 일이 생겼나?"

"레바스만의 문제가 아닙니다. 하란 전체에서 변고가 발생했습니다. 아버지가 한시라도 빨리 성주님을 모셔 오라고 했습니다."

"그럼 아델과 나는 스크롤을 써서······."

"아니에요. 혼자 먼저 가요."

아델이 말했다.

"얀은 어떻게 해요."

"아······. 그렇지. 얀."

"얀과 함께 뒤따라갈게요. 뒤는 내게 맡기고 어서 가 봐요. 나는 걱정하지 말고요. 얀도 있고 기사들도 있어요."

론은 어쩔 수 없이 마법의 힘을 빌려 혼자만 레바스 성으로 돌아갔다. 그리고 에릭의 말이 조금의 과장도 없음을 알게 되었다.

바실 수장이 심각한 표정으로 말했다.

"가문의 불꽃이 꺼졌습니다. 아니, 사라졌다고 하는 말이 더 정확할 것 같습니다."

"레바스 가문의 불꽃이?"

"아닙니다. 일곱 가문 전부입니다. 가문의 불꽃이 전부 사라졌습니다. 중앙 광장에 있는 일곱 개의 탑에도 불꽃이 전부 사라진 것을 확인했습니다. 이것은 하란의 근간을 흔드는 중대한 사건입니다."

루터는 론을 물끄러미 보더니 말했다.

"한데 성주님. 눈이……."

론은 흠칫하며 눈을 만졌다. 잊고 있었다. 그에게는 이제 레바스 가문을 상징하는 보라색 눈이 없었다. 가장 중요한 자격을 잃었다.

"바실 수장. 일곱 가문의 수장을 모두 모아 주시오."

론은 자신이 쓰고 있는 가면을 벗기로 마음먹었다. 거짓으로 손에 넣은 것을 내려놓을 것이다.

형제의 복수는 아직 마무리가 덜 되었으나 레바스 가문 덕분에 지금껏 진행한 것만으로도 충분했다. 나머지는 자신의 힘으로 해낼 자신이 있었다.

레바스의 힘을 빌리면 시간이 훨씬 단축되겠지만, 시간은 중요하지 않았다. 어차피 시작할 때는 평생을 각오했다.

　　　　＊　　　＊　　　＊

　하란은 마법 제국이다. 마법이 나라의 바탕을 이룬다.

　전체 인구에 비하면 마법사의 수는 소수이며 마탑에서 주로 생활하는 마법사들은 일반인들의 삶에서 거의 격리되어 있지만, 하란의 모든 백성은 마법이 생활 일부라는 사실을 아무도 의심하지 않았다.

　대마법사 하란은 위대한 마법 두 가지를 남겼다. 하나는 나라 전체를 감싸고 있는 거대한 결계이며, 또 하나는 가문의 불꽃이었다.

　그런데 그 두 가지가 모두 사라졌다. 가문의 불꽃은 중앙 광장의 탑을 통해 모든 사람이 볼 수 있으니 어쩔 수 없지만, 결계가 사라진 사실은 아직 비밀에 부쳤다.

　하란에는 국가 단위로 운용하는 군대가 없다. 하지만 백성들은 아무도 불안해하지 않았다. 대마법사 하란이 남긴 결계가 자신들을 안전하게 지켜 준다고 철석같이 믿기 때문이다.

　결계가 사라진 사실을 알면 나라 전체가 뒤집힐 것이다. 가문의 불꽃이 사라진 것과는 차원이 다른 문제였다.

　분위기가 뒤숭숭한 와중에 아델이 함께 떠났던 일행들을 통솔해서 성으로 귀환했다.

　"왜 그랬어요?"

　론이 수장들을 모두 불러 모아 자신이 전대 성주의 손자가 아니라는 사실을 밝혔다는 말을 듣고 아델은 그에게 물었다.

"보다시피 내 눈이⋯⋯."

"그런 건 상관없어요. 어차피 가문의 불꽃이 사라졌다면서요. 누가 론의 자격에 시비를 걸 수 있겠어요."

"⋯⋯글쎄. 왜 그랬을까."

론은 중얼거리다가 피식 웃었다.

"그러고 싶었어. 그래야 마음이 편할 것 같았거든."

거짓말을 하고 싶지 않다는 고상한 의도만은 아니었다. 홀가분해지고 싶다는 이기적인 마음이 더 컸다. 성주의 지위는 권리만큼 막대한 책임이 따른다. 그건 '레온'의 권리이자 의무였다. 론의 것이 아니었다.

"수장들의 반응은요?"

"일곱 수장의 만장일치로 일단 내 권한은 전부 정지된 상태."

표정이 좋지 않은 아델을 보며 론은 덧붙여 말했다.

"그 외에는 없어. 난 감옥까지는 아니더라도 감금 정도는 될 줄 알았지. 그냥 지금 놀고먹는 중이야."

론은 일어나 소파 맞은편에 앉아 있는 그녀에게 다가갔다.

"그러니까 아델. 심각해질 필요 없어. 난 지금 아주 좋으니까."

론은 아델을 안아 들었다. 아델은 그가 걸어가는 방향에 침대가 있다는 걸 알고 얼굴을 붉혔다.

"설마⋯⋯ 아니죠?"

아델은 침대에 앉아 뒤로 물러나면서 말했다.

"설마 맞는데?"

론이 그녀를 느긋하게 눈으로 좇으며 말했다. 침대 위에서 도 망치는 건 한계가 있었다. 어느새 그는 민첩하게 아델의 위를 덮쳐누르며 그녀의 목 위까지 잠근 단추를 풀고 있었다.

"지금은 낮이라고요."

"지금 내가 밤낮을 가릴 처지가 아니라서."

"론은 내게 거짓말했어요!"

론의 손이 멈칫하며 그녀에게 물었다.

"무슨 거짓말?"

"멜이…… 그…… 그건 그렇게 오래 하는 것도 자주 하는 것도 아니랬어요."

아델은 자신을 내려다보는 그의 눈을 보며 침을 꼴깍 삼켰다. 은회색으로 바뀐 그의 눈동자를 볼 때마다 생소한 기분에 사로잡혔다.

예전에 그와 눈이 마주칠 때 가끔은 보라색이 무감정해 보인다고 생각했다. 은회색의 눈동자는 훨씬 더 감정이 잘 보였다. 자신을 바라보는 그의 눈에서 노골적인 탐욕을 볼 때마다 오싹소름이 돋았다.

그의 입이 싱긋 웃었다. 하지만 아델은 속지 않았다. 그의 눈은 전혀 웃고 있지 않았다.

"네 하녀의 경험담인가?"

"아뇨. 보통 다들……."

"아델. 네 하녀는 미혼이야. 들을 만한 사람에게 조언을 구해야지."

아, 뭔가 위험하다. 아델의 본능이 경고했다. 그녀는 재빠르게 몸을 돌려 기어가려고 했다. 그러나 아주 쉽게 덥석 잡혔다. 단단한 팔에 허리가 감겨 확 끌어 당겨지자 아델은 짧은 비명을 질렀다.

"네 하녀에게 우리 이야기를 하는 건 금지야. 알았지?"

"우리 얘기를 한 게 아니라……. 악!"

갑자기 그가 목을 콱 무는 바람에 아델은 깜짝 놀랐다. 아픈 건 아니었지만, 목이 물리는 기분이 굉장히 이상했다.

몸이 바로 다시 뒤집혀 천장을 보고 누웠다. 이어지는 키스에 그녀는 눈을 감았다. 버둥거리던 그녀의 두 팔은 오래지 않아 그의 목을 감았다.


"떠나기 전에 왕궁에서 사람이 왔었어요."

아델의 머리카락 속에 손가락을 넣어 쓸어내리던 그의 손이 멈추었다.

"폐하께서 론을 찾으신다고 했어요. 이미 하란으로 떠났다니까 몹시 낙담하더군요."

아델은 조심스레 그의 표정을 살피며 물었다.

"폐하를 뵈러 가지 않을 거예요?"

"응."

론의 대답은 망설임이 없었다.

"내가 그곳에 갈 일은 두 번 다시 없어."

급히 오느라 아이작과 제대로 인사를 나누지 못한 게 마음에 걸리지만, 꼭 알시온으로 가야만 아이작을 만날 수 있는 건 아니다. 다른 곳에서 만나도 되고 이곳으로 초대해도 된다.

"하지만……. 왕이 될 수 있을지도 모르는데……."

떠나기 직전에 펠릭스 후작과 인사를 나누며 후작이 아쉬운 듯 흘리는 말을 들었다. 성으로 돌아오는 내내 후작의 말이 머릿속에서 떠나지 않았다.

왕위 계승이 어떤 방식으로 이루어지는지 전혀 모르는 아델이 보기에도 상황이 절묘했다. 알시온에는 왕비가 낳은 적통 왕자가 셋. 그런데 그중 둘은 클라라가 낳았는데 클라라는 과연 어떤 처벌이 내려질지 짐작하기도 어려운 중죄를 지었다.

세레니티는 비극적으로 죽었다. 왕은 그녀에 대한 죄책감을 어떻게든 풀고 싶을 테고 그걸 아들에게 보상하는 방식으로 하려 들 것이다.

"왕……."

론은 무심히 중얼거렸다. 아델이 아는 것을 그가 모를 리가 없었다.

"왕비가 되고 싶어?"

아델의 얼굴이 확 달아올랐다. 아주 잠깐, 왕비의 삶은 어떨까 생각한 속내를 들킨 것 같았다.

"하긴 지금 내 위치가 불안하지. 언제 레바스 성에서 쫓겨날지 모르니까. 큰일이네. 행복하게 해 준다고 했으면서 고생시키면 안 되는데."

"왜 그런 생각을 해요! 내가 돈이 많으니까 괜찮다고 했잖아요. 우리 둘이 평생 놀면서 써도 남는다고요. 그리고 누가 누굴 쫓아내요? 론이 아니었으면 레바스 가문은 진작에 문을 닫았을 거예요."

론은 웃으면서 그녀의 입술에 키스했다.

"오자마자 결혼식부터 하려 했는데. 모르는 사람이 없도록 아주 성대하게."

그가 몸을 일으켜 아델의 위로 타고 올라왔다. 아델은 그를 아연하게 올려다보았다.

"······또?"

대답 대신에 그의 얼굴이 다가왔다. 아델은 얼른 두 손으로 그의 맨가슴을 밀어냈다.

"내가 왕비가 되고 싶다고 하면요?"

말을 꺼내자마자 아델은 자신의 가증스러움에 놀랐다. 지금 자신은 그의 속을 떠보고 있었다.

"정말?"

아델은 머뭇머뭇 고개를 끄덕였다. 그가 웃을지도 모른다고 생각했지만, 그는 진지하게 생각에 잠겼다.

"아이작에게 연락해야겠다."

"네?"

"복잡하고 미묘한 문제니까. 밑 작업을 해 둘 게 많아."

"돌아가지 않는다면서요."

론은 그녀의 탐스러운 금발을 쥐어서 손가락 사이로 부드럽게 스치는 보들보들한 머리카락의 감촉을 음미했다. 이 아름다운 금발에 화려한 왕비의 관을 씌우면 완벽할 것 같다.

"생각해 보니 국혼도 괜찮겠어."

왕가의 결혼에 이혼은 불가능했다. 그녀를 영원히 자신의 곁에 묶어 둘 수 있을 것이다. 그는 진심으로 혹하는 마음이 들었다.

"아니에요. 그냥 헛소리였어요. 왕비가 되고 싶지 않아요. 정말 그건 바라지 않아요."

그가 더 진지해지기 전에 아델은 다급히 말했다. 그녀는 두 손으로 그의 얼굴을 감싸 쥐었다.

"당신만 있으면 돼요. 그걸로 충분해요."

론은 그녀의 두 손을 잡아당겼다가 살짝 떠오른 등 아래에 손을 넣어 일으켰다. 아델은 그의 허벅지에 걸터앉아 그를 마주 안은 자세가 되었다. 지금 맞닿은 두 사람의 피부 사이를 가로막는 것이 아무것도 없었다.

민망해하며 시선을 마주치지 못하는 그녀의 턱을 움켜잡고 그는 붉게 부풀어 오른 그녀의 입술을 삼켰다.

정신을 차릴 수가 없다. 그녀에게 완전히 푹 빠져 허우적대고 있었다. 하지만 이 혼몽에서 깨어나고 싶지 않았다.

*    *    *

시간이 흘렀다. 론은 한량 같은 나날을 보내고 있었다.

그는 지금껏 살아오면서 요즘처럼 아무것도 하지 않고 논 적이 없었다.

온종일 아델의 곁에서 떨어지지 않으며 노닥거렸다. 때가 되면 밥을 먹고 날이 저물면 잤다. 그리고 대부분 시간을 그녀와 침대에서 보냈다.

주어진 자유가 길지는 않을 것이다. 일곱 가문의 수장들은 머지않아 어떤 식으로든 결론을 낼 것이다.

꽤 놀았구나, 생각할 때쯤에 대현자 데보라가 방문했다.

"역시 레바스 성은 조용하군. 바깥은 지금 난리라네."

론은 묘하게 웃었다. 어쩌면 레바스에 떨어진 폭탄이 가장 클 수도 있었다. 주인의 자리에 가짜가 앉아 있었다는 사실이 드러났으니까.

하지만 성은 평온했다. 겉보기에만 그런 것이 아니라 실제로도 문제없이 잘 돌아가고 있었다. 얀이 새벽마다 성벽을 타고 달리는 데 취미가 붙어 가끔 사람들을 놀라게 하는 것만 제외하면 평화로웠다.

오랫동안 동부에서 군림한 대가문의 저력은 위기 상황이 되자 위력을 발휘했다. 특히 일곱 가문을 실질적으로 주도하는 사람이 바실 수장이라는 점은 레바스의 큰 복이었다.

루터는 사욕이 없는 사람이었다. 그리고 전대 성주를 대신해 잡음 없이 가문을 보살핀 경험도 있었다. 론이 모든 권한을 놓았는데도 삐걱거리는 곳이 없었다.

일곱 수장의 입은 무거웠다. 아직 론의 진짜 신분에 대해서도 전혀 말이 나돌지 않았다. 고용인들은 전과 다름없는 태도를 보였다.

"어떻기에 그렇습니까?"

"쑥대밭이지."

지금까지 왕이나 다름없는 대가문의 자격을 오직 가문의 불꽃이 결정했다. 절대적인 상징이었다. 누구도 이의를 제기하지 못했다.

가문의 불꽃은 구심점이자 동시에 불만을 억누르는 역할도 했다. 항상 높은 자질을 가진 자가 위에 오르는 게 아니다. 그리고 아랫사람이 윗사람의 능력에 의문을 갖기 시작하면 분란이 싹트는 것이다.

평범한 대다수 백성에게 가문의 불꽃은 먼 나라 이야기였다. 그러나 대가문의 가신들, 특히 일곱 가문은 대가문 못지않은 규모와 역사를 가진 곳이 많았다. 가문의 불꽃이 사라진 지금, 그들이 대가문에 도전해도 제재할 수단이 없었다.

반역 또는 혁명.

어떤 표현도 적절하지는 않지만, 권력을 차지하기 위한 아귀다툼이 슬슬 벌어지기 시작했다.

'하란의 위기인가.'

하란이 뿌리째 흔들리고 있었다. 론은 이 나라가 어떤 식으로 흘러갈지 궁금했다.

무너질 것인가, 아니면 더 견고하게 올라갈 것인가.

"마탑의 뜻은 어떻습니까?"

"마탑의 뜻이 무슨 상관인가. 우리는 지켜볼 뿐이네. 간섭해서는 안 되는 게 원칙이야."

마법사들이 맡는 최대의 역할은 행정 집행이었다. 절대 입법과 사법에는 손대지 않았다.

아득히 오래전 마법사들은 과욕을 부렸다가 세상의 공적이 되었다. 그때의 교훈을 잊지 않았다.

"이런 얘기를 하러 온 건 아니고……. 아무튼, 이게 따지고 들면 전부 다 레바스 가문 때문이네."

"……예?"

"자네, 가문의 신물인 반지를 가지고 있지?"

"예. 지난번에 제게 주셨지요."

데보라는 말콤의 저택 별채에서 주운 반지를 주인에게 돌려주었다. 론은 그게 왜 거기 있었는지 파헤치지 않았다. 여러 가지 일이 많아 알아볼 시간도 없었다.

"그것 좀 볼 수 있겠나?"

론이 집사에게 반지를 가져오라고 지시하는 동안 데보라는 유심히 론을 관찰했다.

"그런데 자네 눈은 왜 그러나?"

데보라는 말콤의 저택을 보호한 결계를 깨는 자리에 있었고 지크가 어둠의 속박에서 벗어나는 모습도 목격했다.

이미 대현자는 대충 끼워 맞춰 상황을 짐작하고 있을 것이다. 그래서 론이 간략히 설명하는 것만으로도 데보라는 금방 알아듣고 고개를 끄덕였다.

"과연."

데보라는 론의 이야기 속에서 단서를 얻었다.

집사가 반지를 넣어 둔 주머니를 가져왔다. 론은 반지를 꺼내다가 흠칫 놀랐다. 반지가 두 개로 쪼개져 있었다.

"이게 왜……."

반지를 받은 후 주머니에 넣어 두고 꺼내 보지 않았다. 심각하게 굳는 론의 표정을 보며 데보라는 말했다.

"자네의 관리 소홀이 아니니 걱정하지 말게."

데보라는 반지를 보며 긴 한숨을 쉬었다.

"좀 긴 이야기가 될 것 같군."


데보라가 찾아낸 아그릿의 유산은 두툼한 노트 한 권이었다. 보존 마법으로 오랜 세월을 견딜 수 있도록 조치한 것만 제외하면 평범한 기록 노트였다.

아그릿은 그 노트를 항상 품에 지니고 다닌 것이 틀림없었다. 잘 정리된 연구 노트가 아니었다. 갑자기 떠오른 생각의 조각을 끄적이고 간략한 메모를 이곳저곳에 마구 휘갈겼다. 얼마나 손을 탔는지 가죽 표지는 꺼멓게 손때가 탔다.

더구나 아그릿은 지독한 악필이었다. 데보라는 암호를 푸는 기분으로 노트를 읽다가 아그릿이 단지 흑마법을 연구한 것이 아니라는 사실을 알게 되었다.

> ─뭔가가 있다. 숨겨진 진실. 찾아야 한다.
> ─흑탑인가?
> ─지하? 비밀 서고.

아그릿은 찾고자 하는 것이 흑탑 어딘가에 있다는 것만 알아냈다.

아주 꼭꼭 숨겨진 비밀이었다. 오래전에는 아는 사람이 많았을 것이다. 그런데 세월이 지나고 하나둘씩 비밀을 아는 자가 세상을 떠나면서 비밀은 오직 흑탑의 주인에게만 입에서 입으로 전해졌다.

"흑탑에도 주인이 있습니까?"

론은 마탑의 구조를 잘 모르지만, 다섯 개가 중심이며 흑탑은 상징에 불과하다고 들었다.

"주인이라기보다는 관리자이네. 흑탑의 주인은 마법사가 아니지."

흑탑의 관리자만 오직 다음 관리자를 결정할 수 있었다. 그 사실을 데보라는 이번에 조사하면서 처음 알았다. 아마 대부분의 마법사들은 흑탑이 어떤 식으로 관리되는지 관심 없을 것이다.

"가문의 불꽃과 결계 마법이 사라지는 이상 현상이 아니었다면 아마 흑탑의 지하 서고는 절대 드러나지 않았을 거네."

데보라는 아그릿의 노트에서 단서를 얻어 각 마탑의 탑주들에게 흑탑에 존재하는 비밀 서고의 존재를 알렸다.

모두 위기를 느꼈던 터라 감추어진 비밀이 존재한다는 점에 민감하게 반응했다. 흑탑의 주인은 다섯 마탑 탑주들의 압박을 견디지 못하고 비밀 서고를 공개했다.

그리고 안에 들어간 마법사들은 충격적인 진실과 마주치게 되었다.

"대마법사 하란은 이 나라를 세우는 과정에서 아들을 잃었네."

론의 손끝이 미세하게 움찔했다. 이미 론은 아델로부터 레바스 가문에 얽힌 긴 이야기를 들었다.

"아들의 죽음에는 하란의 다섯 제자가 관련이 있었네. 하란은 아들을 알아보지 못하고 여섯 번째 제자로 삼았는데 아버지의 피를 물려받아 그런지 아주 재능이 출중했다고 하네. 다른 다섯 제자는 위기를 느꼈지. 하란의 핏줄이 능력까지 뛰어나니 하란이 이룬 모든 것을 그 아들이 가져갈 거라고 생각한 거야. 다섯 제자는 아주 집요하게 여섯 번째 제자를 괴롭혔지. 하란과의 사이에서 교묘하게 이간질도 했고. 하란은 모함에 넘어가 여섯 번째 제자를 파문했다고 하네. 그 일로 하란의 아들은 흑마법에 빠졌고 하란은 제 손으로 아들을 죽일 수밖에 없었네."

아델이 해 준 이야기와 기본적인 얼개는 비슷하지만, 중요한 부분은 달랐다. 론은 잠자코 데보라의 말을 들었다.

"하란은 그 일로 자신이 이룬 업적과 제자들에게 환멸을 느꼈네. 자신이 건국한 이 나라를 증오하게 되었지. 그러나 버릴 수도 없었네. 왜냐하면, 아들의 핏줄이 남아 있었거든."

데보라는 깨진 반지를 복잡한 눈으로 바라보았다.

"하란의 아들에게는 아내가 있었네. 하란은 땅을 일곱으로 나누어 그중 하나를 손자를 잉태한 며느리에게 주었네. 그분이 레바스 가문의 초대 가주가 되시지. 혹시 알고 있었나?"

"예. 가문의 방에 있는 기록에서 봤습니다."

정확히는 아델이 읽은 것을 전해 들었지만, 어차피 그게 그거라고 그는 생각했다.

"기록. 그렇군. 그런 게 있었군."

하란은 며느리에게는 가장 메마른 땅을 주었다. 그게 주변의 탐욕으로부터 안전하다고 생각했다. 하지만 그래도 안심이 되지 않았다. 특히 자신의 사후에 다섯 제자가 무슨 짓을 할지 알 수 없었다.

　법으로 대가문을 만들었다. 영토를 설정해 대가문이 서로의 영토를 침략하지 못하게 했다. 그걸 강제하기 위해 가문의 불꽃을 만들었다.

　하란 전체를 보호하는 결계를 만들어 군대의 필요성을 없앴다. 무력으로 손자의 영역이 짓밟힐 가능성을 줄였다.

　"그래도 충분하지 않았지. 당시 하란의 심정이 고대로 담긴 것이 바로 이 반지라네. 난 이 반지가 깨진 걸 보고 가설을 확인했네."

　두 사람의 시선이 동시에 쪼개진 반지에 닿았다.

　"반지에는 소유자를 식별하는 마법 외에 크게 두 개의 마법이 걸려 있네. 봉인과 파괴. 자네는 레바스 가문의 마지막 후계자였지. 자네가 반지를 더 이상 낄 수 없는 순간에 반지는 파괴되었네. 반지를 소유할 수 있는 자가 아무도 없으면 파괴되는 마법이지."

　아들의 핏줄이 이 세상에 더는 존재하지 않을 때.

　그때가 하란이 정한 마지노선이었다.

　"반지가 파괴되면 연동되어 가문의 불꽃과 결계 마법도 소멸하네."

　데보라는 잠시 말없이 생각에 잠겼다.

　"이해가 안 되는 점이 두 가지가 있네. 하나는 이 반지가 봉인했던 것이 대체 무엇일까. 또 하나는 가문의 불꽃과 결계 마법이 사라지는 것으로 그분은 이 나라가 멸망할 거라고 생각하신 걸까."

론은 답을 알 것 같았다.

반지가 봉인한 것은 카발의 심장, 어둠의 핵이었다. 반지가 깨지면 봉인이 풀린다. 어둠과 동화된 카발이 강대한 힘을 되찾는다.

카발은 심장을 찾으러 레바스 가문으로 달려올 것이다. 그 와중에 얼마나 많은 사람이 죽고 다칠지 알 수 없다. 이미 하란 전체를 보호하는 결계가 사라졌으니 카발의 침략에 대항할 수 없을 것이다.

그게 대마법사 하란이 남긴 최후의 복수였다.

대마법사 하란의 사후 수백 년이 흘렀다. 하란은 손자의 가문이 이토록 오래 번성하리라고 과연 예측했을까.

아마 하란은 자신이 죽으면 다섯 제자가 손자를 해칠 거라고 믿었던 것 같다.

'어둠이 집어삼킨 건 카발이었을까, 하란이었을까.'

세상에 알려진 바에 따르면 하란은 위대한 마법사이고 카발은 이름조차 남기지 못한 어둠의 흑마법사였다.

그런데 카발은 사랑하는 사람을 지키기 위해 스스로 어둠으로 걸어 들어갔고 하란은 남은 생을 후회하고 절망하며 세상을 저주했다.

"레바스 가문과 긴밀하게 연결된 일이라 말해 주러 왔지만, 여기저기 말하고 다니지는 말게. 이래 봬도 극비라네."

"그 점은 염려하지 않으셔도 됩니다. 그런데 전 레바스 가문의
사람이 아닙니다."

"음? 아, 그랬지."

데보라는 대수롭지 않게 말했다.

"상관있나?"

"……예?"

"어차피 자네가 여기 주인이야. 안 된다고 하는 사람이 있나?
내 도움이 필요하면 말하게."

"마법사는 정치에 관여하지 않는다고 좀 전에 말씀하셨습니
다."

"이 정도가 무슨 정치인가. 듣자 하니 아델과 심상치 않은 사
이가 되었다던데. 난 아델의 대모일세. 지금 내 딸을 빈 몸으로
데려가겠다는 건가? 대가문 주인 자리 정도는 꿰차고 있어야 자
격이 있지!"

"……."

"아니면 설마 자네, 아델을 데리고 놀……."

데보라의 눈빛에 순식간에 흉흉한 빛이 감돌았다. 론은 목숨
의 위험을 느끼며 다급히 고개를 저었다.

"아닙니다. 절대 아닙니다."

데보라는 만족스럽게 고개를 끄덕였다.

"결혼식은 언제인가?"

백탑의 대현자 데보라의 성격은 론이 생각했던 것보다 훨씬 다혈질이었다.

"이제 대가문의 영토는 절대적인 것이 아니게 되었네. 언제 땅 따먹기 싸움이 시작될지 모르니 준비 잘하게."

데보라는 의미심장한 조언을 한마디 남기고 돌아갔다.

# 6장
## 그리고 그 후

레바스 성에 아이작이 보낸 서신이 도착했다. 긴 편지의 내용 대부분은 알시온의 정세를 담고 있었다.

—아무래도 시간이 꽤 걸릴 것 같습니다.

클라라에 대한 처분은 아직 논의 중이었다.

클라라는 큰길 한복판에 끌려 나가 참수를 당해도 마땅한 중죄를 지었다. 왕을 시해하려 한 죄, 왕비를 시해한 죄, 덧붙여 아이작이 독초 조사에 관한 단서를 잡아 왕족 시해죄가 추가되었다.

더 파고들면 추가할 죄가 늘어날 수도 있지만, 왕을 시해하려

한 죄 하나만으로 이미 클라라는 회생의 가능성이 없었다.

클라라를 향한 왕의 분노는 극에 달했다. 풍비박산 나는 우드 공작가를 보면 왕의 노여움이 어느 정도인지 짐작할 만했다.

그런데도 처결이 미루어지는 데에는 현실적인 이유가 있었다.

클라라의 두 아들은 현재 가장 유력한 왕위 계승권자였다. 장차 왕이 될 왕자의 생모를 죽이는 일에 선뜻 앞장서는 귀족이 없었다.

우드 공작 가문의 몰락만으로도 왕비는 큰 벌을 받은 셈이니 굳이 죽일 것까지는 없이 이대로 유폐하자는 의견이 주도적이었다.

베르너도 갈등에 빠졌다. 마음 같아서는 사랑하는 아내를 죽인 살인자를 쳐 죽이고 싶어도 그는 왕으로서 생각하고 판단해야 했다.

왕실은 나라의 얼굴이며 왕실의 체면은 권위와 연결되어 있다. 왕실에서 벌어진 이 참혹한 사건은 절대 공론화할 수 없었다.

왕비가 왕을 죽이려 했고, 지금의 왕비가 전대 왕비를 죽였다. 아무리 치장해 봤자 치정 사건이었다. 베르너는 왕실의 일을 백성들이 술자리에서 씹어대는 안줏거리로 전락하도록 만들 수 없었다.

그리고 그는 자신의 사후 왕실의 사정도 고려해야 한다. 클라

라를 대역 죄인으로 만들면 두 아들의 약점이 된다. 둘 중 하나
가 왕위에 올랐을 때 평생 귀족들 앞에서 기를 펴지 못할 것이
다.

왕의 시름은 깊어만 갔다. 클라라를 외딴 별궁에 격리한 채 그
녀의 처리 방안을 놓고 결말이 나지 않는 회의만 반복했다.

─좀처럼 진전이 되고 있지는 않지만, 폐하께서는 매우
의욕적으로 일을 주도하고 계십니다. 시종장의 말에 따르
면 요즘은 낮잠도 거르시고 밤늦게까지 깨어 계시는데 정
정하시다고 합니다.

론은 어머니를 만난 그 날 눈동자 색을 되찾았고 그 후 악몽
을 꾸지 않았다. 등의 흉터도 전보다 옅어졌다.

'혹시 그분도?'

아버지도 자신처럼 좋지 않은 기운에 영향을 받고 있다가 어
머니의 힘으로 회복되어 건강을 되찾았을지도 모른다.

─간단한 길이 있는데 멀리 돌아가려니 쉽지가 않습니
다.

론은 피식 웃었다. 아이작은 '당신만 알시온으로 돌아오면 모
든 게 해결되는데.'라고 돌려 말하고 있었다.

그날을 기점으로 세레니티에 대한 귀족들의 여론이 대단히 우호적으로 바뀌었다.

세레니티가 여신의 환생이라는 왕의 주장을 귀족들은 겉으로만 수긍하는 척, 대부분 믿지 않았다. 왕이 신분이 낮은 여자를 아내로 삼고 싶어 갖다 붙인 말이라고 생각했다.

그런데 그날, 귀족들은 기적을 보았다. 세레니티 왕비가 여신의 환생이라고 믿게 되었다.

론이 왕자 로건이라는 사실을 귀족 중에는 이제 거의 모르는 사람이 없었다. 로건 왕자의 곁에 있던 아름다운 여인도 세레니티처럼 여신의 환생이라는 말이 나돌았다.

역시 부자지간이라 취향이 비슷하다고 우스갯소리를 하는 자도 있고 로건 왕자만이 다음 왕위를 이을 자격이 있다고 열렬히 주장하는 자도 있었다.

자신을 두고 알시온의 여론이 어떻든 정작 론 본인은 관심 없었지만.


—레이디 스톤께서 알시온에 내려오는 전설 중에 조사를 부탁하신 것이 있습니다. 그 내용은 따로 첨부합니다.


론은 편지 봉투 안에 봉인되어 들어 있는 또 다른 봉투를 집어 들었다.

그는 집사를 불렀다. 안으로 들어오는 집사의 뒤로 줄리오가 따라 들어오며 손을 흔들었다.

론은 봉투를 집사에게 건넸다.

"이걸 아델에게 가져다줘."

"예. 성주님."

제드가 나간 후 줄리오가 론의 맞은편 소파에 털썩 앉았다.

"오랜만이다."

"지크는?"

"아……."

줄리오가 겸연쩍어하며 턱을 긁적였다.

"안 왔어?"

"안 왔냐고?"

론이 인상을 썼다.

아델이 레바스 성으로 돌아왔을 때 지크는 동행하지 않았다. 지크의 행방을 묻자 아델이 말했다.

「마법사들이 하워드 경에게 따로 볼 일이 있대요. 일을 마치는 대로 줄리오와 성으로 온다고 했어요.」

론은 지크가 걸렸던 흑마법에 관해 마법사들이 조사해 볼 게 더 있나 보다, 생각했다. 지크를 데려가겠다고 마법사들한테서 따로 들은 이야기가 없는 건 이상했지만, 줄리오가 있으니 지크에게 해코지하지는 않을 거라고 믿었다.

"마법사들이 데려간 거 아니었어?"

"어? 맞아. 맞는데. 아……. 아직 마탑에 있을 거야."

"아직도?"

"하워드 경이 워낙 특이한 일을 겪었잖아. 마법사들이 관심이 많아. 물어볼 게 많아서. 아, 그렇다고 하워드 경을 괴롭히는 건 아니야. 걱정하지 마. 어련히 일 끝나면 올까."

"하지만 지크는 눈이……."

"낮에 안 보이면 밤에 움직이겠지. 하워드 경이 애냐? 제 앞가림은 너보다 잘하는 사람이거든?"

줄리오는 입을 다무는 론의 눈치를 슬쩍 살폈다. 알시온을 떠나기 전에 지크를 만난 일이 떠올랐다.

「마법사님. 저는 아가씨와 함께 가지 않고 따로 마법사님과 움직이는 거로 할 수 있을까요?」

「저와 같이 가시게요?」

「아닙니다. 제가 따로 할 일이 있어서 그럽니다.」

「그럼 그렇게 얘기하면 되잖아요.」

지크는 곤란한 듯 살짝 웃었다.

「조용히 해야 하는 일이라 행적을 숨겼으면 합니다. 주군이 눈치가 빠른 분이라서 말입니다.」

이 사람, 또 내게 거짓말을 하게 하네. 줄리오는 속으로 투덜대면서 물었다.

「시간이 걸리는 일인가요?」
「예. 아무래도. 지켜보다가 나서야 할지 말아야 할지 결정해야 합니다.」
「무슨 일인데요?」
「마법사님. 때로는 몰라야 더 좋은 일도 있습니다.」

지크의 말투는 부드러웠지만, 줄리오는 왠지 소름이 돋아 더 캐묻지 못했다.

'난 하워드 경 그 사람. 좀 무서운 것 같아.'

하지만 그런 사람이 곁에 있었기에 론이 그 살벌한 왕실에서 무사히 살아남은 건 아닐까.

"그쪽, 알시온에서는 무슨 소식 없어?"

"안 그래도 편지가 와서 읽는 중이었어."

"별일…… 없대?"

"무슨 별일?"

"아니야."

론은 줄리오를 미심쩍게 보았다.

성주가 된 이후 속마음을 감추는 데 능한 사람들을 자꾸 상대하다 보니 사람의 표정과 눈빛을 세밀하게 살피는 습관이 들었다.

줄리오에게 느껴지는 어색함이 수상했다. 추궁하면 캐낼 만한 뭔가가 있을 것 같다.

때마침 집사가 들어와 위험에 빠질 뻔한 줄리오를 구원했다.

"성주님. 바실 수장이 뵙기를 청합니다."

드디어.

론의 온몸에 저절로 힘이 들어갔다. 여유로운 휴식을 즐기면서도 마음 한편으로는 긴장을 놓지 못했다. 일곱 가문의 수장들은 과연 어떤 결론을 냈을까.


론과 루터는 마주 앉았다. 집사도 내보내고 넓은 응접실에는 두 사람뿐이었다.

"더 올 사람은 없습니까?"

"예. 성주님. 제가 일곱 가문의 대표로 왔습니다."

론의 눈썹이 스윽 올라갔다. 이 상황에서 '성주님'이라는 호칭을 예사로 들어 넘길 수 없었다. 단지 예의를 지키는 것뿐인가, 앞으로 하려는 말을 암시하는 건가.

"성주님은 책임을 지셔야 합니다."

"무엇이든. 내가 할 수 있는 일이라면 하겠습니다."

"하란에 닥친 위기를 레바스 가문이 극복할 수 있도록 이끌어 주십시오."

루터는 이해할 수 없다는 표정을 짓고 있는 젊은 성주를 보며 주름진 입술을 끌어올렸다.

일곱 가문의 수장은 격렬한 토론을 거듭했다. 그래도 한 가지는 의견이 일치했다. 어떤 식으로든 결론이 날 때까지 성주의 비밀을 지키자고 일곱 명 모두 합의했다.

가뜩이나 하란 전체가 술렁이고 있었다. 레바스 가문의 주인이 가짜였다는 사실이 알려지면 이건 레바스 가문의 문제만이 아니라 나라 전체가 발칵 뒤집힐 스캔들이었다.

일곱 가문의 수장들은 폐쇄된 회의실에서 토론하며 말싸움을 벌였다가 옛이야기를 회상하기도 하고 가문과 하란의 미래를 생각하며 한숨짓기도 했다.

「이미 승계 의식을 치렀소. 그거면 된 거 아니오?」

가문의 불꽃이 결정한 대로 따르면 그만이라는 의견.

「그 승계 의식이 지금도 유효한가? 가문의 불꽃은 사라졌소.」

상황이 바뀌었다는 의견.

「대가문의 정체성이 단지 핏줄인가? 그건 너무 고리타분

*하고 편협하지 않소?」*

혈통이 절대적인 기준이 되어서는 안 된다는 의견.

*「엉뚱한 곁가지로 빠지지 맙시다. 가장 큰 문제는 거짓
과 기만이오. 그분은 사람들을 속였소.」*

시작이 잘못되었다는 의견.
처음에는 서로 자기 의견만 내세웠다. 그러다가 한 사람의 한
마디에 분위기가 바뀌었다.

*「대안이 있소?」*

아무도 답을 하지 못했다. 문제는 그거였다. 레바스 가문은
대가 끊겼다. 지금의 성주를 끌어내리면 그 자리에 올릴 사람이
없다.
일곱 가문의 수장 중에서 누군가가 성주가 된다면?
그럼 그걸로 이미 레바스 대가문은 끝난 것이다. 새 이름으로
새 대가문의 시작이었다. 그런데 일곱 가문의 수장 누구도 레바
스 가문이 문 닫기를 바라지 않았다.
일곱 가문의 수장들은 목이 쉬고 진이 다 빠지도록 목청을 높
여 싸워 가까스로 만장일치를 끌어냈다.

오늘 루터가 혼자 온 것은 거창한 의미로 대표자의 역할을 맡아서가 아니라 다른 수장들이 모두 지쳐 나가떨어졌기 때문이었다.

잠시 당황했던 론은 차분히 생각을 정리했다. 루터가 가져온 대답을 예측 못 한 것은 아니었다.

"바실 수장. 죄를 묻겠다면 무슨 벌이든 감당할 각오는 되어 있습니다. 하지만 허수아비 노릇은 하지 않을 겁니다."

자신의 삶을 찾기 위해 모든 것을 자백했다. 또다시 남의 무대 위에 올라갈 생각은 없었다.

루터는 빙그레 웃었다.

"성주님을 처음 뵌 날에도 같은 말씀을 하셨지요. 기억하십니까?"

"······기억합니다."

"그때와 같은 말씀을 드리겠습니다. 누구도 성주님을 이용할 수 없습니다."

"······."

"생각해 보면 성주님은 처음부터 암시를 주셨습니다. 대체 무슨 근거로 전대 성주님의 손자라고 믿느냐 하셨지요."

루터는 왠지 웃음이 나왔다. 그때와 비슷하면서도 다른 상황이었다.

"그때처럼 말씀드리겠습니다. 성주님을 레바스의 주인으로 인정할 수밖에 없는 현실적인 이유가 셋이 있습니다."

루터는 찻잔을 들어 입술을 축인 후 말을 이었다.

"첫째. 동부의 안정입니다. 아주 오랫동안 오직 레바스 가문만이 동부를 지배해 왔습니다. 레바스가 안정이 되어야 동부도 평온합니다."

론은 고개를 끄덕였다. 동부 사람들이 가진 독특한 소속 의식을 종종 느꼈다. 빈번하게 이사 다니는 다른 지역 사람들과 다르게 동부 사람은 거의 동부에서 태어나 동부에서 죽었다.

"성주님도 현재 하란의 분위기가 어찌 돌아가는지 대충 들으셨을 겁니다."

"불안하다고 하더군요."

"예. 그런데 동부는 비교적 조용합니다. 다들 동부에는 혼란이 없을 거라고 믿고 있습니다. 그 믿음의 중심에는 레바스 대가문이 있습니다."

론은 가슴이 무거워졌다. 이 절대적인 믿음에 자신은 대체 무슨 짓을 한 걸까.

"둘째. 레바스 가문은 존속해야 합니다. 그리고 성주님은 대외적으로 유일한 후계자입니다. 가문의 불꽃이 사라졌다고 하지만, 레바스와 전혀 무관한 사람이 새 주인이 되는 것을 누구도 납득하지 않을 겁니다."

"하지만 나는……."

"예. 성주님도 따지고 들면 무관하지요. 성주님이 책임지셔야 할 부분이 바로 이것입니다. 진실은 묻으십시오. 대외적으로 성주님께서는 전대 성주님의 손자가 되셔야 합니다. 진짜 손자분은 성주님의 형제나 다름없는 분이었다고 하셨습니다. 그러면 그분이 짊어졌어야 하는 짐을 대신 짊어져 주십시오."

론은 입을 열었다가 다시 다물었다. 무슨 말을 해야 할지 모르겠다. 수많은 상황을 가정해 보았지만, 지금 상황은 완전히 예측을 벗어났다.

"레바스 가문이 존속해야 하는 가장 큰 이유는 티움 수익금입니다."

마탑이 매년 정산해 주는 티움의 수익금은 어마어마하다. 그리고 수익금 배당 계약은 레바스 대가문과 마탑의 계약이었다. 계약당사자 일방이 소멸하면 계약도 소멸한다.

"앞으로 하란의 상황이 어찌 될지 모릅니다. 농사를 지을 수 없는 동부는 식량을 모두 사 와야 합니다. 자금이 충분하지 않으면 동부는 다른 지역에 식량을 구걸하는 처지가 될 겁니다. 식량을 빌미로 동부를 종속시키려는 자가 나올 겁니다."

론은 고개를 끄덕였다. 지금까지 루터가 말한 이유는 모두 타당했다.

"그리고 마지막으로. 성주님의 능력은 이미 검증을 마쳤습니다."

심장이 덜컹했다. 세 번째 이유가 론을 뒤흔들었다.

"뛰어난 지도자가 눈앞에 있는데 먼 길을 돌아갈 이유가 없습니다."

루터는 '론'의 능력을 인정하고 받아들인다고 말하고 있었다. 이건 정말 상상도 해 보지 않았다.

론은 한참 아무 말이 없었다. 루터는 대답을 재촉하지 않고 차분히 기다렸다.

"……일곱 가문의 수장들이 모두 동의했습니까?"

인정받은 설렘일까. 앞으로 짊어져야 하는 책임에 대한 두려움일까. 묵직하게 뛰는 심장이 뻐근하게 아팠다.

"예. 두말하는 사람은 없을 겁니다. 마법 공증도 마쳤습니다."

공증인이 백탑의 대현자와 청탑의 대현자라는 사실, 마탑에 공증인을 요청했더니 대현자가 둘이나 와서 수장들을 놀라게 했다는 사실은 굳이 덧붙이지 않았다.

론은 헛웃음이 나왔다. 이건 말도 안 된다. 이곳의 사람들은 이상주의자들만 모아 놓았나.

성주로 지내는 동안 솔직히 욕심이 났다. 잘 짜인 규칙, 유기적으로 돌아가는 구조, 원칙을 지키는 곧고 성실한 사람들. 그가 어릴 때부터 꿈꿔온 이상적인 왕국의 모습을 지닌 레바스 대가문이 갖고 싶어 견딜 수가 없었다. 자신의 탐욕을 얼마나 꾸짖었던가.

'이게 정말 내 것이 된다고?'

아마 다른 사람이 말했다면 끊임없이 의심했을 것이다. 하지만 루터 바실이다. 론이 마음속으로 인정한, 믿어도 괜찮은 사람.

"그럼 이제. 내가 무엇을 하면 되는 겁니까?"

루터가 미소 지었다.

"집무실을 너무 오래 비워 두셨습니다. 성주님."


복도를 나와 걷다가 루터는 비죽비죽 나오는 웃음을 큼큼 기침하며 수습했다. 감정 조절에 능숙한 성주가 저렇게 얼빠진 표정을 짓는 건 처음 봤다.

론에게는 세 가지 이유가 있다고 말했지만, 뒷이야기는 조금 더 있었다.

우선 루터는 일곱 가문의 수장 중에서 가장 토론에 소극적이었다. 이미 그의 마음은 정해졌기 때문이다. 레바스 대가문의 주인으로 그분 자체를 인정했다. 혈통은 그저 계기에 불과했다.

그리고 전부터 이상하다고 생각은 하고 있었다. 나이를 허투루 먹은 게 아니다.

성주는 한낱 용병으로 구르며 살았다고 하기에는 지나치게 완벽했다. 머리가 좋아 빨리 습득하는 것은 한계가 있다. 어려서부터 몸에 익힌 습관은 저절로 나오기 마련이다. 제대로 고급 교육을 받은 흔적이 보였다.

그래서 성주의 고백이 크게 놀랍지 않았다.

루터의 마음은 정해졌고 마커스 코우는 회의 내내 과묵함을 유지했다. 몬트 수장도 루터와 의견이 비슷했다.

일곱 중 셋이 성주의 혈통을 대수롭지 않게 생각하니 시작부터 이미 김이 빠졌다.

루터는 다른 수장들을 억지로 설득하려고 애쓰지 않았다. 어차피 대안이 없다는 걸 알기 때문이었다.

아마 지금과 같은 상황이 아니었다면 좀 달라졌을지도 모른다. 그런데 하란의 위기는 모두에게 경각심을 불러일으켰다. 사욕보다 공공의 이익을 생각했다. 수장들 모두가 레바스 가문의 존속을 원했다.

그래도 일곱 명의 의견을 하나로 모으는 과정은 길고 지루했다. 그 와중에 마탑에서 연락이 왔다.


—다섯 마탑이 협의하여 가문의 불꽃을 대신할 것을
생각 중이오. 그 첫 사례를 레바스 대가문으로 하고 싶소.
이 혼란 속에서 레바스 대가문과 동부가 흔들리지 않는
구심점이 되어 주기를 바라오.


레바스의 사정을 알고 연락한 건지 그저 우연인지 참 공교로웠다.

루터는 공중인으로 데보라가 온 것을 보고 우회적인 압박이었음을 짐작했다. 청탑의 대현자가 '제자놈이 난리를 쳐서 말이야.'라고 말하는 소리를 듣고 줄리오를 떠올렸다.

그리고 마지막으로 쐐기를 박는 일이 있었다. 머나먼 알시온에서 왕이 친서를 보내왔다.

─내 아들은 내 뒤를 이어 왕이 되어야 하니 어서 쫓아
내 주시오. 왕이 될 내 아들이 고작 한 집안의 주인 노릇
을 하고 있다니 어이가 없소.

수장들은 발끈했다.

「어이가 없는 건 이쪽이오.」
「대가문을 고작 '집안'에 비유하다니!」
「알시온? 대체 어디 붙어 있는 나라요? 레바스는 동부를
아우르는 대가문인데!」

남이 탐내면 괜히 더 눈이 가는 심리가 제대로 자극을 받았다.

「왕이 자신의 후계자라고 말할 정도면 왕재 교육은 제대
로 받으셨겠소.」
「사실, 진짜 용병이었던 것보다는 낫지.」
「그분의 능력만큼은 나무랄 데가 없긴 하오.」

비록 레바스 가문의 진짜 혈통은 아니지만, 어디서 굴러먹었
는지 모르는 자가 아니라 신분이 확실하다는 것, 더구나 왕족이
라는 신분은 무시할 수가 없었다.

'그 녀석, 그런 수를 쓸 줄이야.'

루터는 아들 에릭을 떠올렸다.

「아버지. 설마 인제 와서 레바스가 욕심난 건 아니시죠?
다 늙어 노망났다는 소리 안 들으려면 처신 잘하세요.」

불효막심한 소리를 지껄이더니 소식이 끊겼다. 어딜 갔나 했
더니 알시온으로 간 모양이다. 무슨 수로 왕이 친서를 보내게 했
는지는 모르겠지만.

론이 아델과 혼인 말이 오가는 것도 가산점이 되었다. 아델은
시마의 재산을 상속받았다. 그중 다른 건 몰라도 티움 수익의 배
당권은 엄청난 것이었다.

「두 분이 혼인하면 레바스의 재산이 외부 유출 없이 제
자리로 돌아오는 거 아니오?」
「흐음. 그렇게 되는구려.」

루터는 모두의 의견이 저절로 모일 때까지 기다렸다. 시간은
오래 걸렸지만, 그만큼 완벽한 전원 합의를 이룰 수 있었다.

\* \* \*

"가져왔느냐?"

시녀는 고개만 끄덕였다. 벙어리였다.

클라라는 시녀가 내미는 것을 낚아채 두 손으로 꼭 쥐었다.

"나가라."

시녀를 내보내고 아무도 없다는 것을 두세 번 확인한 후에 클라라는 손에 쥔 것을 확인했다.

"없어. 왜……."

클라라의 두 손이 부들부들 떨렸다. 시녀를 닦달해서 가져오라고 한 것은 왕비궁의 침실 화장대 서랍 깊은 곳에 넣어 둔 묘약이었다.

반 이상은 남아 있어야 할 보라색 액체가 한 방울도 없었다. 클라라는 몇 번 다시 확인하고 빈 병을 흔들어 정말 비었다는 것을 확인한 후 소리를 지르며 바닥에 내던졌다. 유리병의 조각이 순식간에 사방으로 흩어졌다.

"끝이야. 이제 끝이야. 아아악!"

묘약은 마지막 희망이었다. 그것 한 방울이면 모든 사람을 뜻대로 조종할 수 있는데! 헛수고만 했다. 차라리 우드 공작가에 사람을 보낼 것을 그랬다.

클라라는 두 팔로 자신의 몸을 감싸 안으며 바닥에 주저앉았다.

'어떻게 돌아가는 일인지만 알았으면.'

그녀는 지금 완전한 격리 상태였다. 오랫동안 아무도 쓰지 않은 오래되고 외진 별궁에 갇혔다.

주변에 사람이라고는 시중을 드는 말 못 하는 시녀 한 명과 아무리 말을 붙여도 침묵하는 병사들뿐이었다.

왕은 클라라를 처리하기 전에 그녀의 주변부터 밟았다. 첫 대상은 우드 공작가였다. 우드 공작가는 나라 곳곳에 있는 영지를 시작으로 가문이 소유한 부와 권력을 차근차근 빼앗겼다.

딸을 한 번만 보게 해 달라는 요청은 가차 없이 거절당했다. 왕은 우드 공작을 만나 주지도 않았다.

울화가 치민 우드 공작은 쓰러져 의식을 잃어 며칠째 깨어나지 못하고 있다.

진단한 의사는 말했다.

「연세가 있어서 의식을 찾아도 전과 같지는 않을 겁니다.」

본보기로 공작가의 친인척 가문 두어 군데가 연좌되어 곤욕을 치르자 다들 공작가와의 관계를 뚝 끊었다.

하루아침에 진창으로 곤두박질치는 공작가를 보며 사람들은 오싹함을 느꼈다.

아버지와 공작가가 어찌 되었는지 전혀 알지 못하는 클라라는 아버지만 만나면 모든 게 해결될 거라는 희망을 버리지 못했다.

낡은 침대에서 웅크리고 누워 있던 클라라는 잠이 들었다. 그 사이 날이 저물어 햇빛이 잘 들지 않는 침실 안이 금세 어두워졌다.

누군가 조용히 안으로 들어왔다. 천천히 걸어가던 발이 깨진 유리 조각을 밟았다. 몸을 숙여 조각난 일부를 집어 들어 살피던 사내가 피식 웃었다. 미미하게 남아 있는 역겨우면서도 친근한 어둠의 기운을 느낄 수 있었다.

일어나 허리를 편 사내가 안쪽의 침대를 응시했다. 사내의 눈동자에 보라색의 기운이 맴돌다 사라졌다.

클라라는 서늘함을 느끼며 깼다. 별궁 내부는 온도가 낮았다. 지금 날씨가 여름이니 망정이지 겨울이었다면 얼어 죽었을 것이다.

'따끈한 물을 가져오라고 해야겠군.'

클라라는 뒤척여 돌아눕다가 머리맡에 우두커니 서 있는 그림자를 보고 소스라치게 놀랐다.

"누…… 누구냐."

공포에 질린 여자를 보며 사내는 웃었다. 방 안은 사물의 형태만 간신히 보일 정도로 어두웠지만, 밤을 낮처럼 보는 사내에게는 문제가 되지 않았다. 여자의 표정이 아주 선명하게 잘 보였다.

"팔자 좋습니다."

나지막한 사내의 음성이었다.

"누구냐고 물었다!"

"잠이 옵니까?"

클라라는 형체만 보이는 사내를 노려보며 이를 악물었다. 큰 소리로 누군가 부르려 했으나 미처 행동에 옮기기 전에 날카로운 금속이 목에 닿았다.

"조용히. 왕비님이 소리치는 것과 이 검이 왕비님의 목을 꿰뚫는 것 중에 어느 쪽이 빠른지 궁금하시다면 말리지 않겠습니다."

꼭 쥔 클라라의 주먹이 바르르 떨렸다. 남자의 목소리는 차분했다. 협박하는 자답지 않게 태도도 여유로웠다. 그런데 그게 더 위협으로 느껴졌다.

"오랜만에 뵙습니다."

클라라는 미간을 찡그렸다. 사내가 누군지 확인하고 싶은데 얼굴이 잘 보이지 않았다. 물론 저물녘이라 어둑어둑했지만, 침실 안은 어스름하게 다 보였다. 그런데 유독 사내의 주변에만 마치 어두운 안개가 낀 것 같았다.

"혹시 절 기억하실지 모르겠습니다. 워낙 오래전이라 말입니다. 딱 한 번. 직접 왕비님을 찾아뵌 적이 있었지요."

클라라는 잠자코 사내의 말을 들었다. 정체를 알아내기 위해 열심히 기억을 뒤졌다. 왕비의 지위에서 만난 자들은 셀 수 없이 많았다. 그런데 왠지 이 사내라면 한 번만 봤더라도 기억에 남았을 것 같았다.

"날 만난 적이 있다고? 언제?"

"아, 머리 굴리지 않으셔도 됩니다. 제가 누군지 숨길 생각은 없으니까요."

사내의 입술이 비스듬히 올라갔다.

"지크 하워드입니다."

클라라는 눈살을 찌푸렸다가 눈을 크게 떴다.

"하워……."

"예. 그 하워드 맞습니다. 지금껏 제가 죽은 줄 알고 계셨겠지요. 저하와 함께."

클라라는 섬뜩한 한기를 느꼈다. 눈앞에 죽이려 했던 자가 있었다. 이 상황이 무섭지 않은 사람은 없을 것이다. 그녀는 꿀꺽, 마른침을 삼켰다.

"나는 그대를 해칠 생각이 아니었다. 나는 여러 번 그대에게……."

목소리가 떨려 제대로 말을 잇지 못했다.

클라라는 지크 하워드라는 기사가 몹시 탐났었다. 아들 곁에 지크 같은 기사가 있어 주었으면 했다.

로건을 죽여 없앨 궁리를 하는 것과는 별개로 지크의 유감을 사지 않으려 노력했다. 회유하기 위해 수없이 사람을 보내 설득했다.

"압니다."

클라라는 안도의 숨을 내쉬었다. 그러나 이어지는 말에 다시 긴장했다.

"왕비님을 믿다니. 제가 어리석었습니다."

지크는 만나자고 귀찮게 구는 왕비의 말을 완전히 무시했다. 많은 재물과 높은 지위를 미끼로 자신을 꾀려 했지만, 전혀 끌리지 않았다.

그런데 딱 한 번.

지크가 먼저 왕비를 찾아갔다. 로건이 기르던 늑대 중 한 마리
가 죽은 후였다.

로건의 목숨을 노리는 왕비의 위협은 날이 갈수록 노골적이
었고 로건은 기댈 곳이 없이 점점 고립되었다. 이대로는 안 되겠
다 싶어서 왕비를 만나 제안했다.

「저는 저하께서 무사하시기만을 바랍니다. 저하께서 성
년이 되기 전에 왕위계승권을 포기하시도록 설득하겠습니
다. 그때까지만 기다려 주십시오.」

「왕좌가 본인만 포기한다고 말하면 끝나는 일인가?」

「기어이 저하를 해치려 하십니까? 저는 저하를 지키기
위해서 못 할 일이 없습니다. 저와 협상을 하시든 오늘 이
자리에서 절 죽이시든. 둘 중 한 가지를 택하지 않으면 훗
날 반드시 후회하실 겁니다.」

그 날, 지크는 진심으로 죽을 각오를 했다.

「······한 가지 제안하지.」

클라라는 당분간 알시온을 떠나 있으라고 했다. 그사이에 해
리 왕자를 태자로 책봉하는 문제를 마무리 지을 계획이라고 했

다.

지크는 제안을 받아들였다. 왕비의 위협에 시달리느니 차라리 멀리 떠나 있는 편이 낫겠다고 생각했다. 지크가 바라는 것은 오직 주인의 안전이었다.

그리고 얼마 후 로건은 이웃 나라로 떠나는 사신단을 이끌고 길을 떠나게 되었다. 로건은 처음 떠나는 먼 길을 내키지 않아 했다. 사신단의 합류는 선택이 가능했다. 어쩐 일인지 왕이 일방적으로 명령하지 않고 의견을 물었다. 로건이 완강히 거부했다면 맡지 않을 수 있었다. 곁에서 지크가 설득했다.

주인을 죽음의 길로 몰아넣는 것인 줄도 모르고.

"그때의 난 멍청한 등신이었습니다. 미친놈. 믿을 사람이 따로 있지."

지크는 진심으로 과거의 자신을 비웃었다.

그는 변했다. 죽음의 사선을 넘나드는 경험을 해서가 아니다. 한때 잠식한 어둠이 그를 바꾸어 놓았다. 올곧은 기사를 비틀고 잔혹한 사냥꾼으로 만들었다.

마법사들은 지크의 시력에 문제가 생긴 것을 안타까워하면서도 흑마법의 후유증으로 그 정도면 운이 좋다고 말했다.

하지만 지크는 진정한 후유증이 시력 따위가 아님을 흑마법에서 벗어난 순간부터 느꼈다. 주인을 위해 기꺼이 목숨도 내던질 수 있었던 과거의 지크는 기사도를 따르며 하늘을 우러러 한 점의 부끄러움이 없는 삶을 살고자 했다. 그때의 지크는 어둠이 잡아먹었다.

이제 지크는 하늘의 정의 따위는 믿지 않았다. 주인을 위해서 세상 전부도 적으로 돌릴 수 있다. 그리고 변한 자신의 모습을 주변에서 전혀 눈치채지 못하게 태도를 꾸밀 만큼 교활해졌다.

"왕비님이 저하를 해치려 한 이유는 권력 때문이 아니었습니다. 세레니티 왕비님을 향한 자격지심과 추한 질시 때문이었지요."

클라라의 눈 밑이 파르르 떨렸다.

"무엄하다."

"죽은 아내를 잊지 못하는 남자의 껍데기만 끌어안고 사는 인생은 어땠습니까?"

"이놈!"

지크를 노려보는 클라라의 눈에 핏발이 섰다. 이런 무례한 조롱을 처음 듣는 클라라는 분해서 온몸이 떨리고 정수리까지 열이 뻗쳐올랐다.

"네놈이 감히⋯⋯."

목을 겨누고 있던 검이 거두어지더니 지크가 몸을 숙여 가까이 고개를 디밀었다. 클라라가 흠칫 놀라 바짝 침대 헤드에 등을 붙였다. 눈앞에 다가온 사내의 눈을 보며 얼어붙었다. 보라색의 기운이 빙글빙글 돌고 있었다.

"갇혀 있느라 세상일에 어두우실 것 같아 재미난 소식들을 가져왔습니다."

클라라는 갑자기 목이 따끔하자 반사적으로 목을 만졌다.

"뭐부터 시작해야 하나……. 너무 많아서 고르기 힘들군요."

지크는 아예 침대에 걸터앉았다. 클라라는 기가 막혔다. 전에도 태도가 뻣뻣한 자였지만, 기사의 결기가 오히려 장점으로 보였다. 이 정도로 안하무인이 아니었다.

클라라는 지크를 흘끔 곁눈질했다. 잠시의 빈틈을 이용해 소리를 지르려 했다. 하지만 입만 벌어지고 목소리는 나오지 않았다.

당황하여 두 손으로 제 목을 잡은 클라라의 눈이 천천히 감겼다. 온몸의 기운이 쭉 빠지며 그대로 쓰러졌다.

'뭐지? 몸이 안 움직여.'

정신은 맑았다. 그런데 아무리 애를 써도 손가락조차 까딱할 수 없었다.

"제 말은 들릴 겁니다. 몸은 굳지만, 정신은 말짱하죠. 일종의 마비독입니다."

'이놈! 무슨 짓이냐!'

속으로 아무리 외쳐 봤자 들릴 리가 없었다.

"희귀한 독이라 아마 의관 중에 아는 자가 없을 겁니다. 구하는 데 무척 힘들었지요."

지크는 나지막한 목소리로 조곤조곤 말을 건넸다.

"다만, 효과가 짧습니다. 하루 정도? 저는 매일 밤 마비가 풀리기 전에 다시 독을 쓰러 올 겁니다."

'대체…… 대체 왜 이러는 건가. 이러지 말고 원하는 게 있으면 말하라. 지금의 무례도 내게 독을 쓴 것도 모두 용서하겠다.'

"지금 바깥은 낱낱이 밝혀진 왕비님의 죄를 논하고 있습니다. 왕을 해치려고 암살자를 보냈고 세레니티 왕비님을 살해한 후 연못에 빠뜨렸으며 로건 왕자를 죽이려 했고 매튜 왕자를 중독시켰습니다."

자신이 저지른 짓이 지크의 입에서 하나씩 흘러나올 때마다 클라라의 심장이 덜컹 가라앉았다. 아닐 거다. 이놈이 어디서 뭘 듣고 와서 이러는지 모르겠지만, 전부 증거를 남기지 않았다. 자신이 한 일로 엮을 수 없을 것이다.

"처음에는 지켜보려고 했습니다. 그런데 돌아가는 상황이 지지부진하더군요."

왕비의 처분이 결정되기까지 짧아도 수개월, 길면 몇 년까지도 걸릴 것 같았다. 너무 길었다. 그리고 그때까지 클라라가 고작 감금된 채 편안히 지내는 것을 용납할 수 없었다.

처분이 결정되기 전에 갑자기 왕이 죽을 수도 있다. 그러면 뒤를 이은 왕자가 누구든 제 어미를 죽이지는 않을 것이다. 자신이 저지른 죄의 대가를 치르지 않는다니. 그건 안 될 일이다.

"왕비님을 죽일까 생각도 해 봤는데……."

지크는 침대의 기둥을 따라 시선을 올렸다. 오래된 침대지만 제법 튼튼해 보였다. 목을 매단 여자 한 명의 무게는 충분히 버틸 것 같다.

지크는 고개를 저었다.

"그건 너무 쉽습니다."

지크가 침대에서 일어났다.

"혹시 이건 아십니까? 왕비님의 부친, 우드 공작이 쓰러진 후 의식을 찾지 못하고 있습니다."

'뭐? 아버지께서?'

"나는 이 길로 공작가에 갈 겁니다. 공작의 연세가 얼마나 되셨지요? 그만하면 오래 사셨습니다."

'이놈! 무슨 짓을 하려는 거냐!'

"내일 다시 오겠습니다. 경과를 보고 드려야 하니까요."

'안 돼! 그러지 마라!'

클라라는 다급히 외쳤다. 그러나 밖으로 나가지 못하는 소리는 그녀의 머릿속에서만 맴돌았다.

'하워드 경! 내가 잘못했다! 내 아버지는 죄가 없어. 하워드 경! 왜 말이 없나?'

지크의 목소리가 들리지 않았다. 정말 그가 가 버린 것인지 말 없이 옆에서 지켜보고 있는 것인지조차 알 수 없는 클라라는 미칠 것 같았다.

클라라가 속으로 애원하고 소리 지르고 이윽고 저주를 퍼붓는 동안 지크는 조용히 궁을 빠져나가고 있었다. 어둠에 동화된 그의 움직임은 기척도 없이 은밀했다.

클라라에게 한 말은 괜한 허세가 아니었다. 정말 그의 다음 목적지는 우드 공작가였다. 그는 밤마다 클라라를 찾아가 효과가 떨어지지 않도록 꾸준히 독을 쓸 것이다. 그리고 그날그날 자신이 한 일을 말해 줄 것이다.

오늘은 공작을 처리한다. 내일은 해리 왕자의 측근을 죽인 후 더스틴 왕자가 한 짓으로 꾸며 둘 사이에 싸움을 붙일 것이다. 하나씩 하나씩 클라라가 가진 것들을 파괴할 것이다.

그녀의 정신은 나날이 피폐해지고 음식을 섭취하지 못하는 몸은 나날이 야윌 것이다. 몸과 마음이 철저히 무너지는 죽음을, 즐겁게 지켜볼 것이다.

*　　　*　　　*


아델은 기지개를 켜며 침대에서 일어나 앉았다. 그녀는 두 손으로 얼굴을 감싸 쥐며 한숨을 쉬었다.

"또 잤네."

소파에서 책을 읽다가 잠시 기댄 것 같은데 어느새 침대였다. 침대로 옮겨지는 것도 모르게 깊이 잠들었다. 테이블에서 물을 한 잔 마시는데 멜이 들어왔다.

"아가씨. 일어나셨네요. 아가씨께 편지가 왔어요."

"응."

멜은 편지를 소파 테이블에 올려 두고 흐트러진 침대보를 정리했다.

"요즘 거의 매일 낮잠 주무시네요. 습관 되시겠어요."

"그러게."

"제대로 잘 못 주무세요? 밤에 뭐 하시……."

생각 없이 종알거리던 멜이 입을 딱 다물었다. 식은땀이 삐질삐질 나는 침묵이 흘렀다.

'거기서 말을 멈추는 게 더 이상하잖아.'

아델은 멜을 등진 채 화끈거리는 얼굴에 손부채질을 했다. 그녀의 시선이 벽에 있는 문에 닿았다. 침실끼리 연결된 내부 문을 가로막았던 진열장은 옆으로 옮겨졌다. 저 문을 볼 때마다 괜히 민망했다.

성의 고용인들은 윗전 두 분이 한 침대를 쓴다는 걸 알지만, 모른 척했다. 집사들이 엄하게 단속해서 다들 눈을 감고 귀를 닫고 입을 다물었다.

수다스러운 멜이 한마디도 언급하지 않는 게 아델은 가끔 공연히 더 부끄러울 때가 있었다.

그녀는 소파에 앉아 편지를 집었다. 길게 나오는 하품을 참을 수가 없었다.

'피곤해.'

평소에 그녀는 일찍 잠들고 일찍 일어나는 편이었다. 그런데 요즘은 자정을 넘겨 잠들기 일쑤였다. 그냥 안고만 잔다면서 그는 약속을 지킨 적이 없었다. 늦게 자도 아침에는 항상 일어나던 시간에 일어나니까 하루하루 지날수록 피로가 쌓였다.

'오늘은 꼭 일찍 자야지. 꼭! 반드시!'

그녀는 어제도 했던 결심을 다시 했다.

편지를 꺼내 읽는 아델의 표정이 점점 진지해졌다.

아델이 펠릭스 후작가의 저택에서 성으로 돌아갈 준비를 할 때의 일이다. 집에 간다고 하면 신이 나서 좋아할 줄 알았던 멜의 반응이 미적지근했다.

「성으로 돌아가기 싫어?」

「아뇨. 그건 아닌데요. 그래도 여기서 지내다 보니 정이 들어서요.」

「처음에는 여기 마음에 안 들어 했잖아.」

「낯설어서 그런 거죠. 여기 사람들은 순진한 것 같아요. 성격도 다들 되게 좋아요.」

마당발답게 멜은 후작가의 사람들과 꽤 돈독해진 모양이었다. 아델이 물어보니까 기다렸다는 듯이 조잘조잘 떠들기 시작했다.

「그리고 아델이…… . 앗, 아가씨. 아가씨가 아니라요. 고용인 중에 아델이라는 이름을 가진 여자가 있어요. 그리고 보바리 부인, 보바리 부인은 주방에서…… .」

멜은 보바리 부인이 누구인지 한참 설명한 후에 말했다.

　「보바리 부인의 손녀 이름도 아델이래요. 아델이라는 이
름이 흔하냐고 물었더니 알시온에 전해지는 전설 속에 나
오는 여신님의 이름이래요.」

아델은 그 이야기를 듣는 순간 정신이 확 깨어나는 것 같았
다.

　「여신의 이름이 뭔데?」
　「말씀드렸잖아요. 아델이요.」
　「아니야. 그 이름이 아닐 거야. 가서 그 사람들에게 물어
봐. 자세히 알아봐 줘.」

멜이 그들에게 물어서 다시 가져온 대답은 변함이 없었다. 그
들은 여신의 이름을 아델이라고 알고 있었다. 오래된 전설이라
고 했으니 입에서 입으로 전해지다가 내용 일부가 소실되었을
것이다.
아델은 펠릭스 후작에게 부탁했다. 후작은 흔쾌히 알아봐 주
겠다고 했다.

　―알시온에 전해지는 여신의 전설은 여러 가지가 있습

니다. 말씀하신 '아델'이라는 이름의 여신이 등장하는 전설은 매우 오래된 것이라 원형 그대로를 아는 사람이 많지 않습니다. 알시온에서만 알려진 전설이 아니라 붉은 호수를 근처에 두고 있는 여러 국가가 공유하는 신화입니다.

아델은 편지의 내용에 정신없이 빠져들었다. 편지의 끝에 알고 싶은 내용이 나왔을 때 자신도 모르게 편지를 쥔 손끝이 가늘게 떨렸다.

"아가씨."

그녀는 흠칫 놀라 고개를 들었다. 멜이 곁에 와 있었다.

"아가씨. 청탑의 현자님이 오셨어요."

"아……. 응. 안으로 모셔."

아델은 편지를 내려놓았다. 줄리오가 들어오며 인사를 건넸다.

"줄리오. 언제 왔어요?"

"좀 됐어. 오랜만에 인사하려고 북쪽 탑에 먼저 들렀지."

붉은 호수의 숲에서 겪은 일 때문에 공감대가 생긴 레바스의 기사들과 제법 친해졌다. 북쪽 탑에 갔더니 안면이 있는 기사들이 모두 줄리오를 반가워했다.

"근데 레바스 성은 참 조용하네. 북부에서는 이미 문제가 터졌는데."

"북부에서요? 무슨 일인데요?"

"북부의 대가문에서 후계자 싸움이 일어났어. 거기 성주가 오늘내일하는 상태라는데 성주가 지정한 후계자를 다른 후계자들이 받아들이기를 거부했지. 그래서 지금 서로 편 가르기를 하면서 난리인가 봐."

"네……."

"그나저나 얘기는 잘 끝났나 보더라."

"네?"

"아까 론과 얘기 중에 바실 수장이 찾아왔더라고."

긴장한 아델의 눈동자가 흔들렸다.

"론은 지금 집무실에 있대."

멀뚱히 줄리오를 바라보던 아델이 벌떡 일어났다. 줄리오는 아델과 시선을 마주치며 살짝 고개를 끄덕였다. 그대로 뛰어나가는 그녀의 뒷모습을 보고 줄리오가 낮게 웃었다.


집무실 앞에서 아델은 당장 문을 벌컥 열고 들어가고 싶은 것을 꾹 참았다. 몇 번의 심호흡을 하고 문을 두드렸다. 안에서 집사가 나왔다.

"성주님은 안에 계시죠?"

제드가 미소 지으며 대답했다.

"예. 들어가 보십시오."

아델은 조용히 안으로 들어갔다. 문 앞을 가린 가림막을 지나자마자 널찍한 책상이 보였다. 론이 책상 앞에 앉아 서류를 읽고 있었다.

아델은 두 손을 모아 쥐었다. 항상 봤던 광경인데 왜 가슴이 벅차오르는 걸까.

그의 집중력을 흩뜨리고 싶지 않아 조용히 서 있었다. 아무것도 하지 않고 보기만 해도 지루하지 않았다.

책상에는 문서가 잔뜩 쌓여 있었다. 그는 심각하게 고민하다가 뭔가를 쓰다가 그 위에 줄을 쫙쫙 그었다.

아델은 뒷걸음쳐서 다시 나가려고 했다. 하지만 기척을 느꼈는지 그가 고개를 들었다.

아델은 그와 눈이 마주치자마자 그에게 달려가 그의 품에 뛰어들었다. 그의 목을 꽉 안고 그의 가슴에 고개를 묻었다. 그가 웃으니까 얼굴에 닿은 그의 가슴에서 울림소리가 났다.

론이 그녀를 안은 채 일어났다. 아델이 놀라 버둥거렸다.

"방해해서 미안해요. 나가 볼게요."

"어차피 좀 쉬려고 했어."

"그럼 여기서 쉬어요."

"아델. 난 그냥 일어난 것뿐이야. 내가 뭘 할 것 같아서 그래?"

아델은 발갛게 물든 얼굴로 그를 흘겨보다가 시선을 내렸다. 론은 웃으면서 고개를 숙여 그녀의 입술에 몇 번 가벼운 입맞춤을 했다.

"가문의 방에 가 볼까?"

아델은 눈을 크게 뜨고 고개를 끄덕였다.

성에 돌아온 후 성주의 권한이 정지된 상태라 가문의 방에도 들어갈 수 없었다. 두 사람은 긴 계단을 내려가 가문의 방으로 통하는 돌문 앞에 도착했다.

"문이 열릴까요?"

"글쎄."

론은 망설이다가 돌문의 수정에 손을 댔다. 수정이 푸른색으로 빛나더니 스르릉 문이 열렸다. 두 사람은 서로를 마주 보았다. 여전히 론만 열 수 있는지 아무나 열 수 있게 된 것인지는 몇 번의 실험을 해 봐야 확실히 알 수 있을 것 같다.

두 사람은 곧바로 보라색으로 칠해진 봉인된 문으로 갔다.

"금이 갔어요."

문의 중앙에 박힌 수정에 선명히 금이 갔다. 론이 손잡이를 잡아 돌렸다. 달칵, 작은 소리가 들리며 손잡이가 돌아갔다.

문을 열었다. 안쪽은 깜깜했다. 론은 바깥에 아델을 세워 두고 먼저 안으로 들어갔다. 그가 한 발자국 내딛자마자 환하게 밝아졌다.

"아……."

아델이 탄식하며 뒤따라 들어갔다. 널찍한 방 안의 벽을 크고 작은 그림 액자가 빈틈없이 채우고 있었다. 그림 속에 그려진 여인은 전부 동일인이었다.

"르웨나와······ 카발이에요."

세월의 흐름이 그림 속에 있었다. 그림 속에서 계절이 바뀌고 르웨나의 모습은 조금씩 변했다.

납작했던 배가 점점 불룩하게 나오는 모습, 아들을 안고 젖을 물리는 모습, 우는 아이를 어르며 아이의 볼에 입을 맞추는 모습, 기어가는 아이를 보며 손뼉을 치는 모습, 아이와 걸음마를 연습하는 모습.

그림은 카발이 예닐곱 살의 모습일 때 끝났다.

"만약 카발이 심장을 찾으러 왔다가 이 그림을 봤다면 자기 자신이 누군지 기억할 수 있었을까요?"

"그건 알 수 없지만."

론은 그림을 둘러보았다. 어머니를 닮은 그림 속의 르웨나는 무척 행복해 보였다. '네가 태어나 행복했다.'라는 어머니의 말씀이 더 깊이 가슴속에 와 닿았다.

"흔히 사람들은 세상에 변하지 않는 건 없다고 하지. 그런데 아주 가끔은. 변하지 않는 것도 있는 것 같아."

변치 않는 사랑. 서로를 향한 영원한 마음. 세상에는 이런 사랑도 있다.

두 사람은 그림을 보며 한참 서 있었다.


가문의 방을 나와 위로 올라가는 계단 앞에서 론은 아델에게 물었다.

"내가 안을까?"

아래에서 바라보는 계단은 끝없이 이어질 것처럼 까마득해 보인다. 아델은 계단의 끝을 올려다보다가 그에게 고개를 돌리며 대답했다.

"아니요."

아델은 그의 손을 잡았다.

"같이 올라가요."

두 사람은 손을 잡고 하나씩 계단을 밟았다. 가문의 방에서 나와 그들은 아예 탑의 꼭대기까지 올라갔다. 두 사람 다 중앙 탑의 가장 높이까지 올라간 것은 처음이었다.

성의 전체적인 모습이 한눈에 내려다보였다. 아델은 정원에 있는 늑대를 발견했다. 큰 덩치의 늑대가 강아지처럼 작게 보였다.

"저기 얀이 있어요."

늑대가 뒷걸음질을 치며 꼬리를 흔들었다. 대체 뭘 하려는지 지켜보았다. 늑대가 몸을 잔뜩 웅크려 자세를 잡더니 짧게 도움닫기를 하며 있는 힘껏 뛰었다. 그리고 자신이 원래 있었던 장소와 현재 도착한 장소의 거리를 가늠하듯 시선이 왔다 갔다 했다.

"멀리뛰기를 연습하나 봐요."

'귀여워.' 하고 중얼거리며 아델이 웃음을 터뜨렸다. 얀은 애완동물이 아니었다. 자아가 강하고 독립적이었다. 외로움을 타면 어쩌나 걱정한 것이 무색하게 혼자만의 시간을 즐기는 법을 알았다.

"이젠 멀리뛰기인가……."

론이 중얼거리며 한숨을 내쉬었다. 성벽 타고 달리기는 질렸나. 왜 하필 장소는 또 정원일까. 저러다 늑대가 짓밟아 정원이 망가지면 정원사들의 하소연은 전부 자신이 들어야 할 것이다.

"아델. 내 말은 안 들으니까 저 녀석에게 말 좀 해 봐."

"말을 안 들어요?"

"듣는 척만 해. 갈수록 뺀질거린다고."

"내 말이라고 듣겠어요?"

"들을 거야. 주인님이잖아."

아델이 깔깔 웃었다.

"오랫동안 손 놓고 있어서 밀린 일이 많죠?"

"아무래도 그렇지."

"아까 보니까 굉장히 고민하던데요. 힘든 일이에요?"

"아, 그거. 우리 결혼식 날짜를 정하느라고."

"농담하지 말고요."

"농담 아니야."

아델은 그의 표정이 진지하다는 걸 알고 어이가 없었다. 론은 기막혀하는 아델의 팔을 잡아 품으로 끌어당겼다. 그녀의 허리를 안아 그녀의 입술이며 볼이며 가리지 않고 자잘한 키스를 퍼부었다.

"화려하고 성대한 결혼식을 할 거야. 초대할 수 있는 사람은 모두 초대하겠어."

"론이 원하는 결혼식을 하려면 준비할 시간이 많이 필요할걸요."

허를 찔린 듯 당황한 론이 잠시 생각하다가 말했다.

"그래도 할 수 없지."

마치 대단히 중요한 결심이라도 하는 것 같은 그의 표정이 우스웠다.

"왜 이렇게 화려한 결혼식에 집착해요?"

"넓은 홀은 화려하게 가득 채우지 않으면 오히려 초라해 보여."

"왜 넓어야 하는데요?"

"그래야 손님을 많이 초대하지. 아델 스톤이 내 것이 된다는 걸 다들 알아야 하니까."

아델은 내심 '괜찮은데.' 하고 생각했다. 이 남자가 이제 내 것이 된다는 걸 모두에게 알리고 싶다.

"결혼해도 이름 바꾸지 않을래요. 아델 스톤으로 있고 싶어요. 오늘의 나를 있게 해 준 건 내 이름이니까요."

"좋을 대로 해."

론의 권한이 정지된 동안 두 사람은 온종일 함께 보내며 무척 많은 이야기를 했다. 서로를 알아가고 이해하는 데 아주 중요한 시간이었다.

아델은 그와 눈이 마주치자 생긋 웃었다. 그런데 의아할 정도로 그가 한참 말없이 보기만 했다. 할 말이 있는 표정으로 망설이는 기색이 역력했다. 무척 어렵게 론이 입을 열었다.

"눈……."

"눈?"

"돌아가신 선대 성주님을 닮은 눈을 다시 못 볼 텐데 괜찮아?"

너무 의외의 말이라 아델은 그를 빤히 보았다. 론이 슬그머니 시선을 돌렸다.

"네가 위안을 받고 있었을지도 모른다는 생각이 들어서. 네게 아주 특별한 분이었으니까."

아델이 손을 뻗었다. 두 손으로 그의 얼굴을 잡아 고개를 돌리게 했다. 보라색이 아닌 은회색 눈동자가 마주친 채 살짝 흔들렸다. 아델은 기분 좋게 콩닥콩닥 뛰는 자신의 심장 박동을 들으며 웃었다.

할머니를 닮은 눈을 가져서 그를 사랑한 게 아니다. 그를 사랑하니까 보라색 눈도, 은회색 눈도 그녀를 설레게 했다.

아델은 그가 애정을 확인하려고 꺼낸 말이 아니라는 것을 느꼈다. 그는 돌아가신 할머니를 속였다는 죄책감을 여전히 떨쳐내지 못했다. 강하면서도 약한 이 남자가 안타깝고 사랑스러웠다.

"나는 할머니를 아주 잘 알아요. 할머니는 훌륭한 군주셨어요. 언제나 가문을 먼저 생각하셨죠. 론이 아니었으면 레바스는 끝났을 거예요. 할머니는 진실을 모두 아셨다고 해도 론을 손자로 받아들이셨겠지요."

감정적인 이유보다는 냉정한 현실적인 이유가 그에게 더 위로가 될 것이다.

"그래도 할머니를 속인 건 맞으니까 그건 내가 용서해 줄게요. 난 그 정도는 할머니를 대리할 자격이 있어요."

두 팔이 아델의 등을 감싸며 품으로 꽉 안았다. 아델은 그의 단단한 가슴에 얼굴을 비비며 바짝 밀착했다.

"순서는 좀 바뀌었지만."

얼마간 아델을 안고 있던 론이 그녀의 손가락을 더듬다가 반지를 손가락에 끼웠다.

최고의 세공사에게 제작을 의뢰한 반지가 예상보다 일정이 늦어져 이제 겨우 손에 넣었다.

아델은 손가락에서 영롱하게 빛나는 파란색의 다이아몬드 반지를 보며 두 볼이 발갛게 물들었다. 까치발을 들어 그의 입술에 쪽 입을 맞추었다.

"사랑해요. 결혼해 줘요. 행복하게 해 줄게요."

자신이 할 말을 먼저 말해 버린 그녀 때문에 론은 황당했다.

"이건 반칙이야."

"프러포즈는 전에 들었잖아요. 그걸로 인정해 줄게요."

론의 손이 사르르 웃는 그녀의 얼굴을 부드럽게 쓰다듬었다. 턱 아래를 받쳐 쥐어 가까이 끌어당겼다. 입술을 포개고 말랑말랑한 그녀의 맛을 음미했다. 그녀의 두 팔이 자신의 목을 안는 것을 느끼며 더 바짝 품으로 당겨 안았다.

'당신에게서는 시원한 바람 냄새가 난다.'라고 아델이 말한 적이 있었다. 그 역시 그녀를 안을 때마다 향을 맡았다. 구체적으로 딱 꼬집어 말할 수 없지만, 그냥 달았다.

달콤한 꽃에 벌이 홀리듯 그는 아델이라는 꽃에 흠뻑 취했다.

   *   *   *

마탑의 마법사들은 가문의 불꽃을 대체할 수 있는 새 시스템을 만들었다.

가문의 불꽃을 흉내 낼 수는 없었다. 그것은 현존하는 어떤 마법사도 재현할 수 없는 위대한 마법이었다.

대마법사 하란의 위대함은 일반인보다 마법사들이 뼈저리게 느꼈다. 마법사들 사이에서는 지금도 종종 대마법사 하란이 과연 인간이었는가에 대해 논란을 벌였다.

새 시스템은 계약 공증이었다.

하란에서는 전부터 마법사들이 온갖 중요한 계약에 공증을 맡아왔다. 그것을 대가문에 적용시키기로 했다.

대가문의 성주는 일곱 가문의 수장 전원과 계약을 맺는다. 서로를 인정하는 계약이었다. 그리고 그 계약의 공증인은 다섯 마탑의 탑주들이 맡기로 했다.

탑주는 탑의 주인이라고는 하지만, 지배자는 아니었다. 그래도 마탑에서 가장 큰 권한을 가졌다. 오직 다섯 명뿐이니 그들이 갖는 상징적인 의미도 컸다.

실제 탑주들이 얼마만큼의 힘을 갖고 있느냐는 중요하지 않았다. 다수의 백성에게 가장 그럴듯하게 보이기 위한 명분을 만들기 위해 마탑이 나선 것이다.

가문의 불꽃이 사라진 이후 마탑에서 인정하는 최초의 대가문은 레바스가 되었다.

의식을 보기 위해 전당의 홀에는 매우 많은 사람이 모여들었다. 원래 가문 계승 의식은 가문의 불꽃 앞에서 자격이 있는 사람들만 모여 폐쇄적으로 진행했지만, 앞으로는 공개적으로 하기로 했다.

홀의 중앙에 단상을 만들었다. 그 위에 예복을 차려입은 론과 일곱 가문의 수장들이 올라갔다. 단상을 중심으로 모여든 사람들이 빽빽하게 에워쌌다.

중앙법원에서 나온, 흰색 의복을 입은 여덟 명의 집행관이 투명한 액체가 담긴 은접시를 들고 단상에 올랐다.

론은 자신의 손가락에서 똑 떨어진 핏방울이 투명한 액체와 섞이는 광경을 응시했다. 처음은 아니었다. 가문의 승계 의식을 치를 때 했던 과정과 같았다. 그런데 그때보다 더 긴장했다. 통증이 느껴질 정도로 심장이 거세게 뛰었다.

피와 섞인 액체가 뭉쳐 깃펜의 모양이 되었다.

"저런 식이었어?"

"신기하다."

처음으로 가문의 계승 의식을 구경하는 사람들이 수군거렸다. 오늘 공개 의식을 진행하는 자리에는 다른 지역의 대가문 사람들은 물론이고 호기심을 가진 일반인들도 많이 참여했다.

론이 공중에 떠오르는 깃펜을 쥐었다. 집행관이 사각의 판에 고정된 양피지를 내밀었다.

서명하도록 줄이 그어진 공란을 바라보다가 펜을 가져다 댔다.

론? 아니면 로건?

'지금 내게 각인된 이름은 무엇일까.'


　　론.


그는 서명을 마쳤다. 서명의 변화를 지켜보는 몇 초의 시간이 길고 길었다.

서명이 일그러지지 않고 양피지에 스며들었다. 터져 나오는 웃음을 누르며 입술을 꾹 물었다. 발끝부터 정수리까지 전율이 타고 올라갔다.

론 레바스.

이제 그가 안고 살아야 하는 이름이었다.

집행관들이 총 여덟 명의 서명을 받은 양피지를 마법사들에게 가져갔다. 마탑의 다섯 탑주들은 여덟 장의 양피지에 자신의 마력을 넣은 인장을 찍었다. 그리고 한 명씩 차례대로 선언했다.

"모든 절차가 공개적이고 합법적으로 인정되었음을 백탑이 인정하오."

다섯 탑주들의 선언이 끝났다.

두런두런 떠들던 사람들이 하나둘씩 입을 다물었다. 의식이 끝날 무렵에는 홀에 엄청난 사람들이 모인 것이 믿기지 않게 조용했다.

"짝, 짝, 짝."

누군가 시작했다. 뒤이어 한두 명이 손뼉을 쳤다. 순식간에 박수 소리가 홀을 채웠다. 전당의 건물을 흔들 정도의 거대한 함성이 터졌다.

"레바스!"

"하란이여! 영원하라!"

사람들의 반응이 열광적이었다. 드러내지 않았을 뿐 모두 불안해하고 있었다. 결계 마법이 사라지는 바람에 하란에 밀입국하려는 대륙인들을 제재하기가 어려워졌다. 아직 마탑은 공식 발표하지 않았지만, 하란의 결계가 사라졌다는 말이 입소문을 타고 번지고 있었다.

그래서 오늘의 의식은 중요한 의미가 있었다. 여전히 하란의 질서는 건재하다는 선언이었다. 마탑이 인정하는 의식은 새 기준이 되어 난립하는 세력을 억제하며 혼란을 늦출 것이다.

다른 지역의 대가문, 혹은 새로운 대가문이 되기를 꿈꾸는 자들이 오늘 의식을 지켜보았다. 그들의 표정이 묘했다. 권력이 탐나기는 하지만 이왕이면 인정받고 축복받고 싶다.

그들은 레바스 대가문의 주인으로 완전히 자리를 굳힌 푸른 머리의 사내를 부러운 눈으로 바라보았다.

아델은 사람들과 섞여 손이 아프도록 손뼉을 치다가 어깨를 두드리는 느낌에 고개를 돌렸다. 눈이 마주친 미청년이 싱긋 웃었다.

"라미아!"

"잘 지냈어?"

"응? 잘 안 들려!"

주변 사람들의 목소리에 묻혀 대화할 수 없었다. 라미아는 아델을 보며 손가락으로 바깥을 가리켰다. 아델은 라미아와 함께 대화가 가능한 곳으로 자리를 옮겼다. 아델을 호위하던 기사가 뒤를 따라갔다.

"축하해."

"내가 축하받을 일은 아닌걸."

라미아가 품에서 초대장을 꺼내 흔들었다. 닷새 뒤, 바로 오늘 이 자리에서 있을 결혼식 초대장이었다.

"예비 남편의 일이면 축하받아도 되는 거 아니야?"

아델이 붉게 물든 얼굴로 웃었다.

"네 얼굴 봤으니 가야겠다."

"벌써? 이어서 축하 연회가 있는데."

"나도 참석하고 싶지만, 알다시피 요즘 좀 돌아가는 사정이…. 크리드 대가문에 이런저런 일이 있어서 눈을 뗄 수가 없어. 요즘 조용한 곳이 어디 있겠느냐마는. 가문의 불꽃이 얼마나 위대한 마법이었는지 절실히 깨닫는 중이야. 바닥을 드러내는 인간이란 얼마나 추한지……."

씁쓸하게 중얼거리던 라미아는 고개를 흔들었다.

"좋은 날에 괜한 소리를 하고 있네."

"라미아. 내가 도울 일이 있으면 말해 줘."

"……."

"인사치레로 하는 말이 아니야. 진심으로 널 돕고 싶어. 우린 친구잖아."

라미아는 묘한 표정으로 아델을 보다가 말했다.

"사람과의 관계는 대부분 날 지치게 하지만, 가끔은 날 놀라게 해. 고마워, 아델. 내 친구."

라미아가 부드럽게 웃으면서 손끝으로 아델의 볼을 살짝 두드렸다. 다른 사람이 같은 행동을 했다면 수작질로 보였을 텐데 라미아는 자연스러웠다. 짧은 순간이지만, 아델은 가슴이 뛰어 얼굴을 붉혔다. 성별을 알면서도 라미아를 추종하는 여자들의 심정이 이해가 되었다.

"라미아는 남자였으면 분명 대단한 바람둥이가 되었을 거야."

라미아가 눈을 동그랗게 떴다가 키득거렸다.

"결혼식 날 보자."

"응. 꼭 와 줘."

"레바스는 이제 시끄러울 일이 없겠네. 부럽다."

멀어지는 라미아의 등을 바라보며 아델은 친구를 골치 아프게 하는 문제가 잘 풀리기를 기도했다.

*　　*　　*

아델은 잠에서 깼다. 아직 방 안이 깜깜했다. 다시 눈을 감고 잠을 청했지만, 시간이 지날수록 정신이 더 말똥말똥해졌다.

아델은 곤히 잠든 그를 깨울까 봐 아주 조심스럽게 움직였다. 그의 가슴에 올린 손을 천천히 떼어 내고 그의 팔을 벤 자신의 머리를 조심히 들어 올렸다. 몸을 돌려 반쯤 일어나는데 그의 팔이 허리를 감아 끌어당겼다.

"어디 가."

"……잠귀가 왜 이렇게 밝아요."

"어디 가는데."

"잠깐 정원에……."

"이 시간에?"

"잠이 안 와서 좀 걸을까 해서요. 더 자요. 잠깐 바람만 쐴 거예요."

"같이 가."

두 사람은 정원으로 나갔다. 몇 걸음 걷지 않았는데 어느새 얀이 달려와 그들의 곁을 빙빙 돌았다. 달빛 덕분에 정원은 생각보다 어둡지 않았다. 달밤의 산책이 신나는지 얀이 경중경중 뛰어다녔다.

"아참, 말하는 걸 깜빡했네. 내일 잠깐 나갔다 올게요."

"어딜?"

"수도에요. 라미아를 만나러 가요."

"대륙으로 나간 거 아니었나?"

"잠깐 일이 있어서 들어오는 김에 보자고 해서요."

크리드 가문은 후계 경쟁이 한창이었다. 라미아는 대륙의 사업에 집중하는 길을 택해 자신의 경쟁력을 키웠다. 그리고 아델이 동업자였다. 아델은 죽은 그랜트 상단주의 유일한 혈육으로 인정받아 상속자가 되었다.

아델은 대륙 곳곳에 퍼져 있는 그랜트 상단의 주인이 되어 거대한 부를 손에 넣었다. 하지만 직접 사업에 뛰어들지 않았다. 대리인에게 전적으로 위임했는데 맡은 사람은 에릭이었다.

원래 넓은 대륙의 활동을 꿈꿔 온 에릭은 아주 즐겁게 대륙의 상계를 주무르고 있었다.

"라미아에게 바실 경과 하워드 경의 안부도 물어볼게요."

"에릭은 됐어. 어련히 잘 지내겠지. 사막에 혼자 떨어뜨려도 잘 살 텐데."

"하워드 경은요?"

"지크는……. 기사였다가 오랫동안 흑마법에 조종당했으니 세상 물정도 잘 모르고. 눈도 그러니까 아무래도 걱정이 돼."

에릭이 대륙으로 갈 때 지크가 함께 가기를 자청했다.

「이곳에서는 제가 할 일이 없습니다. 허락해 주시면 바
실 경의 일을 돕고 싶습니다.」

론은 지크를 보내고 싶지 않았다. 워낙 힘든 일을 많이 겪었으
니 아무것도 하지 않고 편안하게 쉬었으면 했다. 하지만 스스로
할 일을 찾고 싶다는 고집을 꺾을 수 없었다.

"근데 하워드 경도……."

아델은 지크가 강한 사람이라고 생각했다. 주변의 평가도 그
랬다. 라미아가 얼핏 지나가는 말로 '잘 벼린 칼 같은 사람.'이라
고 말한 적도 있었다.

"뭐가?"

"아뇨. 하워드 경도 잘 지낼 것 같아서요. 안부는 물어볼게요."

사람마다 누군가에 대한 평가는 다른 법이니까.

"어머, 저 꽃은 파란색인가 봐요. 파란색 꽃도 있었나?"

아델이 푸르스름하게 빛나는 꽃에 가까이 다가갔다. 그런데
파란 꽃이 아니라 흰 꽃이었다. 달빛으로 눈에 착시가 일어난 것
이었다.

꽃을 바라보다가 손을 뻗었다. 꽃잎을 만지며 집중했다. 노란
작은 빛이 퐁 튀어나왔다. 빛이 빙그르르 꽃 주변을 돌다가 갑자

기 수많은 빛의 덩어리로 분열했다. 정원 가득히 노란 작은 빛이 둥둥 떠다녔다.

『내 흔적을 완전히 지워 버리기는 어려울 거다.』

정령이 말한 대로 아델의 능력은 사라지지 않았다.

정령을 품고 있었을 때처럼 식물들의 힘을 빌려 무엇이든 할 수 있겠다는 강력한 느낌은 아니었지만, 꽃의 노래를 듣고 나뭇가지를 자라게 하며 꽃을 피우는 일 정도는 간단히 할 수 있었다.

아델은 자신의 능력을 이용해 동부의 숲을 넓히는 일을 계획하고 있다. 가문의 방에서 읽은 일기의 내용처럼 언젠가는 동부가 푸른 숲으로 가득할 날이 오기를 바라면서.

'네 이름을 알았어.'

아델은 펠릭스 후작이 보내 준 편지에서 신화 속의 여신 이름을 읽자마자 깨달았다. 새로 알게 된 게 아니었다. 잊었을 뿐이다. 눈을 가리고 있던 안대가 벗겨진 것 같은 느낌이었다. 몹시 익숙하고 그리웠다.

"아델라이드."

소리 내어 부른 것은 처음이었다. 혹시 무슨 변화가 있지는 않을까 기대하는 마음으로 심장이 두근거렸다. 하지만 아무 일도 일어나지 않았다.

『이제 다시는 나와 만날 일이 없을 것이다.』

정령은 약속을 지킬 것이다. 다시 만나지 않는 게 서로에게 좋다는 말도 사실일 것이다. 그런데 가끔은 보고 싶고 궁금했다.

정원에 가득한 노란 빛을 구경하던 론은 오도카니 서서 생각에 잠긴 아델을 뒤에서 끌어안고 그녀의 둥근 어깨에 턱을 얹었다.

"춥지 않아? 제법 바람이 부네. 걸칠 것을 가져올 걸 그랬다."

"괜찮아요. 얀! 그거 먹을 수 있는 게 아니야."

노란빛 덩어리를 덥석덥석 삼키는 얀을 보며 아델은 웃었다. 몇 번 시도하다가 늑대는 입맛을 다시며 포기했다.

—주인. 성 밖으로 나가도 되나.

"안 돼."

—숲이 있다고 들었다. 가 보고 싶다.

"나중에 데려가 줄게. 지금은 시간이 없어."

—주인의 시간에 내가 왜 맞춰야 하지? 나 혼자 다녀오

면 그만인데.

아델은 론의 한숨 소리를 들으며 쿡쿡 웃었다. 얀의 언어 구사력은 이제 거의 사람이나 다름이 없었다.

*　　*　　*

"망할 것들."

몸집이 있는 중년 사내가 투덜거리며 어둑한 길을 따라 걸었다.

"자식이건 마누라건 전부 내 탓만 하기 바쁘지. 어디 나 없이 살아 봐."

멀론은 가슴 안쪽의 두둑한 주머니를 만졌다. 저절로 입꼬리가 올라갔다. 그는 형수에게서 유산으로 받은 재물을 모조리 부피가 작은 보석으로 바꿔서 집을 나왔다. 자식들의 결혼 자금으로 공탁된 돈은 손댈 수 없었지만, 품 안에 든 돈으로도 한동안 놀고먹을 수 있을 것이다.

하란은 뒤숭숭하고 레바스 가문은 완전히 새 주인이 자리 잡은 것이 확실해지자 멀론은 대륙으로 도망 나왔다. 레바스 가문에 소송을 걸겠다며 나대던 케일리 가문은 마탑이 주도한 공개 의식 이후 슬그머니 꼬리를 내렸다. 멀론은 자신이 하란에 남아 있어 봤자 자신의 인생에 더는 뾰족한 수가 없다고 생각했다.

**—한심한 놈.**

멀론은 어느 날부터 시작된, 제 머릿속에서 떠드는 소리를 듣지 못했다.

**—탐욕은 넘치면서 이렇게 아둔한 놈이라니.**

카발, 아니 어둠은 분통이 터졌다. 소멸 마법에 휘말리기 전에 어둠은 가까스로 자신의 기운 일부를 멀론에게 옮겨 피할 수 있었다.

혹시 몰라 파 둔 굴 덕분에 살아남아 환호성을 지른 것도 잠시, 멀론이라는 놈은 전에 부렸던 말콤과 비교하면 아주 멍청했다. 욕심만 많았지 그걸 이룰 능력은 전혀 없었다.

더구나 어둠은 기운이 너무 미약해서 멀론을 조종하기는커녕 의지도 전달할 수 없었다. 지금은 조용히 멀론의 몸에서 힘을 키우는 수밖에 없었다. 얼마나 시간이 오래 걸릴지 알 수 없지만, 시간은 문제가 아니었다.

적당한 거리를 두고 멀론의 뒤를 따라가는 사내들이 있었다.

"저놈인가?"

"간단하겠는데?"

"방심하지 마. 한가락 하는 놈일지 몰라."

"행여나. 딱 봐도 저거 다 물살이야."

사내들은 킬킬대며 발걸음 소리를 죽여 조심히 움직였다. 멀론은 자신의 등 뒤에서 다가오는 검은 손을 느끼지 못한 채 콧노래를 흥얼거렸다.

〈완결〉